山东大学文史书系

两宋文化与诗词发展论略

刘乃昌 著

山东大学出版社

图书在版编目(CIP)数据

两宋文化与诗词发展论略/刘乃昌著．—2版
—济南：山东大学出版社，2009.4
（山东大学文史书系）
ISBN 978-7-5607-3114-8

Ⅰ．两...
Ⅱ．刘...
Ⅲ．①古典诗歌－文学研究－中国－宋代
②宋词－文学研究
Ⅳ．I207.2

中国版本图书馆 CIP 数据核字(2005)第 127211 号

山东大学出版社出版发行
（山东省济南市山大南路 27 号　邮政编码：250100）
山东省新华书店经销
山东新华印刷厂印刷
720×1000 毫米　1/16　11.5 印张　168 千字
2009 年 4 月第 2 版　2009 年 4 月第 2 次印刷
定价：23.00 元

前言

唐宋皆伟人，各成一代诗。

宋人生唐后，开辟真难为。

清人蒋士铨的这两联《辩诗》诗，称扬宋诗的成就可与唐诗媲美，这使我们联想到两宋文化和文学创作可与唐代比肩称胜。

宋承唐后是中华文化取得辉煌发展的又一历史时代。宋代文化的隆盛有多种表现：哲学方面，突破了五代以来沉闷墨守的局面，提倡通经致用，讲求义理，破旧出新，开启了哲学发展的新格局。科学方面，诸如火药的应用，指南针的发明，印刷术的发展，天文学和医药学的演进，可以说成果累累，引人注目。史学方面，朝廷正式建立修史制度，官方和私人都重视编纂史书，如欧阳修、宋祁、范镇等曾受命纂成《新唐书》，陆游自撰《南唐书》，司马光领衔编著中国第一部通史《资治通鉴》，李焘编撰《续资治通鉴长编》等，都是古代最早的珍贵的专业史籍。宋代在承传前代文化的基础上开拓演进，形成了独具风神的"宋型文化"，可以说是亮丽多姿、彪炳史册的。

在宋代宏阔璀璨的文化廊苑中，各体文学的发展和成就占有突出的地位，尤其诗词方面，其创作实绩是前所罕见的。宋诗在中华诗史上与唐诗堪称双峰并峙，各有千秋，它在承传唐诗的基础上开拓创新，形成了可与唐诗抗衡比肩的独立营垒。宋代是诗歌创作数量空前丰盛的时代。北京大学古文献研究所编纂的《全宋诗》七十二巨册，所收作者将近九千人，作品约为《全唐诗》的四倍。宋代多高产诗人，陆游自谓"六十年间万首诗"，这尚不是他作品的全部。宋诗反映社会的视野较前有所拓展，切入生活的力度也有所深化，可谓笔锋精锐，人间万象无不可剪裁入诗。宋与唐时代气象和氛围不同，诗家又勇于创新，因而宋诗表现出迥异于唐诗的独特风神，形成“宋调”与“唐音”的殊异。宋诗在三百多年的演进中，出现了不少创作群体，他们标示创作主张，各立门户，争强竞胜，异彩纷呈，形成不同时期的多种流派。

宋词是两宋文学的辉煌代表，被称为一代文学之最，前人有“诗盛于唐，词盛于宋，曲盛于元”之说。词体兴于唐，唐五代只是词的发轫期、成长期，到两宋方始臻于成熟鼎盛，并取得与诗歌平起平坐而为后世无可企及的地位。词是诗乐结合的文学体裁，在两宋流播广远，风行于社会各个阶层，拥有广泛的创作队伍。宋代词作，据《全宋词》辑录，共收词人一千三百余家，词章近两万首。孔凡礼《全宋词补辑》，又增收词人百家，词作四百多篇。宋词数量远不逮宋诗，但作为新兴的“别是一家”的合乐诗体，自有不同于宋诗的独特风神和气韵。词协律可歌，既可传诵于文士书案，又能流播于乐人歌喉，强化它的娱乐性与传播力，使之拥有众多的接受群体。词体句型错落参差、修短有度，较之齐言诗屈伸自如、收纵多变，且便于吸收生活俚语，模拟常人声口，表现日趋复杂的社会现象，抒写微妙曲折的内心世界。词兴起时多流行于歌楼酒馆，描写男女之情较为开放，表现视野的幅度稍逊于诗歌，而宣发性情的沉潜度有所深化。词至两宋，小令、中调、慢声诸体大备，写作技艺日趋成熟，风调上群芳争艳，在发展中由婉约而派生宏放，既柔媚又兼劲拔，愈来愈呈现出刚柔互补、浓淡辉映的态势。词在宋代三百余年的历史过程中逐步演进而臻于极境。

由此了解宋型文化、研读两宋诗词，是领略高雅的文学作品、弘扬中华文化神髓的重要途径。拙稿就宋型文化略予说明，对宋诗、宋词简要地给予评述和鉴赏。全书分列三章：一曰宋代文化亮点述略；二曰宋诗成就简论；三曰宋词发展论略。虽乏独得识见，毕竟昭示了宋代文化文学之风貌与特质。此稿有幸荣膺山东大学出版社的热情支持，得以顺利梓行，有缘借以赢取读者和方家赐教，在此恭致谢忱。

刘乃昌
2005年5月

目 录

第一章　宋代文化亮点述略

历史悠久又极具凝聚力的中华民族，常常被人们以“汉”、“唐”代称。这大约因为汉唐在古代的历史长河中，可以说是国力强盛、文化发达的重要里程碑。宋承唐后，也是中华文化发展史上的又一高峰期，所以在文化发展史上人们往往将唐宋并称。的确，宋代在承传前代文化的基础上开拓演进，形成了独具风神的“宋型文化”，足与唐代文化并肩屹立，两者各具千秋，同样以光灿的精神文明彪炳史册，驰誉寰宇。

对宋代文化的价值，历代学人每有称述。南宋朱熹曾说：“国朝文明之盛，前世莫及。”①叶适亦云：“近世文学，视古为最盛。”②明代方孝孺称：“前宋文章配两周，盛时诗律亦无俦。今人未识昆仑派，却笑黄河是浊流。”③清蒋士铨谓：“唐宋皆伟人，各成一代诗。宋人生唐后，开辟真难为。”④近代学者陈寅恪则于《邓广铭〈宋史职官志考证〉序》中说：“华夏民族之文化，历数千载之演进，造极于赵宋之世。”足见宋型文化作为华夏文化发展历程中的一座峰峦是大家公认的。

---

① 朱熹：《楚辞后语》卷六。

② 叶适：《水心文集·播芳集序》。

③ 方孝孺：《逊志斋集》卷二四《谈诗》其二。

④ 蒋士铨：《忠雅堂诗集》卷一三《辩诗》。

一、宋代文化的隆盛

宋代文化的隆盛有多种表现。概略言之，哲学突破了五代以来的沉默局面，提倡通经致用，勇于疑古、议论、整合、出新，出现了王安石的新学，形成了以张载、周敦颐、程颐、程颢、朱熹、陆九渊为代表的理学。理学家中又分化出高谈性命的醇儒派和讲究事功的务实派。各家互相辩难争论，思维活跃，构建了新的儒学体系，编著了大量经学著作，开启了哲学发展的新格局。

科学技术方面，宋代也有出色的成就。北宋王朝在开封设置国防工场，专门制作武器，其后编写《武经总要》，记述火药配方，说明火药开始广泛运用。宋仁宗时代，已有关于指南针的记述，沈括在《梦溪笔谈》中更有详细的说明。南宋朱继芳《静佳乙稿》有"浮针定四维"的诗句，所咏就是海上航行需靠指南针测定方向之事。宋代印刷术发展很快，印制图书在唐代雕版技术的基础上，由庆历年间毕昇发明了胶泥活字印刷术，这对传播文化知识起了很大的作用。宋代的天象观测、星图绘制和天文仪器都有所创新，北宋苏颂、韩公廉等人制造的水运仪象台，古代早已驰誉海外，苏颂的《新仪象法要》是这方面代表性的论著。宋代医学家重视对医疗方剂的搜集整理，如王怀隐主编的《太平圣惠方》、贾黄中等编纂的《神医普救方》，采录十分丰富。中草药书籍的编辑出版，在宋代也成绩斐然，如《开宝本草》、《嘉祐本草》、《大观本草》、《政和本草》，以年号取名，说明本草图书各时期层出不穷。另有《图经本草》，配有绘图，图文并茂；《本草衍义》，解析药性，考订精细。凡此种种，足以证明科学技术在宋代有了长足发展。

在宋代宏阔璀璨的文化廊苑中，各体文学的发展和成就占有突出的地位，特别鲜明地体现出时代精神。两宋文学著述超越前代。《宋史·艺文志序》说，当年"大而朝廷，微而草野，其所制作、讲说、纪述、赋咏，动成卷帙，累而数之，有非前代之所及也"。这是符合实际的。以下分别就宋文、宋诗、宋词三个领域略予缕述。

宋文从总体上说创作实绩是前所未有的。陆游提到宋文时曾说："抗汉唐而出其上。”[①]明人宋濂《太史苏平仲文集序》谓：“自秦汉以来，文莫盛于宋。”宋文有别集流传者约六百余家，包括流传散篇的作者合而计之将逾万人，其中名家如林，流派竞辉，蜚声文坛的唐宋八大家，宋居其六。宋初由柳开、王禹偁等承传唐代韩愈、柳宗元宗经明道、重散反骈的旨趣，首倡文风复古，启开一代文风。继而欧阳修主盟文坛，曾巩、王安石、三苏相继崛起，古文运动形成高潮。他们不仅创作了许多广布士林的名篇，确立了平易自然、婉转爽畅、叙议结合、骈散兼容的文章风格，而且倡扬了明道致用、体情见性、表里相济、华实相副的创作宗旨，使当时“文风一变，时人竞为模范”[②]，扫除了“太学体”的险怪奇涩之风，促进了宋文的健康发展。继北宋古文改革大潮之后，以讲学传道授徒为能事的理学家也有不少散文能手。他们有的虽在理论上宣扬“文能害道”，实践中却也表现出相当的散文写作功力，周敦颐、朱熹等可为代表。他们写有讲学语录，行文质朴自然，言简意精，于记叙文、议论文之外亦可另备一体。南渡前后及宋室末叶，时代风云造就出一批以抗敌卫国为己任的志士，诸如李纲、陈亮、叶适、谢枋得等，写出一些忠义激愤的爱国文章。这些事功派人士，强调“文以气为主”，正如李纲《道乡邹公文集序》所云：“士之养气，刚大塞乎天壤，忘利害而外生死，胸中超然，则发为文章，自胸襟流出，虽与日月争光可也。”这类作品自然是文章宝库中光芒四射的珍品，是对后代进行爱国主义教育的宝贵教材。

宋诗在中华诗歌史上可以说与唐诗双峰并峙，各有千秋。往昔有的学者把唐诗视为古典诗歌不可企及的终结点，从而贬抑宋诗的成就，由此引起了延续颇久的唐宋诗之争。在我们今天看来，唐诗、宋诗各有独诣，是不宜任意轩轾的。宋代是诗歌创作数量空前丰盛的时代。今存宋诗约为唐诗的四倍，反映社会的广度和切入生活的力度都有所展延。宋与唐时代气象和氛围不同，诗家又勇于创新，因而宋诗表现出迥异于“唐音”的“宋调”。严羽《沧浪诗话》即已提出“本朝体”，朱熹《朱子语类》也有“今人诗”的说法。宋诗在三百多年的演进中，出现了不少创作群体。他们各有主张，争

---

① 《陆放翁全集》卷四一《尤延之尚书哀辞》。

② 朱熹：《三朝名臣言行录》卷二。

强竞胜。宋初诗坛主要是宗法唐人，方回《送罗寿可诗序》说："宋刬五代旧习，诗有白体、昆体、晚唐体。"白体学白居易，诗风平易晓畅，作者有李昉、徐铉、王禹偁等；晚唐体学贾岛、姚合，以清逸幽隐为归，林逋、魏野等人可为代表；西昆体标榜学习李商隐，以杨亿、刘筠为领袖。杨、刘以藻丽的诗风咏唱华贵生活引发诗界不满，加之仁宗时代政治改革声浪高扬，促起了诗歌的矫弊创新。梅尧臣、苏舜钦、欧阳修等自觉倡导诗风改革，冲洗浮艳积习，"开宋诗一代之面目"[①]。及至王安石、苏轼、黄庭坚登上诗坛，形成了个性鲜明的荆公体、东坡体、山谷体，随后出现了江西诗派，宋调臻于成熟，创作出现高潮。北宋末叶，江西派风行，反映视角内转，其末流削弱了改革诗派所强调的社会政治意识，流弊日显。南渡以后，时代巨变，国运沦胥，推动了诗风演化。吕本中、陈与义等咏出不少离乱之歌，随后出现了范成大、杨万里、陆游等大家。陆游更是爱国诗人的杰出代表。南宋后期抗敌复国的氛围趋于低沉，活跃于此时的四灵诗派和江湖诗派，或敛情约性，因狭出奇，或自喟身世，趋于隐沦，总体上境界狭小，气体纤弱，表现出一种衰世气象。及至元蒙大军压境，赵宋覆灭前后，出现了一批身历家国巨变而矢志不屈的爱国作者，如文天祥、汪元量、谢翱、林景熙、谢枋得、郑思肖等人。这些逸民诗人发自肺腑的血泪文字，贯注着报国激情、思国忧愤，堪称是宋代精英高风亮节的展现，同时"亦宋亡之诗史"也。

宋词是两宋文学的出色代表，根据前人代有所盛之说，谓"诗盛于唐，词盛于宋，曲盛于元"[②]。词体兴于唐五代，鼎盛于两宋。据《全宋词》、《全宋词补辑》所录，宋代词人有一千四百余家，词章有两万四百多首。词在宋代流播广远，多彩纷呈。宋初词坛在承传晚唐五代的基础上酝酿新变，晏殊、欧阳修为开山初祖，两人艺术上师承冯延巳而各有独诣，晏词和婉雍容中时蕴哲思，欧词闲雅舒隽中偶露旷放。成名稍晚的柳永、张先专长曲子词，柳永长于铺叙，发展慢声，多反映市民情趣，把词由台阁引向市井；张先出语精巧，清妙绝俗，韵味隽永，提高了词章的风雅品位。北宋中叶，词的

① 参见叶燮《原诗》，见王夫之等《清诗话》下册，中华书局 1963 年版（下引此书，版本均同），第 605 页。

② 李调元：《雨村曲话》卷上引沈宠绥《弦索辨讹》。

创作呈现两种走向：晏几道、秦少游展衍婉丽风韵而加以提高，小晏在描写艳遇离合中渗入华屋山丘之感，少游将俯仰身世之感打并入丽思艳情。另一批作者则在突破婉媚格局、开拓词体堂庑上阔步前进，如王安石、李冠赋词怀古，慷慨激越；贺铸以豪侠气宇步入词林，笔势飞舞，格调悲壮。特别是苏轼，以逸怀浩气举首高歌，倾荡磊落，超拔尘垢，在词坛上别立一宗，苏门弟子追踪唱酬，词风为之一变。北宋末叶朝廷设立大晟乐府，大晟词人的应制之作，内容失于空疏；而此时雅善度曲的周邦彦，以赋为词，集婉约词艺之大成；身经家国患难的李清照，咏唱闺情，感伤事变，卓然成为闺秀高手、词林名家。南渡之初，抗金将领和朝臣李纲、赵鼎、胡铨、岳飞等，写出一批慷慨悲壮的时事词；漂流江南的文士叶梦得、朱敦儒、吕本中、陈与义、张元幹等，于传统题材之外也发出抗战复国的豪吟，这都为其后爱国词派的崛起开了先路。南宋中叶朝廷忍辱求和，志士无地用武，词坛出现了两大创作群体：以辛弃疾为首的豪壮派，延展东坡蹊径，挥写壮词呼吁抗敌复国，写出大批激昂排宕的爱国词章；以姜夔为代表的骚雅词派，承传周邦彦的遗泽而创变，以健笔写柔情，用清刚风调咏江湖隐沦。史达祖、吴文英等承其余绪，运意深远，用笔幽邃，变疏为密，词艺颇为专精。宋亡前后，一些抗敌志士唱出不少浩气凌云的悲壮词章；另一些词人则以凄冷的风致，曲折隐晦的手法，记述陵谷之变，倾泻麦秀之思，体现高蹈远引、不甘屈膝的逸怀清操。可见宋词以空前掩后的成就为两宋文化展现了一幅绚烂多彩的景观。

二、宋型文化的特点

宋代文化在特定的社会土壤和时代条件下发展演进，形成了自己独立的风貌和形态。学界在唐宋两代文化宝塔的对比审察中，曾提出唐型文化与宋型文化对举的说法。对于两代文化的异同点，大家的说法虽不尽相同，但对一代定型而成熟的文化继续研讨以体认其特色，把握其基点和神髓，对倡扬传统文化的光亮点还是很有意义的。对于两宋文化的重要特点，我们拟从三个方面加以认识。

其一，内向性与开放性。哲学思维上，宋代新儒学主张内省，要在自我心性上下工夫，倡导“格物致知”、“正心诚意”。文学理论上，《沧浪诗话》提出以禅喻诗，“大抵禅道惟妙悟，诗道亦在妙悟”。由此宋诗与盛唐诗的宏放博大气象不同，表现视角相对内倾，表现自我、咏唱高情雅趣的篇什有所增多。宋词倾泻自我情悰诣精造微，而描述社会现象的叙事成分相对减弱。凡此种种都是文化思潮内向性的投影。但是所谓“内向”只是相对于盛唐气象而言，决不可由此忽视宋代文化的某些开放性。开放性有多种表现，从参议朝政来说，国初一些有识度的士大夫，敏锐体察到国弱民贫、宴安守成的局面潜伏着时代危机，陆续不断地倡议变革图强。王禹偁即曾向真宗“上疏言五事”，多陈改革政见。柳开向真宗陈奏说：“若守旧规，斯未尽善，能立新法，乃显神机。”[①]赵宋建国将近四十年，便已提出“新法”之说。此后“庆历新政”、荆公变法，以至南渡后的中兴之论、光复之谋，历朝改易更革的政见和意图接连不断，有宋一代始终荡漾着不墨守成规、不安于凝滞的议政思潮，这是观念开放的体现。从学术风气来讲，随着仁宗朝改革声浪的高扬，经学界掀起“疑古”之风，刘敞著《七经小传》，欧阳修作《毛诗正义》，王安石撰《三经新义》，司马光发表《疑孟》篇，以至后来理学家力破旧注，以己意和义理解经，均是学风上超越旧权威、开辟新蹊径的体现。从文学创作观念来讲，宋代文人反对模拟，强调创新，鼓励立异。文坛盟主欧阳修通过曾巩向王安石传授作文要义说：“欧公欲足下少开廓其文……孟韩文虽高，不必似之也，取其自然耳。”[②]梅尧臣主张写诗要“意新语工，得前人所未道”[③]。苏轼倡导诗画要敢于独创，善于“出新意于法度之中，寄妙理于豪放之外”[④]。张炎赞赏姜夔赋梅词：“前无古人，后无来者，自立新意，真为绝唱。”[⑤]以宋词为例，除传统题材外，词作在表现性爱、艳情、婚嫁等方面，有不少坦露的描写和无顾忌的衷情倾泻。如果说前期词多为风流文士

---

① 陈邦瞻：《宋史纪事本末》卷二〇。

② 《曾巩集》卷一六《与王介甫第一书》。

③ 欧阳修：《六一诗话》，见何文焕辑《历代诗话》上册，中华书局1981年版（下引此书，版本均同），第267页。

④ 《苏轼文集》第5册《书吴道子画后》，中华书局1986年版（下引此书，版本均同），第2210页。

⑤ 张炎：《词源》卷下，见唐圭璋《词话丛编》第1册，中华书局1986年版（下引此书，版本均同），第266页。

咏歌馆伎情、酒楼艳遇，那么随后则出现不少深闺女性抒写幽会欢情、闺闱恋情、刻骨离情之作，还有的以血泪笔墨控诉自身的婚姻悲剧，这无疑是对封建女诫的大胆违离。所以我们在认同宋代文化的内敛倾向的同时，也应体察它的开放性。

其二，多元性与融合性。宋代是文化多元的时代，也是走向融通的时代。从哲学上说，宋代儒、道、释三教并行，互有驳议，又互相渗透。宋初儒学家承传唐代韩柳道统文统之说，以宗经明道为己任，柳开、王禹偁、孙何、欧阳修等都有排佛的言论。而后儒生学道谈禅，僧道写诗习文，文人禅学化、禅家文士化的趋向日益显著。宋真宗曾说："三教之设，其旨一也，大抵皆劝人为善，唯识达之士能一贯之。"[①]三教汇一是朝野认同的思潮。理学的开山之师周敦颐沿出入释老、反求诸六经的路数建构"太极图说"。二程吸取释、道，融合三家，体察出"天理"为道学的最高范畴。朱熹援释、道入儒，熔铸三家修炼观、宇宙观、认识论的思想因子，完成集大成的理学体系。宋代文学名家大都融通佛老，如苏轼浑化三教，喜爱谈禅，善于将儒、道、禅对待人生磨难的哲理贯通起来，形成一种圆通明达的忧乐观。辛弃疾是志在复国的事业型词人，也同样兼通佛老，咏过充满禅机理趣的诗章。从文学观念上说，当时文学形态有雅俗的对立，文人大都尚雅忌俗。《沧浪诗话》"诗法"条提出"学诗先除五俗"，即俗体、俗意、俗句、俗字、俗韵。但宋人诗词演化的趋向却是贯通俗雅，以俗为雅，俗雅兼工。因而雅词、俗词并行不悖，诗文题材日常化，语言通俗化，体格多样化，使文学发展呈现出新的面貌。从文体来说，诗、词、文、赋，各有疆界，技法亦异，它们在两宋分途并驰，却又出现了写作上互相参鉴、交叉吸取、突破窠臼、拓展新境的现象，如"以文为诗"、"以诗为词"、"以赋为词"、骈散结合等，有的学者称之为"破体"、"新变"。凡此均可视为宋型文化多元融通的具体展现。

其三，善思辨与重情悰。宋朝政治环境有利于启开言路，发挥议论；政府为控驭文臣武将，特别鼓励台谏议论时政，纠弹官吏，当局甄拔人才专设"能言极谏科"。宋代儒者摆脱汉唐窠臼重新解经，学派分立，思想活跃，传统儒学趋向哲学化，发展了文士的理性思辨。当时士大夫不仅惯于议政、

---

① 志磐：《佛祖统纪》卷四四。

议兵、谈学、论文，而且常就宇宙、历史、人生等幽玄的课题进行高层次的思考和探究，提高了思理品味。文人惯于"开口揽时事，议论争煌煌"[①]；宋人爱发议论，长于思辨，使各体文学染上了较为普遍的理性色彩。政论文和奏章固然言论滔滔，连记叙散文也多含议论成分。《后山诗话》谓："退之作记，记其事耳，今之记，乃论也。"吴讷《文章辨体序》举出范仲淹记严祠，欧阳修记昼锦堂，苏东坡记山房藏书，张文潜记进学斋，朱熹记婺源书阁，都专尚议论，这说明擅长议论是宋文的一般特征。对于以"缘情而绮靡"的诗体来说，宋人也多以之宣发议论。屠隆《文论》说："宋人多好以诗议论。"自来诗体并不排斥议论，但"以议论为诗"，以议论入词，却普遍化于宋代，表明宋代文人雅好思辨。钱钟书先生比较唐宋两代诗风，在《谈艺录》中谓"唐诗多以丰神情韵擅长，宋诗多以筋骨思理见胜"，确乎指明了唐宋诗的分野。但宋代文学重理性，并不排斥其深于情悰，不过其情感抒发偏于沉潜宛曲而已。其实宋词的抒情性特强，真可谓"深情婉至，摹写殆尽"[②]。宋诗也不乏情深意浓之作，如晏殊的《寄远》，梅尧臣的《悼亡》、《书哀》，文同的《春闺》，王安石的《寄吴氏女子》，张耒的《赠营妓刘淑女》，朱淑真的《伤别》，类断肠诗。陆游的多篇游沈园之作，或写恋情亲情，或写生离死别，都是十分动情感人、一睹难忘的。宋文中有不少碑传文、亭台记、书札文、随笔、小品，多写自我，见胸臆，显性灵，其抒情功效也是不可低估的。如苏轼的《记游松风亭》、《在儋耳书》，抒写心情襟绪情深意浓，撼动人心。由此可见宋代文化虽重思理，并不轻淡情悰。

三、宋代文化的神髓

以上对宋型文化的一些特点略予简述，为了把握其基本神髓，以下主要从宋型文化最有代表性的环节——宋代士风和宋代文学所体现的值得弘扬的精华与亮点予以阐释。我们认为宋代文化最值得注目的精神是做人崇尚风节，作文深于思理。

① 欧阳修：《欧阳修集》卷二《居士集·镇阳读书》。

② 田同之：《西圃词说·词须有寄托》。

宋朝建国后，政治上加强了中央集权，经济上庶族地主经济、小自耕农经济迅速发展，社会阶层上冲破了门阀等级，寒门士人提高了社会地位。宋代的政策倾向右文抑武，文化比较开放，教育也显示出普及化、平民化的趋向。科举取士限制势家子弟的特权，开放寒门士子进身的通道。“自仁宗命郡县建学……学校之设遍天下。”[①]寒门士子应试，经济上给予补助，“自起程以至回乡费，皆给予公家”[②]。科举考试的录取名额，也比唐代有大幅度的增加。这使宋代形成了庞大的文化教育阶层，士人有广阔的途径进入仕途，登上文坛。宋代政权对庶族士人开放的程度超过唐代，名官显宦出身寒门布衣的比例显著增加。宋代舆论政策相对开明，鼓励士大夫敢言极谏。赵匡胤曾诏令群臣：“指陈时政得失，事关急切者，许不时上章，无以触讳为惧。”[③]赵匡胤曾在太庙寝殿夹室立碑，其中有一条告诫嗣位天子：“不得杀士大夫及上书言事人。”[④]其后历朝嗣君遵从“祖宗家法”，大体上保留了比较自由的建言议政的风气。

在这种政治氛围中，士大夫文人的自我价值意识、时代责任意识觉醒了，增长了一种修身养气、磨炼人格的道德追求。宋初出现了一批讲究立世风范的政坛文林名家，他们受到世人的仰慕称许，如寇准、范仲淹、欧阳修等人。范仲淹谓寇准在澶渊之役中，“能左右天子，不动如山，天下谓之大忠”[⑤]。朱熹称范仲淹“大厉名节，振作士气”[⑥]。王十朋《读〈岳阳楼记〉诗》云：“先忧后乐范文正，此志此言高孟轲。”《宋史·忠义传一》序说：“真、仁之世，田锡、王禹偁、范仲淹、欧阳修、唐介诸贤，以直言谠论倡于朝，于是中外搢绅知以名节相高，廉耻相尚……故靖康之变，志士投袂，起而勤王，临难不屈，所在有之。及宋之亡，忠节相望，班班可书，匡直辅翼之功，盖非一日之积也。”可见社会土壤的催发、朝野的倡导、名士的垂范使宋代士人重视风节，蔚然成风。宋代士人讲究风操的人格类型多种多样，今举其要

---

① 《宋史·选举志一》。

② 王栐：《燕翼诒谋录》卷一。

③ 陈邦瞻：《宋史纪事本末》卷七。

④ 《避暑漫钞》。

⑤ 《宋史全文续资治通鉴》卷五，台湾文海出版社 1969 年版，第 237 页。

⑥ 《朱子语类》卷一二九。

者，略予说明。

(一)耿介敢言，不畏权势

宋朝有气节的文化人，常以直言敢谏自励自勉并互相激励。如王禹偁性格刚直，不随俗俯仰，自称："兼磨断佞剑，拟树直言旗。"[①]他因立朝忠直受忌被谗，三度被黜，却高吟"屈于身兮不屈其道，任百谪而何亏"[②]，故苏轼颂扬他"以雄文直道，独立当世"[③]。有志于改革弊政的范仲淹，因触怒权相吕夷简被贬；余靖上疏论救亦被贬；尹洙接着上疏要求与范仲淹同贬，亦遭斥逐；高若讷身为谏官，却打顺风旗，欧阳修骂他"不复知人间有羞耻事"，又被贬斥；蔡襄公愤然写作《四贤一不肖诗》，轰动一时，"都人士相传写，鬻书者市之得厚利"。[④] 宋人以直言相砥砺，于此可见一斑。再如南宋胡铨于绍兴年间写《戊午上高宗封事》，反对朝廷忍辱求和，请斩主降派王伦、秦桧、孙近三人以谢天下，受到秦桧的迫害，被发配到边疆。胡铨不畏强权，写《好事近》(富贵本无心)词，斥骂当时官场"有豺狼当辙"！当胡铨被流放新州(今广东新兴)时，一些人"畏罪钳舌，莫敢与立谈"，而张元幹则作《贺新郎》为之饯行，张元幹也因此获罪。[⑤] 叶申芗《本事词》赞张元幹并其词作"刚风劲节，人所共仰"。可知两宋正派人士很敬佩刚直风操。

(二)有志力学，无心致富

宋代看重文治，鼓励力学。宋代学校普及。《宋史·职官志七》载："庆历四年，诏诸路州、军、监各令立学……自是州郡无不有学。"苏轼《南安军学记》说："朝廷自庆历、熙宁、绍圣以来，三致意于学矣，虽荒服郡县必有学。"宋代印刷术发展，文化典籍传播较广，官方、私人刻书藏书的风气兴盛，"学者之于书，多且易致"[⑥]，这为寒素之家的士人重文业轻财富提供了方便。范仲淹成名后写给家乡的诗，提醒父老乡亲："乡人莫相羡，教子读

---

① 王禹偁：《谪居感事》诗，见王延梯编《王禹偁诗文选》，人民文学出版社1996年版(下引此书，版本均同)，第46页。

② 王禹偁：《三黜赋》，见王延梯编《王禹偁诗文选》，第256页。

③ 苏轼：《王元之画像赞》。

④ 陈邦瞻：《宋史纪事本末》卷二九。

⑤ 岳珂：《桯史》。

⑥ 《苏轼文集》第2册《李氏山房藏书记》，第359页。

诗书。”[①]欧阳修少年孤贫，“至以荻画地学书”，为读书“苦志探赜，至忘寝食”。[②] 刘恕（字道原）笃好史学，读书成癖。《宋史·刘恕传》言：“恕好学，自历数、地里、官职、族姓至前代公府案牍，皆取以审证。求书不远数百里，身就之读且抄，殆忘寝食。”他听说宋次道家藏书甚多，便专程前往借阅，次道具餐馔招待，他坚持谢绝，“独闭阁，昼夜口诵手抄，留旬日，尽其书而去”。他家境素贫，“无以给旨甘，一毫不妄取于人。自洛南归，时方冬，无寒具。司马光遗以衣袜及故茵褥，辞不获，强受而别，行及颍，悉封还之”。刘恕为人深受苏轼称赏，苏轼的《送刘道原归觐南康诗》赞扬他说：“青衫白发不自叹，富贵在天那得忙。十年闭户乐幽独，百金购书收散亡。”[③]陈师道（字无己）“少而好学苦志，年十六，早以文谒曾巩”，受到曾巩的称赏和奖掖。他游学京都洛阳逾年，未尝一至贵人之门。傅尧俞想结识他，“知其贫，怀金欲为馈，比至，听其论议，益敬畏不敢出”[④]。黄庭坚敬佩其为人，在《次韵秦观过陈无己书院观鄙句之作》诗中称扬他说：“陈侯大雅姿，四壁不治第。……薄饭不能羹，墙阴老春荠。惟有文字工，万古抱根柢。”足见倡导读书风，鄙夷铜臭气，一时在宋代文人中形成风气。黄庭坚《题胡逸老致虚庵》诗，劈头比较藏书和积金的利弊曰：“藏书万卷可教子，遗金满籯常作灾。”[⑤]又在《郭明甫作西斋于颍尾请予赋诗》中咏有“万卷藏书宜子弟，十年种木长风烟”之句。这种重视文化素养的志趣，在当时是有代表性的。

（三）洁身自持，浮云富贵

赵宋统一之初，政治稳定，经济复兴，社会呈向上发展的形势。不少知识分子当时怀有匡翼明时、建功立业的使命感。随后皇室大臣振兴国威、抗御强敌的决心日减，政治弊端日深，加上改革举措受阻，朝内党争剧烈，政治风云变幻，世俗争权逐利，世风渐趋衰落。苏轼在《赠陈守道》诗中曾入木三分地针砭道：“共见利欲饮食事，各有爪牙头角争。”“人伪相加有余

---

① 王辟之：《渑水燕谈录》卷七。

② 《宋史·欧阳修传》。

③ 《苏轼诗集》卷六。

④ 《宋史·陈师道传》。

⑤ 刘乃昌：《宋诗三百首评注》，齐鲁书社 2004 年版（下引此书，版本均同），第 136 页。

怨，天真丧尽无纯诚。”[①]面对这种污浊世态，一些重视个人修养的文士，选择了介然自持、保持道德自我完善的人生道路，于是产生了一些傲视富贵、洁身自持的隐沦型士人。正由于此，宋人很推崇韩愈的文章，却不满意他汲汲于富贵的人品。据钱钟书《谈艺录》言，“(魏)了翁谓韩公有求于人，则词卑谄不可据”。“张子韶《横浦日新》云：‘韩退之求官书略不知耻。’”《苕溪渔隐丛话》前集卷一六引东坡语云，退之示儿诗，“所示皆利禄事也，至老杜则不然……所示皆圣贤事也”。颇为有趣的是，同批评韩愈夸耀富贵的情事鲜明对立，宋代文人极力赞扬陈师道拒服赵挺之的棉袄一事。据《宋史・陈师道传》，陈师道“高介有节，安贫乐道”，因赵挺之依附权臣，陈素恶其人。一次陈师道要赴郊外参加郊祀典礼，天气严寒，身无棉衣，其妻向赵挺之家借来棉衣，他得知是赵家衣物，坚决不穿，结果因受寒得病而死。这件事在当时文化界引起不小的反响。《朱子语类》卷一三〇载，有人问朱熹，《东都事略》这部史籍如何？朱熹答曰：“适间偶看陈无己传，他好处都不载。”其人问：“好处是甚事？”朱熹答：“他最好处是不见章子厚，不著赵挺之棉袄。傅钦之闻其贫甚，怀银子见他，欲以周之，坐间听他议论，遂不敢出银子。如此等事，他都不载。”可见理学家很赞成人要穷得有志气有操守。诗人王令也很崇尚清操，其《寄洪与权》诗云：“须将大道为奇遇，莫踏人间龌龊踪。”《赠崔伯易》诗又云：“恶看富贵庸男子，喜见徜徉隐丈夫。”黄庭坚《次韵杨明叔见饯》诗云：“杨君清渭水，自流浊泾中。今年贫到骨，豪气似元龙。男儿生世间，笔端吐白虹。何事与秋萤，争光蒲苇丛。”[②]此诗向其弟子杨明叔阐述处世做人的道理，鼓励后学保持清操，介然拔俗，不同世俗庸人争一时的虚名小利，生动地展示了诗人浮云富贵的高雅胸襟。这说明宋代士人讲进退出处之节，处穷贱而保持人格尊严，志气不减、淡泊利禄是在野之士的普遍心态。

(四)丹心为国，浩气干云

南北两宋历时三百二十年，国祚虽长，疆域不广，始终伴随着边廷少数民族政权的威胁、侵扰，辽和西夏、金与蒙元相继进逼，以致国耻连绵，战乱

---

① 《苏轼诗集》第2册，中华书局1982年版(下引此书，版本均同)，第2210页。

② 刘乃昌：《宋诗三百首评注》，第131页。

频仍。风雷激荡的时代，给人们带来了患难和不安，也激发了人们发愤图强、矢志卫国的意志。由此宋代涌现出不少爱国志士和抗敌英雄，也产生了大量体现爱国精神的作品，可以说宋代是爱国精神高扬的时代，是卫国英烈辈出的时代。宋初即有不少诗文作家针对西北辽、夏的边廷侵逼，表达了卫国御敌的战斗精神。如王禹偁《唐河店妪传》记述北方边境一农家老妇机智杀敌的故事，很为动人。这位老妇面对狂暴无礼的敌兵，机警地引诱他至井边，“推虏堕井，跨马诣郡”，当地“民吏观而壮之”。[①] 作者有意用这则故事，引发出一段防边御敌的议论。苏洵《送石昌言使北引》一文鼓励家乡老友石昌言在出使契丹的过程中，要以“说大人则藐之”的气度，于外交活动中气压强敌。改革派诗文作家苏舜钦，写过不少诗篇，谴责西夏发动侵略战争。他胸怀壮志，力主抗战，在《舟中感怀寄馆中诸君》诗中写道：

奋舌说利害，以救民膏肓。
不然弃砚席，挺身赴边疆。
喋血鏖羌戎，胸胆森开张。
弯弓射搀枪，跃马扫大荒。
功勋入丹青，名迹万世香。[②]

表达了他有志报国于疆场的雄心壮怀。苏舜钦性格宏放，笔力豪健，正如黄庭坚所形容的：“苏郎如虎豹，孤啸翰墨场。”[③]他的壮伟诗章为南宋爱国诗派开了先河。此后变法派作家王安石，写过不少诗篇，称颂抗击西夏、收复熙河的胜利，讽喻“澶渊之盟”对辽朝的屈己求和，字里行间洋溢着爱国热情。“靖康事变”之后，宋室偏安，金兵南犯，中原沉沦，朝内主战主降两派斗争激烈，一些抗战将领和爱国作家有志御敌，无路请缨，不能自已地将报国激情和反对主降的忧愤发之于诗词。抗战将领如李纲、胡世将、赵鼎、

---

① 见王禹偁《小畜集》。又见王延梯编《王禹偁诗文选》，第229页。

② 《苏舜钦集》卷一，中华书局1961年版（下引此书，版本均同），第13页。

③ 龚明：《中吴纪闻》卷一。

岳飞等，是主战派的中坚或领袖，慷慨忠愤，毕生以光复故物为己任。岳飞这位家喻户晓的爱国名将，少负气节，家贫力学，青年即应征从军，抗金中屡建奇功，却因反对和议，为奸党秦桧陷害，三十九岁冤死狱中。他的两首《满江红》是驰誉寰宇的爱国杰作，其一首上片云：

> 怒发冲冠，凭栏处、潇潇雨歇。抬望眼，仰天长啸，壮怀激烈。三十功名尘与土，八千里路云和月。莫等闲、白了少年头，空悲切。

另一首下片云：

> 兵安在？膏锋锷。民安在？填沟壑。叹江山如故，千村寥落。何日请缨提锐旅，一鞭直渡清河洛。却归来，再续汉阳游，骑黄鹤。

两词忧思深沉，为国为民，忠肝义胆，喷薄而出，气撼山河，千载之下，读之令人振奋。南渡作家无不痛心国难，呼吁恢复。如诗人陈与义的《伤春》诗，忧伤"庙堂无策可平戎"，称颂长沙太守向子諲率军民英勇阻击金兵的壮举："稍喜长沙向延阁，疲兵敢犯犬羊锋。"[①]词人张元干的《石州慢》词，痛心"群盗纵横，逆胡猖獗"的乱局，倾泻忠义之士"欲挽天河，一洗中原膏血"的强烈愿望。[②] 南宋中期，中兴四大诗人尤、杨、范、陆，都有许多关注国运、张扬民族正气的名篇佳作。范成大出使金国被扣，发出"提携汉节同生死，休问羝羊解乳不"[③]的誓言，决心殉身持节。杨万里渡江过淮追昔抚今，在《初入淮河四绝句》中高吟"刘岳张韩宣国威，越张二相筑皇基"的诗句，颂扬刘锜、岳飞、张俊、韩世忠、赵鼎、张浚等爱国名流，昭示主战派的历史功勋，怨刺主降派自毁长城，读来凛然气节，溢于纸背。陆游青年即立下"上马击狂胡，下马草军书"的壮志，壮年曾入蜀从军，戍守边防，晚年被迫归隐，一生念念不忘光复中原，写出大量感人肺腑的爱国诗，"死去原知万事空，但悲

---

① 刘乃昌：《宋诗三百首评注》，第173页。

② 唐圭璋：《全宋词》第2册，中华书局1965年版，第1076页。

③ 《范石湖集》卷一二《会同馆》诗。

不见九州同”[①]的绝笔诗，感召了历代读者。他是中国历史上最杰出的爱国诗人之一，诚如梁启超《读陆放翁集》所云：“集中什九从军乐，亘古男儿一放翁。”与陆游同时而风节文望可相媲美者，尚有词坛巨擘辛弃疾。辛弃疾青年时代于金军铁蹄下聚众起义，南归后致力恢复中原、统一祖国，虽历尽艰厄，备受谗忌，仍精忠自持，白首不衰。他梦寐以求的是“马作的卢飞快，弓如霹雳弦惊。了却君王天下事，赢得生前身后名”[②]。由于主降派的阻挠和种种条件的限制，他的复国理想终未实现，便将一腔忠愤寄之于词。其爱国词章“激昂措宕，不可一世”[③]，“横绝六合，扫空万古”[④]，唱出了时代最强音。驯至晚宋，江湖诗派名家戴复古、刘克庄等，都赋诗感伤国运、悼念国殇。宋亡前后，在同元蒙侵略军的殊死斗争中，更涌现了不少坚持民族气节的爱国英烈和遗民。文天祥、谢枋得、谢翱、郑思肖、汪元量、林景熙等可为代表。谢枋得起兵抗元，城陷脱逃，后被元军强送大都，胁迫出仕，持节不渝，绝食而死。文天祥抗元复国，兵败被俘，囚禁四年，持节不屈，在狱中写下了《正气歌》、《衣带赞》。祥兴二年(1279)在被遣途中，吟诗拒降，发出了“人生自古谁无死，留取丹心照汗青”[⑤]的誓言，终于慷慨就义，以身殉国。谢翱为悼念文天祥的牺牲，作《登西台恸哭记》，又在《书文山卷后》诗中发出“死不从公死，生如无此生”的刻骨悲吟。林景熙入元不仕，遁迹林泉，写出多篇颂扬爱国义士的诗章，其《闻家则堂大参归自北寄呈》诗中的名句“衣冠万里风尘老，名节千年日月悬”概括了晚宋遗民的高风亮节。

两宋各代士人中都出现过“言语妙天下，名德冠朝绅”[⑥]的时代精英，尽管人格类型多样，但无论刚直敢言型、读书好学型，还是洁身自好型、赤心为国型，无不同样体现出崇尚风节、高扬人格的精神，反映了宋代政治文化圈中士人优良风范的一面。

---

① 陆游：《示儿》，见朱东润编《陆游选集》，中华书局1962年版（下引此书，版本均同），第180页。

② 辛弃疾：《破阵子》，见徐汉明校《辛弃疾全集》，四川文艺出版社1984年版（下引此书，版本均同），第143页。

③ 彭孙遹：《金粟词话·论辛词》。

④ 刘克庄：《辛稼轩集序》。

⑤ 《文山先生全集·过零丁洋》，中国书店1985年版，第349页。

⑥ 韩玉：《东浦词·水调歌头》。

四、士林风范在文学上的体现

宋代士人这种重视人格魅力和处世风范的心态，必然投射于文字著述。中华文化传统涉及修身处世，一向有“三立”之说，即立功、立德、立言，三者又互有关联，所谓“有德者必有言”。宋代流行的士风，必然影响一代文风。范仲淹《岳阳楼记》倡言“先天下之忧而忧，后天下之乐而乐”，垂范一时；梅尧臣《答韩三子华韩五持国韩六玉汝见赠述诗》吟出“愤世嫉邪意，寄在草木虫”，为诗友认同；欧阳修《送徐无党南归序》讲圣贤垂芳在于“修之于身，施之于事，见之于言”；曾巩《上欧阳学士第一书》推尊欧阳修“推吐赤心，敷建大论”；王安石《上人书》强调为文“务为有补于世”；苏轼《凫绎先生诗集叙》主张诗文“皆有为而作”，“言必中当世之过”。宋代文章领袖所倡导的宏阔襟怀和求实识度，发而为文，自有淑世育人、扶正祛邪之功。宋代诗、词、文等文学部类，其突出特色是大都以深沉思理见胜，表现为喜议论，富哲思，有寓托，含妙悟。这些质素在关念国防、体恤民隐、针砭时弊和反思人生的篇什中显露得尤为鲜明。

（一）关念国防

上文已提及宋室立国，版图缩小，初期几度对外用兵失利后，转而采取退守政策，随后又以输金纳币换取苟安。因此，国防问题始终是关系国家安危的突出问题。宋初文士早就敏感地觉察到国防问题的严重性。例如王禹偁《对雪》诗，写在帝都雪夜寝不成寐时，想到边防战士的艰辛：“又思边塞兵，荷戈御胡骑。城上卓旌旗，楼中望烽燧。弓劲添气力，甲寒侵骨髓。”诗中以“且乏安边议”引咎自叹，实际是讽喻朝廷忽视国防，安边无策。梅尧臣在《故原战》诗中，记述了康定二年（1041）好水川战役宋军为西夏军打败的惨景：“大将中流矢，残兵空负戈，散亡归不得，掩抑泣山河。”对当时轻敌致败，感到痛心。苏舜钦的《庆州败》反映了一次丧师辱国的边防战役，发端四句云：“无战王者师，有备军之志，天下承平数十年，此语虽存人所弃。”可说是单刀直入地批评执政者忽视边防，贻害国家。王安石的《河北民》指斥官府搜刮民膏，向辽、夏输币求和：“家家养子学耕织，输与官家事夷敌。”人们加强国防的言论，未能引起北宋当局的警醒，“澶渊之盟”后，武备愈益废弛。不少文人进奏御戎策、强兵谋，如尹洙《息戍》文针对西北边防的形势，剀切陈词，建议当局："慎简守帅，分其统，专其任……坚于守备，习其形势，积粟多，教士锐，使虏众无隙可窥，不战而慑。《兵志》所谓'无恃其不来，恃吾有以待之'。"[①]这就是说：要慎选将领，明确责任，加强守备，训练士兵，做到立足于强兵自卫，有备无患。

宋室偏安之后，边患加剧，国难日深，士人强兵御敌挽救颓局的言论更加激切。如李纲建炎初连续写了十篇奏议，建言保国。《议国是》篇论证和、战、守三者的关系，提出正确的决策是"严守御以备之，练兵选将，一新军律。俟我国势既强，然后可以兴兵邀请"[②]，以强劲的武力应敌。虞允文《论今日可战之机有九疏》概括了"群士夫之言"，分析了九条"可战之机"，主张兴兵抗御金军侵略，认为当今之计应"尽力于备战，无为因循之计，而后可以万全"。[③] 辛弃疾起义南归之后，著《美芹十论》，全面分析敌我形势和战局前景，陈述了抗御强敌、收复故土的战略战术，体现了保国卫民的胜利信心。[④] 稍后陈亮进奏《中兴五论》，驳议消极防守的策略，力主建立以襄、汉为中心的战略基地，积极准备反守为攻，以期统一南北，复兴宋室。南宋更多的诗人词人，都满怀期望地呼唤振兴国防，抗御强敌。如陆游《陇头水》诗云："生逢和亲最可伤，岁辇金絮输胡羌。夜视太白收光芒，报国欲死无战场。"尤袤《送吴待制守襄阳》诗称："词源笔下三千牍，武库胸中十万兵。从此君王宽北顾，山南东道得长城。"张孝祥《水调歌头·闻采石战胜》咏："我欲乘风去，击楫誓中流。"刘过《贺新郎》（弹铗西来路）吟："腰下光芒三尺剑，时解挑灯夜语。"这些作品，或自抒壮怀，或鼓励战友，或祈盼遑才效力，从未泯没报效故国、挽救战局的毅力和夙愿。

宋代有关国防的政论和诗歌与唐代的政论和边塞诗有所不同。唐人之作视野宏阔，格调雄浑，韵味空灵浪漫，显示出大国的盛世气象。宋人之作，气韵偏于深沉忧愤，措辞激切，现实针对性强，感情峥嵘跌宕，多是国难

---

① 四川大学中文系古典文学研究室编：《宋文选》上册，人民文学出版社 1980 年版（下引此书，版本均同），第 55 页。

② 四川大学中文系古典文学研究室编：《宋文选》上册，第 305 页。

③ 参见四川大学中文系古典文学研究室编《宋文选》下册，第 358 页。

④ 参见徐汉明校《辛弃疾全集》，第 322 页。

环境和尖锐政治斗争旋涡中的产物。

（二）体恤民瘼

宋代社会经济虽有相当的发展繁荣，但由于官僚机构丛冗，对外纳贡输币，人民负担沉重。富弼在庆历间就曾指出："国用殚竭，民力空虚，徭役日繁，率敛日重，官吏猥滥，不思澄汰，人民疾苦，未尝省察。"[1]中华民族向有民本思想，强调"民为邦本"，王维所谓"忘己爱苍生"[2]，杜甫所谓"穷年忧黎元"[3]，就是重民思想的体现。宋代士林中民本观念进一步倡扬。李纲以病牛自拟，生动地抒发了他愿为平民百姓鞠躬尽瘁的情操。其《病牛》诗云："耕犁千亩实千箱，力尽筋疲谁复伤。但得众生皆得饱，不辞羸病卧残阳。"基于这种甘为庶民牛的精神，宋代不少士人将视角转向基层，写出大量关注民瘼之作。如高弁《望岁》阐述祈望丰年，要让"士农工商，各安其业，以相资生。事有不当民务者，皆禁而不行"。水旱之灾固然危害农事，而"暴虐之吏，过于水旱远矣"。聚敛之吏"可诛而不可赏"。[4] 持论耿介，下语剀切。曾巩《越州赵公救灾记》记赵抃救灾恤民的政绩，认为"其施虽在越，其仁足以示天下；其事虽行于一时，其法足以传后"，称扬了赵氏爱民的风范。梅尧臣的《田家语》写州官为了邀功媚上，无视农业生产，强行抓兵，疯狂搜捕，"搜索稚与艾，唯存跛无目。田闾敢怨嗟，父子各悲哭"，给乡民带来一场祸害。其《汝坟贫女》写贫家孤女哭诉老父被强抓当兵，造成"果然寒雨中，僵死壤河上，弱质无以托，横尸无以葬"的结果，所写惨相令人酸鼻。王安石《河北民》写官府为向辽夏纳币，将负担转嫁给贫民，使遭逢大旱的北方农民逃荒南方乞食，而南方虽遇丰年，也吃不饱饭，到处"悲愁天地白日昏，路旁过者无颜色"，一派饥荒景象。张耒《劳歌》写盛夏酷暑奇热难耐，而牛马不如的贫民，不得不沿街出卖劳力，养家糊口："半衲遮背是生涯，以力受金饱儿女。"陆游《农家叹》写农民勤恳耕作，终年辛苦，却因偶尔未交足租赋，被县吏抓到县庭，受尽折磨："一身入县庭，日夜穷笞搒。"[5]官

---

① 《历代名臣奏议》卷三一七。

② 《全唐诗》卷一二五王维《赠房卢氏琯》。

③ 《全唐诗》卷二一六杜甫《自京赴奉先县咏怀五百字》。

④ 参见四川大学中文系古典文学研究室编《宋文选》上册，第 17 页。

⑤ 朱东润编：《陆游选集》，第 126 页。

府对百姓何其残暴！范成大《催租行》写基层乡吏里正以催租为借口，无赖地敲诈百姓钱财。[①]《后催租行》写天灾连年，颗粒未收，农民由卖衣交租到出卖人口来完税："去年衣尽到家口，大女临岐两分手。今年次女已行媒，亦复驱将换升斗。"[②]农家之穷苦令人耳不忍闻。华岳《田家》写老农男耕女织辛苦一年，交租还债后家计一空："老农锄水子收禾，老妇攀机女织梭。苗绢已成空对喜，纳官还主外无多。"农家再勤苦也难以换得温饱。戴复古《庚子荐饥》写宋理宗时浙东一带连年饥荒，其中云："饿走抛家舍，纵横死路歧。有天不雨粟，无地可埋尸。"所写农民逃荒出走饿死路边的惨相，令人目不忍睹。有的作者感叹劳动人民辛苦劳作，却无缘享有所创造的劳动果实。如张俞《蚕妇》云："昨日入城市，归来泪满巾。遍身罗绮者，不是养蚕人。"梅尧臣《陶者》云："陶尽门前土，屋上无片瓦。十指不沾泥，鳞鳞居大厦。"这类诗以发人深省的对比，警策地揭示了封建社会的分配不公。

上引文字所反映的人物，有耕夫、渔民、灾民、养蚕妇、砖瓦工等等，在对他们艰难处境、悲惨遭遇的描述中，渗透着作者的无限同情和深沉思考，字里行间贯注着关切民隐的情悰，表明重民爱民的观念在宋代士林中有所倡扬和深化。

（三）针砭时弊

宋朝建立后社会经济文化空前发展，而后随着上层的苟安享乐，吏治的黑暗腐朽，"官乱于上，民贫于下，风俗日以浇薄，才力日以困穷"[③]，政治弊端日益显露。宋代文人正视现实，敢于直言，不甘默视，由此针砭时弊的文字所在多有。苏轼在应制科考所进的策论中，就劝谏仁宗"励精庶政，督察百官"。他认为上下隔绝，声气不通，是行政的一大弊害，尖锐地指责当时贿赂公行、钱可通神的现象："凡贿赂先至者，朝请而夕得；徒手而来者，终年而不获；至于故常之事，人之所当得而无疑者，莫不务为留滞，以待请属；举天下一毫之事，非金钱无以行之。"[④]这段文字对当时官场的腐败黑暗说得何等一针见血！何耕《录二叟语》借记迎春会上两位老人的对话，揭露

---

① 参见《范石湖集》卷三。

② 《范石湖集》卷三。

③ 《王安石集》卷三九《上时政疏》。

④ 《苏轼文集》第1册《策别课百官三》，第245页。

官僚的钩心斗角。文中形容权势之家“倚势而怙宠，役物以自奉，嘘吸生风云，叱咤为雷霆”[①]，足见其恃权不可一世。孙因《蝗虫辞》以蝗虫喻指吸吮人民血汗的达官贵人，说“蝗日益盛，民日益病，蝗日益硕，而民日益瘠”[②]，比喻非常恰当。罗大经《能言鹦鹉》借用谢良佐的话，讽刺言行相悖的伪君子是“能言鹦鹉”，他们作起报告道理堂皇，干起事来劣迹昭彰。作者感叹“下以言语为学，上以言语为治”，世道一天不如一天。[③] 刘黻《率太学诸生上书》讲当时监督机制反常，谓：自古设置台谏，本意在于“伸君子而折小人，昌公论而杜私说”，而今台谏官多贪婪之徒，“以谄谀承风旨，以倾险设机阱，以澳涊盗官爵”，以致形成所谓“钱神通灵于旁蹊，公器反类于互市”的恶俗，即金钱支配一切，权钱互相交易。[④] 这些文章鞭挞时弊，笔锋相当犀利。

宋代诗词亦不乏刺时警世之篇。例如，郑獬《采凫茨》写农民无粮度荒，靠采凫茨充饥，而官家却仓廪充实，喂肥了大批硕鼠：“一粒不出仓，仓中群鼠肥。”[⑤]群鼠借指残民以逞的官僚。苏轼有名的《荔枝叹》借揭露汉唐进贡荔枝给人民带来的祸害，将攻击的矛头指向宋代“争新买宠”的官僚。晁说之《明皇打球图》借咏唐代史事，讽谏徽宗切勿沉湎于享乐。邓肃《花石诗》描述徽宗广搜天下奇木异石，起造万寿山，用以批评皇室穷奢极欲。宋词中直接讽喻时政之作不多，但也有对世风人情的清醒针砭。如徐积《君不悟》以超拔的风姿回眸社会，吟出“回看尘世足风波，忧患大，是非多”[⑥]之句。苏轼历经升沉，感叹社会不公，在《行香子》中，借西汉史事倾泻积愤，谓：金日磾、张安世“无汗马事，不献赋，不明经”，反能七代“纨绮貂缨”，大富大贵；而品高学博的严君平、郑子真，却只能以卖卜力耕寂寞终生。[⑦] 有权者炙手可热，怀才者门庭冷清，词人以犀利的笔锋，批判了世态的贤愚颠倒。辛弃疾厌恶官场险恶，在赠答友人的《水调歌头》（君莫赋幽愤）中，提醒友人不要涉足京都官场：“长安车马道上，平地起崔嵬。”意谓京

① 四川大学中文系古典文学研究室编：《宋文选》下册，第 477 页。
② 四川大学中文系古典文学研究室编：《宋文选》下册，第 478 页。
③ 参见四川大学中文系古典文学研究室编《宋文选》下册，第 490 页。
④ 参见四川大学中文系古典文学研究室编《宋文选》下册，第 499 页。
⑤ 钱钟书：《宋诗选注》，人民文学出版社 1985 年版（下引此书，版本均同），第 59 页。
⑥ 刘乃昌、朱德才选注：《宋词选》，人民文学出版社 2003 年版（下引此书，版本均同），第 149 页。
⑦ 参见石声淮、唐玲玲《东坡乐府编年笺注》，华中师范大学出版社 1990 年版，第 493 页。

都官场随时会产生风波。在《千年调》(卮酒向人时)中,辛弃疾以反语嘲讽恶浊的官场:"最要然然可可,万事称好",唯有那种"寒与热,总随人"的市侩,"学人言语"的"秦吉了",方能引人喜欢,交上好运。[①] 这些词句体现了作者对当时恶劣的社会风气的厌弃和指斥。

宋代指斥时弊的文字,有的直言不讳,议论英发;有的虽借古讽今,而立意明朗;有的批评剀切,甚至将矛头直指最高统治层。这与当时知识界社会责任感强、密切关注现实、忧患意识浓重、习于直言敢议息息相关。

(四)反思人生

宋代建国后,扩展幅员不力,振兴国力的信心缩减,随着以后变法图强的失败,导致党争剧烈,政坛风云变幻。不少知识分子卷入政治风波,历经宦海升沉,感受人世冷暖,不免对命运与人生产生困惑之感和探究之愿。宋代儒、道、佛三教演变为互相融通和渗透,开阔了文人的思理。尤其禅宗论辩宇宙人生的诸多话题,引发了人们的兴趣,因此宋代士人的哲思玄想趋于活跃,一些文化英才惯于以哲人慧眼观察世界,使某些诗文富哲思,含理趣,染禅味,具有理性机趣。

宋代诗文的这种哲思光芒,有诸多表现。一类以日常事物、生活小景隐喻某种普遍的生活哲理,给人以领略不尽的启示。如王安石《游褒禅山记》,通过探山纪游悟出一个道理:"入之愈深,其进愈难,而其见愈奇","而世之奇伟瑰怪非常之观,常在于险远"。这就告诉人们:高深的造诣、辉煌的成果,只有经历不畏险难、百折不挠的努力方能获得。苏轼《日喻》以盲人问日、南方人游泳为喻,阐明实践出真知的道理,主张认识客观事物,要不断地接触实际。[②] 王安石《登飞来峰》诗云:

飞来山上千寻塔,闻说鸡鸣见日升。
不畏浮云遮望眼,自缘身在最高层。[③]

① 参见徐汉明校《辛弃疾全集》,第123页。

② 参见《苏轼文集》第5册,第1980页。

③ 李壁:《王荆文公诗笺注》卷四八,中华书局1958年版(下引此书,版本均同),第681页。

此诗借写登山寄寓站得高看得远、立足点高而视野开阔的真理。苏轼《题西林壁》云：

> 横看成岭侧成峰，远近高低各不同。
> 不识庐山真面目，只缘身在此山中。[①]

此诗借观赏山景，暗示人们当局者易迷，只有出乎其外方能看清复杂事物的整体风貌。朱熹的《观书有感》云：

> 半亩方塘一鉴开，天光云影共徘徊。
> 问渠哪得清如许？为有源头活水来。[②]

这里借池塘景观启示人们，要想头脑清醒、心地明澈，就需坚持学习，不断补充新的知识。张良臣《偶题》：

> 谁家池馆静萧萧，斜倚朱门不敢敲。
> 一段好春藏不尽，粉墙斜露杏花梢。

借游园赏春，使人领悟到新生事物具有顽强的生命力，它的芳香美姿是禁锢不了的。叶绍翁的《游园不值》云：

> 应怜屐齿印苍苔，小扣柴扉久不开。
> 春色满园关不住，一枝红杏出墙来。[③]

也是借新春游园显示美好事物具有无限的生机。

另一类作品则是从切身体验出发，喟叹人生匆促，世路崎岖，生活艰

---

① 刘乃昌：《宋诗三百首评注》，第 106 页。

② 刘乃昌：《宋诗三百首评注》，第 257 页。

③ 叶绍翁：《精逸小集》。又见刘乃昌《宋诗三百首评注》，第 282 页。

辛,但作者善于以明达识度超拔悲苦,趋向坚韧爽朗,给人以强健乐天之感。如苏轼《赤壁赋》写遨游赤壁乐而生悲,触动起“寄蜉蝣于天地”、“哀吾生之须臾”的感喟,随即以辩证的两面观生发出一段妙论:“自其变者而观之,则天地曾不能以一瞬,自其不变者而观之,则物与我皆无尽也。”①这就由沉郁苍凉而演化为悠游乐天。其《超然台记》借记台阐发出他超然物外的人生态度。文章说明在物我关系上,人之欲望无穷,而物给予人的满足有限,陷溺其中就会产生无穷的烦恼,唯有置身物外,以我役物,方能“无往而不乐”。② 这种哲理推演,体现出作者善于反思人生、超拔物欲的洒脱襟怀。人生征途崎岖,不如意事十常八九,正如陈师道《绝句》所云:“书当快意读易尽,客有可人期不来。世事相违每如此,好怀百岁几回开。”③苏轼《慈湖夹阻风》也感叹:“且并水村攲侧过,人间何处不巉岩。”④宋代重风节的文人,常能以泰然自若、履险如夷的风姿行进于“巉岩”的人生道路之上。苏轼《定风波》词上片云:

> 莫听穿竹打叶声,何妨吟啸且徐行。竹杖芒鞋轻胜马,谁怕?一蓑烟雨任平生。⑤

作者以宽阔的襟怀沉稳地面对突然而来的袭击,自会迎来雨过天晴的平静,自然界如此,人生旅程中又何尝不是如此。人们在心地坦荡的奋发前进中,常会遇到峰回路转的景观、柳暗花明的机遇。陆游在《游山西村》中咏出“山重水复疑无路,柳暗花明又一村”⑥的名句,脍炙人口,家传户诵。宋代其他诗人也咏唱过意境略同的佳篇,诸如王安石《江上》诗:

> 江北秋阴一半开,晚云含雨却低徊。
> 青山缭绕已无路,忽见千帆隐映来。⑦

---

① 《苏轼文集》第1册,第5页。

② 参见《苏轼文集》第1册,第351页。

③ 陈师道:《后山集》。又见刘乃昌《宋诗三百首评注》,第153页。

④ 《苏轼诗集》第6册,第2034页。

⑤ 刘乃昌、朱德才选注:《宋词选》,第211页。

⑥ 钱仲联:《剑南诗稿校注》第1册,上海古籍出版社1985年版(下引此书,版本均同),第102页。

⑦ 李壁:《王荆文公诗笺注》卷四四,第604页。

苏轼《慈湖夹阻风》其二云：

> 此生归路愈茫然，无数青山水拍天。
> 犹有小船来卖饼，喜闻墟落在山前。[①]

秦观《秋日》诗云：

> 霜落邗沟积水清，寒星无数傍船明。
> 菰蒲深处疑无地，忽有人家笑语声。[②]

上引诗篇显示：在郊野长途旅行中，偶或遭逢阴雨威胁、青山挡道、菰蒲丛生、归路茫然，但刹那间可能会发现航船、港湾、人群、笑语，于是阴沉转化为光明，希望取代了焦虑。这里自然景象的奇巧描写，蕴藏着对人生之旅的深沉反思。

在自然景观和日常生活的描写中，含蕴着哲理机趣，寄寓着人生反思，这是宋代文学的重要特色，其象外之景，言外之意，是发人深省遐思、耐人品味不尽的。

以上以宋代文学为重点，概略讲述了宋代文化的兴隆和重要特质。可以看出两宋文化精英人士讲究风节操守，互相激励，言传躬行，蔚然成风。由他们作为主体而形成的一代文化，具有深广的意蕴和沉厚的思理。突出表现为以责任意识忧念国事，关怀民生，批评社会污浊现象，开掘人生哲理反思，从而树立了中华历史上又一座文化峰峦。宋代文化成为华夏文明近代化的一个重要起点，在当时对周边邻国如高丽、日本等，都有深远影响，在世界文化廊苑中也占有重要的位置。海内外学者对此已有论述，有的人把从北宋开始的中华文化的发展，比拟为“中国文艺复兴阶段”[③]；有人认为对宋代文化与欧洲文艺复兴应该理解为“并行和等值的发展”[④]。由此可见，宋代文化在海内外是卓有影响、值得研讨的。

---

① 《苏轼诗集》第6册，第2034页。

② 秦观：《淮海集》。又见刘乃昌《宋诗三百首评注》，第140页。

③ 见《胡适口述自传》。

④ 刘俊文主编：《日本学者研究中国史论著选译》第1卷引宫崎市定语。

第二章　宋诗成就简论

一、宋诗的成就与地位

宋诗是中国诗歌发展史上的重要阶段，是唐诗之后的又一座高峰。

我国古代诗歌的发展经历了漫长的历史时期。以《诗经》为代表的先秦时代大多是四言体，汉魏六朝在乐府诗的基础上进一步发展了五七言古诗，到唐代古近体诗臻于成熟，无体不备，大家辈出，流派林立，诗歌取得了辉煌灿烂的成就，形成了空前的艺术高峰。唐代是中国诗歌的高峰期、成熟期、完备期，但不是终结期。宋继唐后，把古代诗歌艺术继续向前发展，开拓了新天地，创造了有别于唐诗的独特风韵，形成了可与唐诗抗衡的独立营垒。可以说宋诗是中国诗歌发展史上仅次于唐诗的又一高峰，那么该怎样认识宋诗的成就与地位呢？

吴江叶燮（字星期）在《原诗》卷二中曾打比方说：

> 譬诸地之生木然，三百篇则其根，苏、李（指汉苏武、李陵）则其萌芽由蘖，建安则生长至于拱把，六朝则有枝叶，唐诗则枝叶垂荫，宋诗则能开花，而木之能事方毕。[①]

---

① 王夫之等：《清诗话》下册，第 588 页。

叶燮的观点是把宋诗看成五七言古典诗的终结期。宋以后，元代诗坛主要学唐诗与魏晋诗，尚未形成独立的代表一个时代的风韵。明代倡导模拟盛唐，诗作数量虽多(据说现在编辑《全明诗》，已收集到四十余万首，超过唐诗近十倍)，但艺术上缺少创造性，未能出现高峰。清人不满明人的一味复古模拟，有志于力挽颓风，重振诗坛，但毕竟已是强弩之末，虽然“夕阳无限好”，不免使人感到“只是近黄昏”了。所以综观中国诗史，只有“宋诗”可与“唐诗”相提并论，具体从哪些方面证明这种论断呢?

(一)宋代是诗歌的繁荣时代

宋代诗歌繁荣，有其历史的必然性。唐诗的成熟兴盛积累了丰富的写作经验，提供了深厚的文化底蕴，为诗歌的继续发展奠定了优越的基础和前提，这是诗歌自身的前行条件。除诗歌自身发展的历史内因外，宋代的社会政治条件和文化政策，也是宋诗繁荣的重要原因和肥沃土壤。唐末五代经过六七十年间走马灯式的政权更替，社会生产遭到破坏，人民生活不得安宁。这种局面的形成，其重要原因是武将专权，藩镇割据，军阀混战。当时社会上层人士形成一种看重武力强权的风气，甚至认为“及第不必读书，作官何须事业”[①]。赵宋统治集团反思和总结了历史教训，顺应时代潮流，主张以文治国。创业靠刀枪，守业要偃武修文，因此北宋历朝政策向文治方向倾斜，右文抑武，优渥士大夫，实行开明的文化政策。五代时学校教育废弛，从宋太祖开始注意兴办学校，北宋历朝都比较重视教育。《宋史·职官志七》载:“庆历四年，诏诸路州、军、监各令立学，学者二百人以上，许更置县学，自是州郡无不有学。”苏轼《南安军学记》说:“朝廷自庆历、熙宁、绍圣以来，三致意于学矣，虽荒服郡县必有学。”[②]全国各地形成了不同层次的学校网络，教育普及，文化高涨，文人辈出。宋代扩大科举取士制，考试科目除“策问”外，主要考诗赋、经义，所以文人读书、习诗赋、练策论，蔚成风气。

宋代知识层、官员、将领、古文家、学术家都善写诗，有的身兼诗人。曾巩是散文大家，陈师道《后山诗话》说:“曾子固短于韵语。”其实他的诗写得

---

① 赵令畤:《侯鲭录》卷八。

② 《苏轼文集》第2册，第324页。

也不错，其《元丰类稿》现存诗歌四百多首。道学家有时鄙薄诗赋，程颐曾说，杜甫"'穿花蛱蝶深深见，点水蜻蜓款款飞'，如此闲言语道出做甚"①！但友人王子真寄药来，他却写诗酬谢。朱熹在《答杨宋卿》中自称"熹不能诗"，又在《清邃阁论诗》中说"不用多作"，可是他的诗写得又多又好。宋代还形成了道学诗派。词在宋代发展鼎盛，但并没有排挤了诗的重要地位，相反它长期被称作"诗余"，往往不被编入正集中，其与诗并行发展的地位是逐步形成的。专业词人也都擅长写诗，柳永、贺铸、秦观、李清照、姜夔等均有诗作。宋代诗僧增多，方外人士也爱写诗。女性诗人也大大增加，唐代女诗人流传作品不多，《全唐诗》所收寥寥无几，《宋诗纪事》则载录宋代有诗歌传世的妇女作者，包括闺媛、女冠、女妓、嫔妃等近一百二十人。足见宋代能诗者遍及各个阶层。宋代多高产作家，相较唐代李白存诗九百多首、杜甫一千四百多首、白居易近三千首而言，宋代陆游则是"六十年间万首诗"，今存九千三百多首；刘克庄《题放翁像》有"三百篇寂寂久，九千首句句新"之句；杨万里也存诗四千二百多首。

宋诗十分浩博。唐诗，据《全唐诗序》得诗四万八千九百首，作家二千二百余人，加上《全唐诗逸》和补遗，作品约有五万首。宋诗，据厉鹗《宋诗纪事序》凡得三千八百一十二家，陆心源《宋诗纪事补遗》又辑录了前书未收的许多作家，孔凡礼《宋诗纪事续补》又辑录厉、陆二氏未收的作者约一千五六百人。北京大学古文献研究所编纂的《全宋诗》七十二巨册，收诗人八千九百家，相当于《全唐诗》的四倍，总字数近四千万，篇幅等于《全唐诗》的十倍。

(二)宋代是诗论发达的时代

诗歌评论是随着诗歌创作的发展而发展的。专以漫话诗坛逸事、品评诗作、谈论诗法、探讨源流演变等为内容的专书称为"诗话"。它是在诗歌高度繁荣的基础上产生的。评论诗歌的言论，在先秦的史籍和诸子散文中早有零星载录，如《左传》、《论语》、《孟子》等。汉魏六朝产生了议论诗歌的专文，如汉代《毛诗序》，梁代《文心雕龙》中的《明诗》、《辨骚》、《乐府》等篇。至于论诗的专著，则有梁代钟嵘的《诗品》，唐代皎然的《诗式》、司空图的

① 《二程语录》卷一一。

《二十四诗品》。《诗品》是诗话的滥觞，诗话的大量出现、空前繁荣是在宋代。宋代第一部诗话是宋诗的代表作家欧阳修的《六一诗话》，稍后有司马光为续《六一诗话》而作的《续诗话》，司马光《资治通鉴》的合作者刘攽有《中山诗话》，北宋末陈师道著《后山诗话》。南宋著名的诗话有刘克庄的《后村诗话》、叶梦得的《石林诗话》、杨万里的《诚斋诗话》、姜夔的《白石诗说》、严羽的《沧浪诗话》等。可知欧阳修《六一诗话》首开风气，此后撰述诗话，层出不穷，蔚然成风。

之所以说宋代诗话繁荣，有如下一些标志：其一，宋代诗话体制正式形成，大都明确标出诗话的名目。其二，由于诗话著述繁多，便出现了诗话的汇编或选编，集录多种评诗言论供人检阅。各书的汇编体制也多种多样，如北宋阮阅编《诗话总龟》九十八卷，宣和五年(1123)编成，按内容性质分“忠义”、“讽喻”、“达理”、“博识”等一百多门。南宋魏庆之编《诗人玉屑》二十卷，度宗时编成，分“诗辨”、“诗法”、“诗评”、“诗本”等类目。南宋胡仔的《苕溪渔隐丛话》一百卷，以时代、人物为线索编排，除摘编现有材料，时或表示己见。其三，早期诗话多直感式品诗评艺，在一鳞半爪的片断议论中体现出真知灼见、妙悟玄思，有画龙点睛、发人深省之效。如《六一诗话》评孟郊诗：

> 孟有《移居诗》云：“借车载家具，家具少于车。”乃是都无一物耳。又《谢人惠炭》云：“暖得曲身成直身”，人谓非其身备尝之，不能道此句也。[①]

这里通过评鉴两句诗，说明真切的生活体验是写成逼真感人的诗歌的基础。《温公续诗话》评鉴杜甫《春望》诗说：

> 惟杜子美最得诗人之体。如：“国破山河在，城春草木深。感时花溅泪，恨别鸟惊心。”山河在，明无余物矣；草木深，明无人矣；花鸟，平

① 何文焕辑：《历代诗话》上册，第266页。

时可娱之物，见之而泣，闻之而悲，则时可知矣。[①]

当时长安被安史乱军焚掠一空，杜甫写此感伤动乱。司马光举此例以说明诗“贵于意在言外，使人思而得之”的道理，即诗贵含蓄，耐人品味，要善于以意象表达情思，做到以景写情，融情入景。早期诗话多短小精悍，一语破的，精彩绝伦，但不成体系，缺乏系统。到南宋出现了有系统、趋向理论化的诗话著作，除对具体作家作品的鉴赏评论外，还对诗歌的创作、鉴赏、发展、演进等理论问题进行了系统的阐述。如严羽的《沧浪诗话》，分为《诗辨》、《诗体》、《诗法》、《诗评》、《考证》五篇阐述自己的见解，这说明有关诗歌的理论和批评在宋代有了长足发展。

宋代诗话著作究竟有多少？《四库全书总目提要》著录宋代诗话三十二部；《中国丛书综录》著录宋代诗话六十七部；中华书局出版清代何文焕编定的《历代诗话》，收录宋代的十六种；近人丁福保编定的《历代诗话续编》，收入宋代诗话十二种；中华书局出版郭绍虞辑的《宋诗话辑佚》，辑录残存宋诗话三十三种。罗根泽说：“诗话起于宋，也盛于宋，存佚残辑，甚为繁杂。”他制有《两宋诗话年代存佚残辑表》，共著录九十五种。郭绍虞《宋诗话考》，考订宋诗话今存四十二部，辑本四十六部，已佚而知其名者五十一部，合共一百三十九部，足见宋人诗话之繁富。以后各朝均有诗话之作，然据著录，元代诗话仅有十余部，明代不足五十部，清代也只有五十余部，其繁盛情况均未超过宋代。诗论的发达是以诗歌创作的繁盛为土壤的，所以诗话可以反映宋诗的繁荣。

（三）宋代是诗坛不断倡导创新的时代

赵翼《瓯北集》说：“诗文随世运，无日不趋新。”创新、开拓、变革是诗歌发展的内动力，模拟、蹈袭则会导致艺术僵化。宋诗所以能在古代诗史上占有重要的地位，就在于它于唐诗高潮之后能另辟新径，别树一帜。宋代有一种崇尚创新的学风。宋代社会矛盾的激化，激发了士大夫和知识层寻求出路、挽救危机的愿望。政治上北宋寻求改革图强，南宋救亡图存的呼声一直未断。思想界、学术界呈现一种破因袭、开新径的祈望。宋代出现

① 何文焕辑：《历代诗话》上册，第277页。

"疑经"、重新解经的思潮，汉唐一直将毛诗郑笺奉为圭臬，宋人则予以突破，儒学到宋代演变为理学，王安石曾创立新学。宋代经学家都重视重新解经，经学由汉唐的拘守章句故训的笺注经学发展为阐发性理、通经致用的宋代经学，这对诗坛也深有影响。

欧、梅是开启一代诗风的诗人，他们论诗都主张求新。欧阳修说：

> 圣俞尝语余曰："诗家虽率意，而造语亦难。若意新语工，得前人所未道者，斯为善也。"①

北宋前期文人反对西昆，重点是指责其模拟剽窃。刘攽《中山诗话》载，真宗时京都演员们还曾扮演相声式小品嘲讽西昆"后进"：

> 祥符、天禧中，杨大年、钱文僖、晏元献、刘子仪（刘筠）以文章立朝，为诗皆宗尚李义山，号西昆体。后进多窃义山语句。赐宴，优人有为义山者，衣服败敝，告人曰：'我为诸馆职挦扯（犹剽窃）至此！'闻者欢笑。②

足见欧、梅诗风是在文坛普遍厌弃模拟的风气中形成的。苏、黄是创建宋调的诗坛宗师。苏轼提倡清新："诗画本一律，天工与清新。"③黄庭坚力主独创。他面对唐诗高峰矗天，不是望而却步，也不是邯郸学步，而是独辟新径。他一再宣称："文章最忌随人后"，"随人作计终后人，自成一家始逼真"，"我不为牛后人"，"声随器形异，安可一律调！"④所以他创为"山谷体"不是偶然的。江西派诗论并不是订下僵化的条条框框，让人们照抄照传。北宋末吴可《学诗》诗三首其一云：

---

① 欧阳修：《六一诗话》，见何文焕辑《历代诗话》上册，第 267 页。

② 何文焕辑：《历代诗话》上册，第 287 页。

③ 《苏轼集》卷一六《书鄢陵王主簿所画折枝》。

④ 引诗分别见黄庭坚《赠谢敞、王博喻》、《以右军书数种赠丘十四》、《赠高子勉》、《几复读庄子戏赠》。

学诗浑似学参禅，头上安足不足传。
跳出少陵窠臼外，丈夫志气本冲天。
学诗浑似学参禅，自古圆成有几联？
春草池塘一句子，惊天动地至今传。

表示写诗要摆脱窠臼，独出心裁。使诗家立派传宗如禅门传钵的肇始者吕本中，论诗讲究活法。他说：

学诗当识法。所谓活法者，规矩备具，不能出于规矩之外；变化不测，而亦不背于规矩也。是道也，盖有定法而无定法，无定法而有定法。①

吕本中强调“活”与“变”，讲有法与无法统一，给江西诗坛注入了创新精神。所谓“规矩”、“定法”是指诗律、句式一类，创新并不超出诗律之类的界限。南宋濡染江西而又想走出江西的诗人，更是极力倡论跳出窠臼，摆脱模仿。例如，杨万里在《和李天麟》中提出“透脱”说，反对拘执僵化，所谓“学诗须透脱，信手自孤高”。“透脱”就是要心地澄明，思维活泼，自出新解，别有见地。杨万里在《蜀士甘彦和寓张魏公（浚）门馆用予见张钦夫（栻，浚之子）诗韵作二诗见赠，和以谢之》中说：“不是胸中别，何缘句子新。”他在《跋徐恭仲省干近诗》中又说：

传派传宗我替羞，作家各自一风流。
黄陈篱下休安脚，陶谢行前更出头。

这是说当时一些诗家标榜宗派，一味模仿，令人见笑，诗人应各具风韵，面对大家行列，也要自创风流。姜夔《白石道人诗说》亦强调此点：

---

① 吕本中：《夏均父集序》，见程千帆、吴新雷《两宋文学史》，上海古籍出版社1991年版，第286页。

> 一家之语，自有一家之风味，如乐之二十四调，各有韵声，乃是归宿处。模仿者语虽似之，韵亦无矣。鸡林（鸡林贾，朝鲜商人，以重金售白居易诗，见《新唐书·白居易传》）其可欺哉！[1]

姜夔以音乐有不同的声调比喻诗家各有个性。刘克庄论诗特别着眼于变革，曾在《王南卿集序》中谓“恶蹈袭，其妙在能变，惟渊源者得之”。戴复古研读前辈诗稿，有《论诗》十绝。其四云：

> 意匠如神变化生，笔端有力任纵横。
> 须教自我胸中出，切忌随人脚后行。

其议论也着眼于变化创新。总之，两宋诗家论诗重在强调革新创变，反对模拟。曾巩曾向王安石转达欧阳修的告诫意见：“文学不必造语及模拟前人，孟韩文虽高不必似之也。”

直到江西后学无不一贯重视阐扬这种精神。至于浙东派、理学派、心学派的诗论，见解与文章家虽各有不同，但都不反对创变。

由于宋代诗坛的创新意识较为流行，北宋诗的革新也以反西昆的模拟为起点，诗界经过六七十年的涵养演化，终于开拓了新境，出现了宋诗的鼎盛局面，形成了风调有异于唐的宋调。钱钟书先生说：

> 唐诗、宋诗，亦非仅朝代之别，乃体格性分之殊。天下有两种人，斯分两种诗。唐诗多以丰神情韵擅长，宋诗多以筋骨思理见胜。严仪卿首倡断代言诗，《沧浪诗话》即谓“本朝人尚理，唐人尚意兴”云云。曰唐曰宋，特举大概而言，为称谓之便。[2]

这个论断正确地估量了宋诗的总体成就，说明宋诗的韵味风调具有独立性、鲜明性、稳定性，构成了特有的一代诗风。唐诗不能包括它、代替它，它

---

① 何文焕辑：《历代诗话》下册，第683页。

② 钱钟书：《谈艺录》，中华书局1984年版（下引此书，版本均同），第2页。

是于唐诗之外拓展了新境域，组成了新营垒，由此可以与唐诗对举、并称。

二、宋诗的文化背景

宋代自陈桥驿兵变，到崖山（赵昺）投海，经历三百一十九年的历程，是社会经济发展、中央集权加强、文化生活高涨的时代，也是社会矛盾复杂和深化的时代，它有不同于隋唐五代的许多特点。下面我们扼要地提一提与宋诗发展关系较大的一些社会文化现象。

（一）社会矛盾

宋代削弱将权、分割官权、强化皇权等政治措施，虽防止了藩镇割据，却也带来了官冗、军弱、财乏的僵局，出现了政治危机。自真宗、仁宗朝开始，有识见的士大夫（如王禹偁、范仲淹、王安石等）便提出改革政见，但由于改革和保守、改革方案之间的分歧，形成了官僚间的派系斗争。宋代不抑兼并、加重盘剥的农业政策，使农民严重贫困化，难以维持生活，自太宗、仁宗朝始农民起义连绵不断：前期有王小波、李顺，中期有王伦、王则，后期有宋江、方腊，南宋有钟相、杨幺等。政治危机和阶级矛盾尖锐，民族矛盾尤为突出。宋代版图最小，在历代居第九位（元、清、汉、唐、秦、晋、隋、明、宋）。宋太宗两次收复燕云失败，其地一直为辽占领。赵宋王朝始终采取“守内虚外”、“弱兵穷民”的方针，国力贫弱，在边疆少数民族政权的进逼面前，处于被动地位。整个宋代先受辽威胁，后受金元侵扰，对它们一味采取妥协纳币、称侄称臣的态度。叶适在《论纪纲疏》中说：“天下之弱势，历数古人之为国，无甚于本朝者。”宋代面临的这些问题，不能不对一代诗人产生明显的影响。宋诗忧患感深，政治议论多，江湖情调浓，爱国感情高扬，黍离之悲深重，均与此有关。

（二）舆论政策

宋代文化政策相对开明。宋代鉴于晚唐五代武人专横造成社会灾难的教训，立国后实行抑武右文的政策，对舆论的控制较之元、明、清明显松弛。赵匡胤于建隆三年（962）诏令群臣：“指陈时政得失，事关急切者，许不时上章，无以触讳为惧。”[①]他还向群臣声称：“朕无他好，但喜读书，多见古今成败，善者从之，不善者改之。”[②]赵匡胤在太庙寝殿夹室秘密立碑，其中有一条告诫嗣位天子：“不得杀士大夫及上书言事人。”[③]朝廷表彰台谏风范，鼓励直言敢谏。有的士大夫以刚直之节自持，敢于触怒权贵，不畏贬谪。王禹偁忠直受忌，三度被黜，却高吟：“屈于身兮不屈其道，任百谪而何亏！”[④]范仲淹主张改革，触怒权相吕夷简，株连多人被贬，蔡襄愤然写《四贤一不肖》诗，公然指斥当权者，其诗“都人士相传写，鬻书者市之得厚利”[⑤]。可见舆论起了轰动一时的效应。宋代发生两次文字狱——“乌台诗案”和“江湖诗案”，牵连不少文人，但最终的处分是贬官和罚铜，终宋之世文化人未有因触文网而被杀头的，这与明、清时代文字狱动辄处死、抄家、夷族毕竟不同。宋朝鼓励士人议论时政，纠弹官吏，当时科举考试策论，制举还专设“贤良方正能言极谏科”。这种政治氛围，有利于开放言论。长于议论便成为宋代士大夫的习尚，这对宋诗关注时事、长于议论不无影响，所以欧阳修在《镇阳读书》中谓当时诗人，每每“开口揽时事，论议争煌煌”。

（三）文化积累

宋代重视文化基础设施的建设和文化遗产的整理。唐代有弘文、集贤、史馆三馆，掌管藏校图书、编修史籍，宋初整修三馆为藏书机构，后又建崇文院，藏书很多。景祐初命王尧臣等将三馆及秘阁书库所藏图书分类编目，称《崇文总目》。元祐间，置广文馆，收容四方游学之士二千四百人。仁宗庆历四年(1044)诏令州与县皆立学，“由是州郡奉诏兴学，而士有所劝矣”[⑥]。经过汉唐的积累，宋人所承受的文化遗产更为浩博。印刷术的发达使书籍由卷轴制演进为册页制，刻书业在两宋都很兴旺，文化典籍空前普及。公家和私人编书、藏书的风气兴盛，如宋初编《太平御览》、《册府元龟》、《文苑英华》、《太平广记》四大书，动辄上千卷。苏轼《李氏山房藏书

---

① 陈邦瞻：《宋史纪事本末》卷七。
② 陈邦瞻：《宋史纪事本末》卷一七。
③ 《避暑漫钞》。
④ 王禹偁：《三黜赋》，见王延梯《王禹偁诗文选》，第256页。
⑤ 陈邦瞻：《宋史纪事本末》卷二九。
⑥ 《宋史·选举志三》。

记》说："近岁市人转相摹刻，诸子百家之书，日传万纸，学者之于书，多且易致如此。"[①]南宋王明清说："近年所至郡府，多刊文籍，且易得本传录，仕宦稍显者，家必有书数千卷。"[②]如欧阳修自称"吾家藏书一万卷"[③]；李清照南渡流亡时，"时犹有书二万卷，金石刻二千卷"[④]；陆游是书香门第，"收书之富，独称江浙"[⑤]。南渡后，绍兴十三年(1143)，诏求遗书，曾到陆家录书一万三千卷。藏书之丰，为宋代文士博物洽闻提供了条件。

宋朝士大夫多以读书博学相尚。范文正成名后写给家乡人的诗，以教子读书相告诫："乡人莫相羡，教子读诗书。"[⑥]王安石自称："某自百家诸子之书，至于《难经》、《素问》、《本草》诸小说，无所不读。"[⑦]他与人争论时，常批评别人"君坐不读书耳"[⑧]。江西派领袖大都博观群书。《宋史·黄庭坚传》载，庭坚"幼警悟，读书数过辄成诵。舅李常(公择)过其家，取架上书问之，无不通"。徐度《却扫编》称陈师道："其学甚博而精，尤好经术，非如唐之诸子，作诗之外，他无所知也。"宋代诗人多兼研讨学术，如欧阳修、王安石、陆游等人，都兼通史学、金石学或经学、小学。清人王夫之说："唐人不寻出处，不夸字学；而犯此者百无一二。宋人以博核见长。"[⑨]这种文化背景，促成了宋人诗中见学，以学问为诗，诗中语汇来路宏阔，典故丛集，用笔出入于万卷书中，浩无际涯。

(四)学术潮流

儒、道、佛由魏晋开始到唐代形成三教鼎立的局面，至宋更演变为三教并峙且互相渗透，互相融合。尤其禅学在宋代很为流行，禅僧与士大夫交游日多，出现了禅僧文士化、文人禅学化的现象。禅僧向慕风雅，喜欢写诗，如宋初的九僧(惠崇、希昼、保暹、文兆、行肇、简长、维凤、宇照、怀古九

---

① 《苏轼文集》第2册，第359页。
② 王明清：《挥麈前录》卷一。
③ 《欧阳修集》卷四四《居士集·六一居士传》。
④ 李清照：《金石录后序》。
⑤ 陆游：《跋京本家语》。
⑥ 王辟之：《渑水燕谈录》卷七。
⑦ 邵博：《邵氏闻见后录》卷二〇。
⑧ 邵博：《邵氏闻见后录》卷二〇。
⑨ 王夫之：《姜斋诗话》卷下，见王夫之等《清诗话》上册，第13页。

人，有《圣宋九僧诗》)。北宋中期的道潜（参寥子）、仲殊（师利）、觉范（惠洪）、饶节（德操）等，也都是著名的诗僧。士大夫则喜欢谈禅说佛，禅悦之风盛行。北宋的杨亿、张方平、苏轼、黄庭坚等，南宋的陈与义、真德秀等，或是禅学信徒，或深受禅学影响。苏轼有不少诗客好友是禅僧，其《付僧惠诚游吴中代书十二》记录了许多与他交往的禅僧[①]。苏轼还有一些以禅理、禅典、禅趣入诗的诗篇，说明当时儒门学人也谙熟佛老各家，挥毫染翰，时而熔铸禅典佛语。

宋代学术史上另一重要的事实是经学哲学化，儒人摆脱了汉唐经学拘守章句训诂的窠臼，吸收佛学，高谈性理，开创了理学。理学由周敦颐发端，经二程到朱熹集其大成，形成了精密、系统、有很强思辨性的哲学体系。新儒学派的产生，使汉唐儒学的权威性受到怀疑，儒者纷纷超越旧经，重新解经，互相论辩，思想活跃，学派纷立，使宋代成了一个思辨的时代。如陈亮与朱熹的"义利王霸"之争，浙西派与道学派的"事功性命"之争，朱熹、陆九渊、陆九龄的"鹅湖之会"，虽然讨论的课题不同，观点有异，却表明了学术论坛的活跃，真是"旧学商量加邃密，新知培养转深沉"[②]，空前发展了人们的哲学思辨能力。

在这种时代氛围下，禅学宗派论辩宇宙人生的诸多命题，理学所诱发的疑古和出新的精神，论辩义理的深邃沉潜的思考，对士大夫文人都有深刻的影响，使诗歌浸染上了特有的机趣和深沉的思辨色彩。宋诗的议论化和哲理深度、禅味和禅味机趣，无不与这种学术风气息息相关。

三、宋诗的特色与风韵

一代诗歌常常有多种流派、众多作家，因而诗风是多种多样的。然而共同的时代环境、文化土壤、精神风貌和美学好尚，也往往形成一代诗风的共同趋向和特色。宋诗特点这一课题，就是基于以这种认识为前提而提出的。

① 参见刘文忠评注《东坡志林》，学苑出版社 2000 年版，第 112 页。

② 朱熹：《鹅湖寺和陆子寿》，见程千帆《宋诗选》，古典文学出版社 1957 年版，第 95 页。

宋代严羽在《沧浪诗话》中提出以时代论诗，诗分唐宋："唐人与本朝人诗，未论工拙，直是气象不同。"唐宋诗之别，从严羽以来，历代有很多议论。宋诗继唐代诗歌高峰之后，确实形成了自己的特色。清代蒋士铨（字心余）《辩诗》云：

唐宋皆伟人，各成一代诗。
宋人生唐后，开辟真难为。
元明不能变，非仅气力衰。
能事有止境，极诣难角奇。[①]

这说明唯独宋诗形成了可与唐诗抗衡比肩的独立壁垒。钱钟书说："故自宋以来，历元、明、清，才人辈出，而所作不能出唐宋之范围，皆可分唐宋之畛域。"[②]

那么宋诗之特色与风调应怎样认识？我们就大概而言，略可谈以下几点：

一曰沉郁气，忧患意识浓重。

唐诗产生于封建社会上升阶段，唐朝国力强盛，与周边国家交流广泛，作者多有蓬勃向上的朝气、积极进取的精神、建功立业的渴望和不甘沦落的信心。开放性、进取性形成一时的时代氛围。如魏征《述怀》："人生感意气，功名谁复论。"[③]杨炯《从军行》："宁为百夫长，胜作一书生。"[④]陈子昂《送魏大从军》："勿使燕然上，惟留汉将功。"[⑤]祖咏《望蓟门》："少小虽非投笔吏，论功还欲请长缨。"[⑥]王昌龄《从军行》："黄沙百战穿金甲，不破楼兰终不

① 蒋士铨：《忠雅堂诗集》卷一三。

② 钱钟书：《谈艺录》，第 3 页。

③ 中国社会科学院文学研究所编：《唐诗选》，人民文学出版社 1978 年版（下引此书，版本均同），第 2 页。

④ 中国社会科学院文学研究所编：《唐诗选》，第 23 页。

⑤ 中国社会科学院文学研究所编：《唐诗选》，第 25 页。

⑥ 中国社会科学院文学研究所编：《唐诗选》，第 71 页。

还。”[1]杜甫《自京赴奉先县咏怀五百字》:“许身一何愚,窃比稷与契。”[2]李白《塞下曲》:“愿将腰下剑,直为斩楼兰。”[3]他在愤慨失意时还高唱:“天生我材必有用,千金散尽还复来。”[4]唐诗有一批名作,含蕴着一种进取有为的情悰,这正是时代精神的体现。

赵宋国力贫弱,官僚丛冗,支出浩繁,百姓贫困;北宋受辽夏威胁,南宋遭金元侵扰,积贫积弱局面形成,社会动荡不安。面对这种现实,诗人们难免产生忧世伤时的感喟,心灵上笼罩着衰世离乱的阴云,感情上浸染了悲凉感伤的色调。特别到宋代后期,面临国破家亡的厄运,愈益增重了铜驼荆棘之感,麦秀黍离之思。

宋诗敏锐地关注时代课题,诗人的视线首先投向了民生困厄、国防危机和政坛弊端,所以宋诗中的现实主义、人道主义和爱国主义精神大为张扬。不过宋诗中的这些精神始终渗透着一种阴沉悲凉的色调,贯注着浓重的忧患意识。

宋初王禹偁的《对雪》诗针对宋廷与北方边境契丹军队对阵,人民饱受支边之劳、兵役之苦,发出“多惭富人术,且乏安边议”的感叹,敏锐地提出了宋朝面临的内外两方面的重要矛盾,反映了人民贫困化和国防危机感,成为宋诗中引人注目的重大主题。此后范仲淹有《江上渔者》[5],梅尧臣有《田家》[6]、《陶者》、《汝坟贫女》[7],张俞有《蚕妇》[8],柳永有《煮海歌》[9],王令有《饿者行》[10],张耒有《劳歌》[11],范成大有《催租行》[12],萧德藻有《樵夫》[13],雷

① 中国社会科学院文学研究所编:《唐诗选》,第 91 页。

② 中国社会科学院文学研究所编:《唐诗选》,第 234 页。

③ 中国社会科学院文学研究所编:《唐诗选》,第 154 页。

④ 李白:《将进酒》,见中国社会科学院文学研究所编《唐诗选》,第 145 页。

⑤ 参见刘乃昌《宋诗三百首评注》,第 17 页。

⑥ 参见朱东润《梅尧臣集编年校注》,上海古籍出版社 1980 年版(下引此书,版本均同),第 9 页。

⑦ 参见刘乃昌《宋诗三百首评注》,第 25 页。

⑧ 参见刘乃昌《宋诗三百首评注》,第 49 页。

⑨ 参见钱钟书《宋诗选注》,第 34 页。

⑩ 参见钱钟书《宋诗选注》,第 63 页。

⑪ 参见刘乃昌《宋诗三百首评注》,第 145 页。

⑫ 参见刘乃昌《宋诗三百首评注》,第 223 页。

⑬ 参见钱钟书《宋诗选注》,第 234 页。

乐发有《逃户》[①]等等。由此可见，农夫、渔民、工匠、蚕妇、盐户、苦力、打柴人、卖唱者、流浪汉……都进入了宋代诗人的创作视野。他们都是以受苦受难者的悲剧性形象，出现在读者面前。王安石《河北民》说："悲愁白日天地昏，路旁过者无颜色。汝生不及贞观中，斗粟数钱无兵戎。"[②]诗人明显地流露了生不逢时的衰世之感。

宋代诗人的国防危机感，差不多在立国之初即已产生。王禹偁尝以不能安边为愧，故说："深惭专俎豆，长欲议边陲。"[③]梅尧臣、苏舜钦都有反映边防战役的诗篇，所记大都是损兵折将的败仗。如梅尧臣的《故原战》写康定二年(1041)朝廷派兵西讨夏军，败于故原(今属宁夏)。其中写道："大将中流矢，残兵空负戈，散亡归不得，掩抑泣山河。"[④]苏舜钦的《庆州败》写夏军进犯边城，官军与之交战，败于庆州(今甘肃庆阳)。其中说：

今岁西戎背世盟，直随秋风寇边城。
屠杀熟户烧障堡，十万驰骋山岳倾。
国家防塞今有谁？官为承制乳臭儿。
酣觞大嚼乃事业，何尝识会兵之机。[⑤]

这些诗的沉痛悲戚之情，与唐代边塞诗雄壮豪迈的气概，形成鲜明的反差。苏舜钦的诗中也有一些激昂慷慨的壮语，如《舟中感怀寄馆中诸君》中说：

不然弃砚席，挺身赴边疆。
喋血鏖羌戎，胸胆森开张。

又说：

---

① 参见钱钟书《宋诗选注》，第307页。
② 刘乃昌：《宋诗三百首评注》，第66页。
③ 王禹偁：《谪居感事》，见王延梯《王禹偁诗文选》，第46页。
④ 朱东润：《梅尧臣集编年校注》，第182页。
⑤ 《苏舜钦集》，第3页。

愿当发策虑，坐使中国强。
蛮夷不敢欺，四海无灾殃。[①]

不过这只是一种期盼和愿望，全诗的总体风格有些郁愤感慨、狂躁不安，故收尾云："莽不知所为，大叫欲发狂。"陆游也有一些激动人心的豪吟壮语，如：

杀气昏昏横塞上，东并黄河开玉帐。
昼飞羽檄下列城，夜脱貂裘抚降将。

可是观看诗题，原来是《九月十六日夜梦驻军河外遣使招降诸城觉而有作》[②]。另有《五月十一日夜且半，梦从大驾亲征尽复汉唐故地，见城邑人物繁丽，云西凉府也。喜甚，马上作长句，未终篇而觉，乃足成之》，此诗写战敌疆场、出师胜利、收复故地的欢乐，可是这种情景，只能在梦境中领略，这是多么可叹！[③]

假如说北宋前期诗人多反映国防危机感，那么靖康之难以后，国危家亡的浩劫已呈现在眼前，诗人已不是一般地感时忧世："乾坤满群盗，何日是归年！"[④]这是国人面对的严峻现实。在这种形势下，许多诗作不能不变成凄婉的伤时之叹、悲凉的亡国哀吟了。杜甫遇到春雨，很有兴致地吟出"好雨知时节，当春乃发生。随风潜入夜，润物细无声"[⑤]的名句。陈与义写春雨却联想起悲痛的眼泪："一时花带泪，万里客凭栏。"[⑥]南宋诗人的笔下不时流露伤时忧国的感喟，感时挥泪恐怕是当时最为常见的字面了。比如陆游《登赏心亭》：

---

① 《苏舜钦集》，第 13 页。
② 参见钱钟书《宋诗选注》，第 201 页。
③ 参见刘乃昌《宋诗三百首评注》，第 203 页。
④ 汪藻：《己酉（高宗建炎三年）乱后寄常州使君侄》，见钱钟书《宋诗选注》，第 136 页。
⑤ 杜甫：《春夜喜雨》，见中国社会科学院文学研究所编《唐诗选》，第 282 页。
⑥ 陈与义：《雨》，见《陈与义集》上册，中华书局 1982 年版（下引此书，版本均同），第 204 页。

孤臣老抱忧时意，欲请迁都涕已流。①

章甫《即事》：

独下伤时泪，谁陈活国谋。②

杨万里看到淮河而泪水不干：

长淮咫尺分南北，泪湿秋风欲怨谁。③

戴复古从淮河水中看到英雄之泪：

莫向北岸汲，中有英雄泪。④

诗人还写沦陷区人民的眼泪和被俘宫女的眼泪：

遗民泪尽胡尘里，南望王师又一年。⑤

犹有太平遗老在，时时洒泪向南云。⑥

最为沉痛的是谢翱在亡国之后所写的《书文山卷后》：

无处堪挥泪，吾今变姓名。⑦

---

① 钱钟联：《剑南诗稿校注》，第820页。

② 钱钟书：《宋诗选注》，第240页。

③ 杨万里：《初入淮河四绝句》，见刘乃昌《宋诗三百首评注》，第245页。

④ 戴复古：《频酌淮河水》，见吴之振、吕留良、吴自牧选《宋诗钞》(三)，中华书局1986年版，第2660页。

⑤ 陆游：《秋夜将晓出篱门迎凉有感》，见刘乃昌《宋诗三百首评注》，第211页。

⑥ 刘子翚：《汴京纪事》，见刘乃昌《宋诗三百首评注》，第184页。

⑦ 刘乃昌：《宋诗三百首评注》，第321页。

连流泪的地方都没有了，何等凄凉，何等沉痛！

二曰内倾性。

内倾性也是宋诗艺术内蕴上的一个显著特点。所谓内倾性，即作者笔锋向自我心灵开发掘进。一个人在春风得意、朝气蓬勃时，往往感情倾向豪纵喷溢，放达外露；而在消沉低落坎壈失志之际，则常常表现为沉默深藏，情绪内敛。时代情悰亦常有类似之处：每当开基建业或承平盛世，常常洋溢着一种粗犷开放的进取气氛；而当衰微离乱走向下坡的阶段，则衰飒、退避、收缩、沉闷的情怀，往往成为一种普遍的心理趋向。赵宋是一个先天不足、后天贫弱的王朝，北宋中叶以后，内外矛盾突出，国步艰厄，政局变幻，士大夫知识分子感到功业难随、仕路崎岖、前程暗淡，不少人由进取转向退避，虽出仕而心向隐沦，乃至以出为处，实行所谓“朝隐”，如白居易所云：“大隐住朝市，小隐入丘樊。”[①]他们身在朝市，心向林泉，韬光晦迹，随缘任天，和光同尘，淡泊无求，立功建业的壮志为悠游恬静的情趣所化解。对比一下北宋初、中期的文人心态，可以明显地看出这种变化。例如，柳开仰慕韩柳为文，因名肩愈，字绍先，既而改名为开，志在“开圣道之途”[②]，可见他很想有所建树，重振儒学。初期不少文人都有一定的振作时风的使命感，北宋中叶有了变化。元丰末年陈师道遇到秦观，秦观曾向他倾诉个人心态的变化。秦观少年像杜牧一样志强气盛，好大见奇，“谓功誉可力致，而天下无难事”，故初字太虚（高空之义，出自《庄子》）。中年慕马少游之为人，于是改字少游。后汉马援及其从弟马少游，是古代事功型与韬晦型两种人物的突出代表。马援有著名的豪言壮语，曾任伏波将军，立功疆场；马少游不倾向其慷慨壮志，曾说：“士生一世，但取衣食裁足，乘下泽车，御款段马，为郡掾吏，守坟墓，乡里称善人，斯可矣。致求盈余，但自苦耳。”[③]秦观后来倾慕马少游的为人，这反映了其人生价值观取向的转化。陈师道对秦观淡恬事功的心态不表赞同，激励他说：“以子之才，虽不效于世，世不舍子，余

① 《全唐诗》卷四四五白居易《中隐》。

② 《宋史·柳开传》。

③ 《后汉书·马援传》。

意子终有万里行也。”而谈到他个人的志趣，则说：“如余之愚，莫宜于世，乃当守丘墓，保田里，力农以奉公上，谨身以训闾巷。”[①]陈师道的这种心态在当时带有普遍性。当然他们并不放弃求仕应举，这不但是为了出头有日，也是求得谋生有靠。陈师道有诗坦率地说：“亲年方赖禄，不惜借吹嘘。”[②]陈与义《杂书示陈国佐胡元茂》诗中也说：“一官专为口，俯仰汗我颜。”[③]他们多是以出为处，以官为隐。这种超尘避世的倾向不在于形迹，而在于心态。由于文士诗人以这种心境观照人世，故而诗作较少直面现实，干预政治，而较多地抒写自我，吟咏性灵，寄情山水，寓意鱼虫，描写细小的日常生活情趣，体现道德的自我完善。谢灵运所谓“达人贵自我，高情属天云”[④]，白居易所谓“壮志郁不用，须有所泄处，泄为山水诗，逸韵谐奇趣”[⑤]，这都是说诗人视角内转的一种现象。这在苏轼、黄庭坚、江西派诗人、杨万里、姜白石诗中都有所体现。

苏轼、黄庭坚的诗作代表了北宋诗歌的最高成就。宋诗取材广而命意新，苏诗最足代表。在现存的两千七百多首苏诗中，社会政治诗占有一定的地位。这方面也有些名篇警句，如《朱陈村嫁娶图》、《渔蛮子》、《荔枝叹》等。但这些诗的典型性、深刻性和感染力，均未超越杜甫、元稹、白居易所达到的高度。苏诗中美学价值最高、最为脍炙人口的是其倾入自我的写景抒怀诗，如《泛颍》[⑥]、《舟中夜起》[⑦]、《病中游祖塔院》[⑧]、《东栏梨花》[⑨]、《与莫同年雨中饮湖上》[⑩]等。《泛颍》是元祐六年（1091）苏轼任颍州（今安徽阜阳）军州事时泛舟颍水而作。其中云：

① 陈师道：《后山居士文集》卷一六《秦少游字序》。
② 陈师道：《后山居士文集》卷一《送杨侍禁兼寄颜黄二公》。
③ 《陈与义集》上册，第 32 页。
④ 谢灵运：《述祖德诗》，见《先秦汉魏晋南北朝诗》中册，中华书局 1983 年版，第 1175 页。
⑤ 《全唐诗》卷四三〇白居易《读谢灵运诗》。
⑥ 参见《苏轼诗集》第 6 册，第 1794 页。
⑦ 参见《苏轼诗集》第 3 册，第 942 页。
⑧ 参见《苏轼诗集》第 2 册，第 475 页。
⑨ 参见《苏轼诗集》第 3 册，第 730 页。
⑩ 参见《苏轼诗集》第 5 册，第 1647 页。

画船俯明镜，笑问汝为谁？
忽然生鳞甲，乱我须与眉。
散为百东坡，顷刻复在兹。
此岂水薄相，与我相娱嬉。
声色与臭味，颠倒眩小儿。
等是儿戏物，水中少磷缁。

此诗写得生动幽默，不仅从平凡的生活中捕捉到了新鲜微妙的景致，给予出神入化的描绘，体现了优游于颍水的奇趣，而且融入了自我的人生体验。“等是儿戏物，水中少磷缁”，是说生活在社会中的“我”，虽然总是被摆弄的对象，然而与清颍做伴，在水上流连，却较为随和单纯，不至于遭受磨损和污染，言外表现了对当时充满风险磨难的污浊的社会环境的不满。《病中游祖塔院》为神宗熙宁六年(1073)诗人通判杭州时游祖塔院(俗称“虎跑寺”)所作。诗云：

紫李黄瓜村路香，乌纱白葛道衣凉。
闭门野寺松阴转，欹枕风轩客梦长。
因病得闲殊不恶，安心是药更无方。
道人不惜阶前水，借与匏樽自在尝。

诗人在这首记游诗中体现了自我的闲逸心态和拔俗情趣。他本为地方长官，由城市走进山野，由官衙来到佛寺，他情随境移，心与物游，笔底充满了幽情、野趣和禅味。首句写村野环境，次句写方外人物，“紫李黄瓜”色彩斑斓，下一“香”字，给人以温馨的味觉；“乌纱白葛”对比鲜明，着一“凉”字，使人感到气氛僻幽清冷。三、四句写院内景，一写环境，一写人物，“松阴转”与“客梦长”相呼应，“客”字点出“欹枕”者为游人，即作者自己。从“客”字还可以见出着“道衣”者为主人，即下文的“道人”。五、六句写客，应诗题“病中”，“安心”句用慧可故事。《景德传灯录》卷三载：僧人慧可向达摩求法说：“我心未宁，乞师与安。”达摩说：“我与汝安心竟。”尾联以自身游禅院、道人赠水饮收煞，写尽了身心的悠游自得。两诗在写景纪游中体现隐沦意趣，融入深沉的人生体验和感慨，这种诗境在唐诗中是少有的。

黄庭坚的诗也有直接关联现实的，并不完全与“世味少缘”，但写得最为出色、最有个性、最足代表其诗艺成就的，则是侧重于表现自我从而侧面反映客观生活的那一部分个人抒情诗。从这部分诗中，我们可以看到山谷明达的识度、狷介的操守、一反尘俗的襟怀、爱悦自然的雅趣和笃于情谊的淳厚性灵。总之可以从中体察出山谷经过雅化、净化的人格美、情操美。如《次韵杨明叔见饯》其二：

杨君清渭水，自流浊泾中。
今年贫到骨，豪气似元龙。
男儿生世间，笔端吐白虹。
何事与秋萤，争光蒲苇丛。[①]

元符三年(1100)山谷自戎州贬所东归，门生杨明叔写诗赠行，山谷次韵答和。他在诗中激励对方出污泥而不染，处贫贱而自豪，要以笔墨宣发自己胸中的一股正气，决不与庸俗小人争利，苟且生存。这虽是期望他人，也体现了诗人的人格理想。《题胡逸老致虚庵》体现了诗人明达的识度和洁身自律的处世哲学：

藏书万卷可教子，遗金满籝常作灾。
能与贫人共年谷，必有明月生蚌胎。
山随宴坐图画出，水作夜窗风雨来。
观山观水皆得妙，更将何物污灵台。[②]

诗前四句凌虚而起，讲一种人生哲理，谓诗书传家、教育投资远胜于为子女置办大量财产，书可育才，钱有招祸，这种现象并不罕见。而与清贫百姓相处，不陷入污浊的官场，必有好报应、好结果。五、六句写致虚庵环境之美；

① 刘乃昌:《宋诗三百首评注》,第131页。
② 刘乃昌:《宋诗三百首评注》,第136页。

七、八句写致虚庵中生活适意，心灵纯洁。此诗不仅表现了超拔名利、厌恶尘俗的明达识度，而且更以饱含生活哲理的隽永诗句训世警迷，有发人深省之效。

江西派诗人陈与义经历南渡之变，是记离乱、伤流亡、写忧国作品最出色的诗人。他在《夜赋》中自称："腐儒忧平世，况复值甲兵。"在《同范直愚单履游浯溪》中又称："小儒五载忧国泪，杖藜今日溪水侧。"但他同样倾心隐沦，向往避世，追求"采真之游"。其《次韵答张迪功坐上见贻张将赴南都任》诗云：

足钱便可不须侯，免对妻儿赋百忧。
一笑相逢亦奇事，平生所得是清流。
谈天安用如邹子，扫地还应学赵州。
南北东西底非梦，心闲随处有真游。[①]

劈头说有钱养妻儿不需做官，免得招惹麻烦，使家人担忧；次联、三联说与朋友高兴的相逢，最为开心，平生的知己大都是品格清白的君子，可以谈天说佛、海阔天空。这里用邹衍谈天[②]和赵州从禅师扫地[③]的故事，说明谈天说佛，不拘形迹，因任自然，逍遥自得。尾联归结到安心任天，意谓外境皆虚、世事如烟，唯有内心闲静，才可获得"真游"之趣。"真游"是用《庄子·天运》篇的掌故。其中说："古之至人，假道于仁，托宿于义，以游逍遥之虚……逍遥无为也，苟简易养也，不贷无出也，古者谓是采真之游。"逃脱官场，向往真游，是此诗所表露的心态。陈与义在诗中一再咏唱："欲诣热官忧冷语，且求浊酒寄清欢。"[④]"明朝又作河梁别，莫负平生马少游。"[⑤]"误矣载书三十载，东门何地不宜瓜。"[⑥]可见他虽身在官场而心怀恬退，向往避世

① 《陈与义集》上册，第70页。
② 参见《史记·孟子荀卿列传》。
③ 参见道原《景德传灯录》卷九。
④ 陈与义：《十月》，见《陈与义集》上册，第63页。
⑤ 陈与义：《次韵答张迪功》其二，见《陈与义集》上册，第71页。
⑥ 陈与义：《次韵周教授秋怀》，见《陈与义集》上册，第18页。

超尘，保持狷介自重，歌咏道德，自我完善。这是宋代文人常见的一种普遍心态，是宋诗的主旋律之一。

三曰机趣美。

尚理和尚趣，是宋诗的一个显著特点。宋人诗文普遍体现出一种哲思和理致，这与时代有关。宋代国力荏弱，政局动荡，党争剧烈，使人心头笼罩白云苍狗、变幻莫定的衰世阴影。不少知识分子卷入政治风波，历尽宦海升沉，饱尝人世冷暖，对命运和人生产生了困惑之感和探究之愿。由魏晋开始到唐代形成的儒、道、佛三教并行，至宋演变为互相融合和渗透，开阔了文人的思理，尤其禅宗派论辩宇宙、人生的诸多命题，引起了文士的兴趣，汉唐经学的权威性受到置疑，儒者纷纷摆脱汉学窠臼，重新解经，学派纷立，思想趋于活跃。这可以说是一个在批判地检验传统观念中酝酿学术新变的时代，是一个思辨活跃的时代。

在这种时代氛围下，文人发展了思辨的能力，使宋代诗歌带上了思理、机趣的色彩。严羽《沧浪诗话·诗评》说："唐人与本朝人诗，未论工拙，直是气象不同。"这是对的。又说："本朝人尚理而病于意兴，唐人尚意兴而理在其中。"这是从批评缺点立论的。有人说宋诗言理而不言情，这种绝对化的说法并不符合实际。钱钟书说："唐诗多以丰神情韵擅长，宋诗多以筋骨思理见胜。"[①]从唐宋诗各有特色来论说，这是最为得当的。

宋诗多含哲理机趣，抒情诗也往往如此。如苏轼《和子由渑池怀旧》前两联云：

人生到处知何似？应似飞鸿踏雪泥。
泥上偶然留指爪，鸿飞那复计东西。[②]

这首怀旧诗抒发了自己与弟弟分离时引发的忆旧叹别的感慨。作者不是就事论事地写故地变化，发抚今追昔之感，而是由往日的题壁不存、当年的老僧作古、眼前的触目景象升华到对人生行程的反思。人生到处奔波，谁

---

① 钱钟书：《谈艺录》，第2页。

② 刘乃昌：《宋诗三百首评注》，第84页。

知流落到何方，就如同天上的鸿雁，偶然飞落到雪地上，印下几处爪痕，转眼鸿飞雪融，痕迹消失。人生的经历会留下什么痕迹呢？作者提出的有关历史、人生的流动性和业绩的持续性的问题，是特别发人深思的。

宋诗中的哲理诗、奇趣诗，确属诗苑中值得称赏的艺术珍品，大体有以下几种类型：

(1)借自然小景隐寓一种生活哲理，让读者从中体味领悟。如王安石《江上》：

江上秋阴一半开，晚云含雨却低徊。
青山缭绕疑无路，忽见千帆隐映来。①

乘船江上，置身自然环境中，眼前正感无路可通，忽又峰回路转，顿时出现一种新的境界，使人有绝处逢生之感，在社会生活中也有这种情形。宋人多有蕴涵这种意蕴的诗作，如苏轼《慈湖夹阻风》其二：

此生归路愈茫然，无数青山水拍天。
犹有小船来卖饼，喜闻墟落在山前。②

这是绍圣元年(1094)苏轼遭打击远贬英州，赴贬所时途经慈湖所作。这时作者前途黯淡，难出困境，诗借途中小景，隐寓个人履历当会有转机。再如秦观《秋日》：

霜落邗沟积水清，寒星无数傍船明。
菰蒲深处疑无地，忽有人家笑语声。③

诗写秋夜乘船渡邗沟的景象和感受。后联由寂落荒凉到发现聚居人群，给

① 刘乃昌：《宋诗三百首评注》，第75页。
② 《苏轼诗集》第6册，第2034页。
③ 刘乃昌：《宋诗三百首评注》，第140页。

人以冲出蒲苇、峰回路转之感。上述三首都隐寓了峰回路转、前景光明的理趣。

另有一些诗同样富含理趣，而寄寓的思理稍异。如叶绍翁的《游园不值》：

应怜屐齿印苍苔，小扣柴扉久不开。
春色满园关不住，一枝红杏出墙来。[①]

陆游的《马上作》、张良臣的《偶题》，也写类似的景象：

平桥小陌雨初收，淡日穿云翠霭浮。
杨柳不遮春色断，一枝红杏出墙头。

——《马上作》

谁家池馆静萧萧，斜倚朱门不敢敲。
一段好春藏不尽，粉墙斜露杏花梢。

——《偶题》

《游园不值》写游园所见的奇妙景观，春色关不住，昭示春色朝气蓬勃，它启示人们领悟到新生事物是掩没不了、禁锢不住的哲理。这类诗大多景中含情，借景寓理，言外哲思，耐人寻绎。

(2)借生活体验和某种事物寄托一种哲理，并用议论或设问作某种暗示或点悟。如苏轼《题西林壁》、《慈湖夹阻风》其五，王安石《登飞来峰》等。

横看成岭侧成峰，远近高低各不同。
不识庐山真面目，只缘身在此山中。

——《题西林壁》[②]

---

① 刘乃昌：《宋诗三百首评注》，第 282 页。

② 刘乃昌：《宋诗三百首评注》，第 106 页。

此诗写游山体会,寄寓了一个普通的哲理:认识事物,既要深入其中,又要超拔其外,所谓"当局称迷,旁观见审"[①]。

卧看落月横千丈,起唤清风得半帆。
且并水村攲侧过,人间何处不巉台。

——《慈湖夹阻风》其五[②]

作者在赴贬所乘舟前行中,借写个人体验表明在人生征程中总会经历坎坷不平的道路。

飞来山上千寻塔,闻说鸡鸣见日升。
不畏浮云遮望眼,自缘身在最高层。

——《登飞来峰》[③]

诗写作者赴舒州通判任途中登览飞来峰的所见所感,借以寄寓站得高看得远的生活哲理。

有的理趣诗,即景生发,发挥议论,借助设问,发人深思,如苏轼《琴诗》、朱熹《观书有感》、真德秀《赠叶子仁》等。

若言琴上有琴声,放在匣中何不鸣。
……
若言声在指头上,何不于君指上听。

——《琴诗》[④]

此诗用两个反问启示人们,有好琴又有好的弹技,方能奏出动听的乐曲。

---

① 《旧唐书·元行冲传》。
② 《苏轼诗集》第6册,第2035页。
③ 刘乃昌:《宋诗三百首评注》,第61页。
④ 刘乃昌:《宋诗三百首评注》,第104页。

这里隐喻一个哲理：任何事业的成功，都是客观条件和主观能力和谐统一的结果。

半亩方塘一鉴开，天光云影共徘徊。
问渠那得清如许，为有源头活水来。

——《观书有感》[①]

诗写观书引发的感想，作者运用自然物象给人一种哲理启示：人们要想心地明澈，必须博览群书，源源不断地补充新的知识。

（3）运用精练的语言，正面阐述一种警策的道理和独得的体会。如：

古人学问无遗力，少壮工夫老始成。
纸上得来终觉浅，绝知此事要躬行。[②]

炼句炉槌岂可无，句成未必尽缘渠。
老夫不是寻诗句，诗句自来寻老夫。[③]

两诗一写治学要尽心致力，身体力行；一写作诗不能只靠锤炼字句，还要重视客观生活，以此激发灵感，提供诗材。这里是用简洁的诗句，正面阐述自己的真知灼见和切身体会。

宋诗中尚思致、富理趣的小诗固然韵味独绝，引人注目，还有一些针砭时弊、批评庸俗世风、感叹道德退化的诗篇，颇有醒世警迷的功力。如苏轼的《赠陈守道》，诗在赞赏方外道人冰清玉洁品格的同时，批评了某些世人的利欲熏心、见利忘义和残酷地争权夺利：

一气混沦生复生，有形有心即有情。
共见利欲饮食事，各有爪牙头角争。

---

① 刘乃昌：《宋诗三百首评注》，第257页。

② 陆游：《冬夜读书示子聿》，见刘乃昌《宋诗三百首评注》，第218页。

③ 杨万里：《晚寒题水仙花并湖山》，见刘乃昌《宋诗三百首评注》，第247页。

争时怒发霹雳火，险处直在嵌岩坑。
人伪相加有余怨，天真丧尽无纯诚。
徒自取先用极力，谁知所得皆空名。[①]

这里针砭某些人道德良知为利欲吞没，笔锋锐利，入木三分。陈与义《书怀示友》其六：

有钱可使鬼，无钱鬼揶揄。
百年堂前燕，万事屋上乌。
微官不救饥，出处违壮图。
相牛岂无经，种树亦有书。
如何求二顷，归卧渊明庐。
曝背对青山，鸟鸣人意舒。
试数门前客，终岁几覆车。[②]

这是说当时做官的、有权有钱的什么坏事都能做，而清贫之士常受鬼的戏弄，一切全靠关系，自己职位低微，难以实现壮志；种树养牛也讲学问，不如像陶潜归耕田园，环境幽雅，生活舒心，免得遭遇困厄。这首诗体现了作者对腐朽官场和重金钱势力、轻道德文章的人情世态的厌恶，对超拔尘垢的隐沦生活的向往。

宋人这类篇什，不再是写景抒情、以景寓情和寄理，而是透进一层，直写自我对人生社会的某种感受、某些体验，有时还从具体生活联想升华到哲理高度，闪烁着睿智的光彩，这就是所谓宋诗长于思理、善以意胜的一种表现。

四曰流动美，诗形趋于散化。

宋诗在诗型上，有化骈为散的趋向，给人一种行云流水、收纵自如的感觉，这与宋代散文的发展有关。宋代骈文与赋体都受到散文的影响而突破

① 《苏轼诗集》第2册，第2210页。
② 《陈与义集》上册，第40页。

了原有格局，宋诗同样也有散文化的倾向，特别是欧（阳修）、苏（轼）、王（安石）等诗人，多为散文家。他们多以散文家的气度、腕力写诗，使原有的诗型和风貌有所演变。以文为诗，议论成分加重，是宋诗的特点之一。所谓以文为诗，是指吸收散文的章法、句法、字法、手法来写诗，从而扩大诗的表现力，并不是把诗写成散文。把诗写成押韵之文是失败的教训，是诗坛败笔，不足为训。成功的散文化，是在保持诗的特质的前提下，吸收散文艺术的某些长处，使诗的内蕴和艺术有所拓展，更富变化。那么具体有哪些表现呢？

（1）运用古文的腕力和章法，造成古体诗纵横变化、雄奇浑浩的气势和曲折严谨的布局。清人方东树说："诗莫难于七古。七古以才气为主，纵横变化，雄奇浑灏，亦由天授，不可强能。杜公、太白，天地元气，直与《史记》相埒，两千年来，只此二人。其次，则须解古文者，而后能为之。观韩、欧、苏三家，章法剪裁，纯以古文之法行之，所以独步千古。南宋以后，古文之传绝，七言古诗，遂无大宗。"[①]这里把李、杜的七古比为《史记》，而认为韩、欧、苏三家之所以成为大宗，在于用古文之法行之。李白七古《答王十二寒夜独酌有怀》、《将进酒》，杜甫的《北征》、《自京赴奉先县咏怀五百字》等，确有古文奔流浩瀚的风韵。宋人欧、王、苏等发展了这种长处。例如王安石《送程公辟之豫章》，起四句点题，次以送者之辞写赴洪水程之险，又托为迎者之辞表明洪州大有可为，末以劝勉作结。[②]方东树评曰："纯是古文命意立局章法，所以为作家，跳出寻常庸人应酬套。""一宾一主，《解嘲》、《客难》之局，而用之于赠人，皆避浅俗平直也，足以为式。"[③]再如苏轼的《王维吴道子画》，先总叙两家画，次论吴画，再论王画，而后品评二家画艺之异同，其中句型有长有短。[④]方东树评曰："神品妙品，笔势奇纵。神变气变，浑脱溜亮，一气奔赴中，又顿挫沉郁。所谓'海波翻'、'气已吞'、"一一可寻源"、'仙翮谢樊笼'等语，皆可状此诗。"[⑤]

---

① 方东树：《昭昧詹言》卷一一，人民文学出版社1984年版（下引此书，版本均同），第232页。

② 参见刘乃昌、高洪奎《王安石诗文编年选释》，山东教育出版社1992年版，第85页。

③ 方东树：《昭昧詹言》卷一二，第288页。

④ 参见《苏轼诗集》第1册，第108页。

⑤ 方东树：《昭昧詹言》卷一二，第293页。

(2)适当运用助词,造成诗歌浑浩古茂的韵致或顺流而下的流利风调。钱钟书谓:“荆公五七古善用语助,有以文为诗,浑灏古茂之致,此秘尤得昌黎之传。”[①]并举例说:“荆公用‘而我’字无不佳。如《寄耿天骘》云:‘而我方渺然,长波一归艇。’《邀望之过我庐》云:‘岂鱼有此乐,而我与子无。’”[②]唐代一般的古体诗,虽句与句之间是散行的,但很少用助词,用助词容易造成语气急剧转折,强化正反对比,增加诗句的跌宕摇曳之致,给人以古朴重拙之感。诗的句尾用感叹词,用得得当,可以增强感喟语气,深化吟唱之趣。如杜甫《丹青引赠曹将军霸》:“将军魏武之子孙,于今为庶为清门,英雄割据虽已矣,文采风流今尚存。”[③]苏轼诗多有这种句式,如《送沈逵赴广南》:“君随幕府战西羌,夜渡冰河斫云垒。飞尘涨天箭滴甲,归对妻孥真梦耳。我谪黄冈四五年,孤舟出没烟波里。故人不复通问讯,疾病饥寒疑死矣!”[④]至于律诗用助词对仗,则不易写好。

(3)在古体诗中,有意插入与诗歌句法的习惯节拍不同的散文句法,造成一种放任不羁、奇崛拗峭的气势,在宋诗中也时有出现。如苏轼《书晁说之考牧图后》:“舟行无人岸自移,我卧读书牛不知。前有百尾羊,听我鞭声如鼓鼙。我鞭不妄发,视其后者而鞭之。”[⑤]这诗是名作,纪昀赞其“笔力横绝”。王文诰评曰:“公诗法多有独辟门庭,前无古人者,皆由以文笔运诗之故,而其文则得之于天也。”黄庭坚《题竹石牧牛》也是这方面的名篇,其中说:“石吾甚爱之,勿使牛砺角。牛砺角尚可,牛斗残我竹。”[⑥]这种诗很难写好,形式虽散文化了,但内容仍是诗化的,始终保持着诗的特质。

(4)律体诗受散文化的影响,出现了骈对中具有一气贯注、顺流而下的句式。如山谷《郭明甫作西斋于颍尾请予赋诗二首》其二云:“君家旧事皆青史,今日高材未白头。莫倚西斋好风月,长随三径古人游。”[⑦]又《过平舆

---

① 钱钟书:《谈艺录》,第70页。

② 钱钟书:《谈艺录》,第74页。

③ 中国社会科学院文学研究所编:《唐诗选注》上册,北京出版社1978年版(下引此书,版本均同),第226页。

④ 《苏轼诗集》第4册,第1269页。

⑤ 《苏轼诗集》第6册,第1966页。

⑥ 黄庭坚:《山谷诗》,岳麓书社1992年版(下引此书,版本均同),第55页。

⑦ 黄庭坚:《山谷诗》,第144页。

怀李子先时在并州》下两联:“世上岂无千里马,人中难得九方皋。酒船鱼网归来是,花落故溪深一篙。”[①]这里“莫倚”、“长随”,“岂无”、“难得”,都是贯穿上、下两句的,而两句不是并列关系;“莫倚”、“长随”是顺承递进的关系,“岂无”、“难得”把上下两句扭结紧凑,颇具贯通气势,于律诗对仗中增加直行气势,很为出色。

五曰博雅化,富于典实,诗中见学。

宋诗语汇宏博,典故丰富,大大超过前代。严羽说:“近代诸公乃作奇特解会,遂以文字为诗,以才学为诗……且其作多务使事,不问兴致,用字必有来历,押韵必有出处。”[②]这是为针砭宋诗的缺点而发的议论。明人大多从这一角度抨击宋诗,如屠隆说:“宋人又好用故实组织成诗。”[③]清人王夫之也说:“唐人不寻出处,不夸字学,而犯此者百无一二。宋人以博核见长,偏于此多误。”[④]“欧阳永叔极反杨亿、刘筠之靡丽,而矫枉已迫,还入于枉,遂使一代无诗。”[⑤]“除却书本子,则更无诗。”[⑥]这些批评都言之太过。假如真是只靠学问为诗,编掌故为诗,脱离现实,脱离性情,那确乎能造成一代无诗。但事实并非如此,宋诗确实长于使典用事,语汇深沉赅博,但并不影响诗趣,而且也有很为精彩的作品。可见学问与诗歌的关系,不能简单否定。杜甫云:“读书破万卷,下笔如有神。”[⑦]黄山谷《论诗作文》说:“词意高胜要从学问中来尔。……每作一篇要商榷精尽,检阅不厌勤耳。”这种见解是有道理的。

诗中体现出学养深厚,事典广博,用语丰富,这确是宋诗的显著特色。这自然是有多种原因的:其一,经过秦汉、六朝、隋唐,宋人所承受的文化遗产更为浩博,且由于印刷术的改进和书籍的广泛流传,宋朝的文化典籍比较普及。官方还组织编纂多种大型图书,如综合类书《太平御览》一千卷,政治类书《册府元龟》一千卷,诗文总集《文苑英华》一千卷,小说总集《太平

① 黄庭坚:《山谷诗》,第144页。

② 严羽:《沧浪诗话·诗辩》,见何文焕辑《历代诗话》下册,第688页。

③ 屠隆:《由拳集》卷二三《文论》。

④ 王夫之:《姜斋诗话》,见王夫之等《清诗话》上册,第13页。

⑤ 王夫之:《姜斋诗话》,见王夫之等《清诗话》上册,第15页。

⑥ 王夫之:《姜斋诗话》,见王夫之等《清诗话》上册,第17页。

⑦ 杜甫:《奉赠韦左丞丈二十二韵》,见中国社会科学院文学研究所编《唐诗选注》,第173页。

广记》五百卷。宋代文人接触图书日多，写诗取材越来越广。其二，唐代诗人多专力于诗，宋代诗人多博物洽闻，学通经史，诗文并茂。宋代文人读书的风气很浓。欧阳修少年家贫买不起书，随州城南李氏大族家有藏书，欧阳修经常借抄借阅，“见有弊筐贮故书在壁间，发而视之，得唐《昌黎先生文集》六卷，脱落颠倒无次序。因乞李氏以归，读之，见其言深厚而雄博”[①]。黄庭坚勤于攻读，“幼警悟，读书数过辄成诵。舅李常过其家，取架上书问之，无不通”[②]。陈师道是北宋文人中最清贫的一位，年五十余，“见异书犹手自抄写，故其家虽贫，而藏书亦数千卷”，“故其学甚博而精，尤好经术，非如唐之诸子，作诗之外，他无所知也”[③]。其三，唐诗诸体皆备，成就很高，宋人要开拓新境，另辟蹊径，必然在锤炼词语、运用事典方面多下工夫。南宋魏庆之编《诗人玉屑》把“造语”、“用事”均列专目，辑录宋人的议论，这可以看出宋人论诗的风气。诸如此类的习尚，都很自然地促进宋诗见学问、富典故的倾向。

北宋诗人用语宏博深峻的典型代表是王、苏、黄、陈等，恰好这几家诗，宋代都出现了注本。《王荆文公诗笺注》为南宋李壁注。北宋末即有多家注苏诗，苏诗分类注有绍兴年间王十朋集注，苏诗编年注有南宋施元之、顾禧注。山谷诗集注有任渊、史容注。陈与义的《简斋诗集》有胡稚注。这几家诗用语深奥，读者很需笺释。南宋楼钥说：“少陵、东坡诗，出入万卷书中，奥篇隐帙，无不奔凑笔下，固已不易尽知。”至于陈与义诗，“雄词杰句，争先传诵，至用事深隐处，读者抚卷茫然，不暇究索”[④]。刘辰翁说：“荆公妥帖排奡，时出经史，然格体如一。及黄太史矫然特出新意，真欲尽用万卷，与李、杜争能于一辞一字之顷。”[⑤]魏了翁《王荆公诗大德旧本序》称：“公博极群书，盖自经子百史，以及于凡将急就之文，旁行敷落之教，稗官虞初之说，莫不牢笼搜揽，消释贯融。故其为文，使人习其读而不知其所由来，殆诗家所谓秘藏者。”王安石诗经李壁、沈钦韩等人注释，仍有未尽之处，如

① 欧阳修：《记旧本韩文后》。

② 《宋史·黄庭坚传》。

③ 徐度：《却扫编》。

④ 《简斋诗笺叙》，见《陈与义集》卷首，第1页。

⑤ 刘辰翁：《陈简斋诗序》，见《陈与义集》卷首，第3页。

《谩成》“日月不胶时易失”，雁湖注：“言常去而不留也。”钱钟书按：“此本司空表圣《短歌行》：‘女娲只解补青天，不解煎胶黏日月。’”“《偶书》云‘我亦暮年专一壑，偶闻车马便惊猜。’雁湖注引《庄子·秋水》篇：‘且夫擅一壑之水。’按《陆士龙集》卷一《逸民赋序》起语云：‘古之逸民，经天下，细万物，而欲专一丘之欢，擅一壑之美。’荆公用‘专’字本此。”①

诗中用事本为传统手法，不过至宋代踵事增华，大为发展。宋诗用典方面，编事獭祭、掉书袋等现象是存在的，大家也偶有不免。不过，诗中化用事典而达到精妙境界，增加艺术魅力的诗篇还是很多的。宋代发展了前人用典的手法，总结出一些经验之谈，如“天下书虽不可不读，然谨不可有意于用事”②。王安石言使事法，“荆公尝云：‘诗家病用事太多，盖皆取其与题合者类之，如此乃是编事，虽工何益？若能自出己意，借事以相发明，情态毕出，则用事虽多，亦何所妨’”③。如苏轼诗用事虽多，但善于融化，不着痕迹。其《和沈立之留别》（二首）其一：

而今父老千行泪，一似当时去越时。
不用镌碑颂遗爱，丈人清德畏人知。④

友人沈立之熙宁三年（1070）自越州移知杭州，五年调往他郡，苏轼写此送行。诗用朴素平实、明白如话的语言，称赞对方的政绩和人品。“遗爱”出于《左传》、《汉书》，较为通用。末句化用胡质的故事，据《三国志·魏志·胡质传》注引《晋阳秋》：胡质及其子胡威做州牧，都有清德政声。晋武帝接见胡威时，问他：“卿清孰与父清？”胡威回答说：“臣父清恐人知，臣清恐人不知，是臣不如者远也。”一般人有优点，唯恐不为人知，胡质却从不张扬，不有意取名，精神境界可嘉。苏轼随手拈来此事运化入诗，给友人以鼓励和期望，颇有深意。

---

① 钱钟书：《谈艺录》，第 82 页。

② 徐度：《却扫编》。

③ 《蔡宽夫诗话》，见郭绍虞辑《宋诗话辑佚》，中华书局 1980 年版（下引此书，版本均同），第 419 页。

④ 《苏轼诗集》第 2 册，第 379 页。

宋诗趋向博奥化、才学化，当然并不是说宋诗中没有平易通俗、风格晓畅的作品。实际上宋诗中也有不少作品写得明白如话，平易近人。有些诗人，包括惯于炫示才学的东坡等人，有时也偏要提炼生活口语入诗，如他的《发广州》：

朝市日已远，此身良自如。
三杯软饱后，一枕黑甜余。[①]

作者自注："浙人谓饮酒为软饱"，"俗谓睡为黑甜"。江西派诗人陈师道提倡"以俗为雅"，虽然"每下一俗间言语"，也无不讲究来历，但毕竟还是创作了若干以平常话语写真情的好诗。其《示三子》：

去远即相忘，归近不可忍。
儿女已在眼，眉目略不省。
喜极不得语，泪尽方一哂。
了知不是梦，忽忽心未稳。[②]

《田家》：

鸡鸣人当行，犬鸣人当归。
秋来公事急，出处不待时。
昨夜三尺雨，灶下已生泥。
人言田家乐，尔苦人得知。[③]

如此等等，都真情动人，流传颇广。杨万里诗从江西走向晚唐，以"活法"突破陈套，用冲口而出的口语写出了不少新鲜活泼、贴近生活的小诗。反江

① 《苏轼诗集》第6册，第2067页。
② 刘乃昌：《宋诗三百首评注》，第152页。
③ 陈师道：《后山居士文集》卷一。

西派的四灵、江湖诗派，反对江西派用典故，“资书以为诗”，主张“捐书以为诗”，写诗重白描，尊晚唐，但生活眼界和学力都较浅狭，诗的语言趋向直白平易。宋末逸民诗人用诗记丧乱、写时事，常常不假雕饰，语言自然而爽畅，甚至将时人口语嵌入诗中。如汪元量《利州》：“酒边父老犹能说，五十年前好四川。”郑思肖《咏制置李公芾》：“听得北人歌里唱，潭州城是铁州城。”时李芾于德祐元年死守谭州，誓死抗击元军，全家殉国，敌人称为“铁州城”。所以有人说：语言通俗化也是宋诗的特点之一。

六曰清瘦美，风韵奇崛瘦硬，富有力度。

宋诗的风格如百花争艳，各家各派风貌不同，一家中又有多种风调，难以一概而论，对宋诗的主体风格应如何概括，可以研究。我们认为可以用宋诗高峰期中一流作家和多数诗人所体现的独特风韵和艺术好尚作为代表予以概括，并要注意其发展与演变。宋代诗风的发展演变有轨迹可寻。宋初白体、晚唐体风行，白体流于浅俗，晚唐体趋于狭窄，昆体以李商隐的缜密而流入浮靡，体气卑弱。梅尧臣倡平淡，欧阳修讲气格，都有意矫正昆体，但基本上仍在平顺疏畅的路子上前进。到王、苏、黄、陈继起，面目大变，走向了瘦硬高古。严羽说：“国初之诗，尚沿袭唐人，王黄州学白乐天，杨文公、刘中山学李商隐，盛文肃（盛度，字公量）学韦苏州，欧阳公学韩退之古诗，梅圣俞学唐人平淡处。至东坡、山谷始自出己意以为诗，唐人之风变矣。”[①]胡应麟《诗薮》亦云：“六一虽洗削西昆，然体尚平正，特不甚当行耳。推毂梅尧臣，亦自具眼。至介甫创撰新奇，唐人格调，始一大变。苏、黄继起，古法荡然。”[②]

可见北宋诗自荆公始变唐风为宋调，经王、苏、黄几大家，宋调正式形成。这个过程可说是诗风由浅俗、平易变深邃、奇崛、瘦硬。上面讲宋诗的特色与风韵，结合时代背景，标举例子，说明了沉郁气、内倾性、机趣美、流动美、博雅化、清瘦美等几个特色。这些特色的形成有一个发展过程和趋向，大致是由浅近变深邃，由平易变奇崛，由自然变工巧。深邃的形成，由于运思求深，诗中见学；奇崛的形成，由于立意、下字、用韵上追求新颖非

---

① 严羽：《沧浪诗话》，见何文焕辑《历代诗话》下册，第688页。

② 胡应麟：《诗薮》外编卷五，上海古籍出版社1958年版（下引此书，版本均同），第211页。

凡;工巧表现为重视腕力、讲究风姿、严于法度。对于新、奇、巧,前人讲得很多,如《王直方诗话》云:"造句之工,至于舒王、东坡、山谷,尽古今之变。"[①]张戒《岁寒堂诗话》卷上:"王介甫只知巧语之为诗,而不知拙语亦诗也。"[②]胡仔《苕溪渔隐丛话》前集卷四八引吕居仁语谓:"余窃谓豫章自出机杼,别成一家,清新奇巧,是其所长。"又引《吕氏童蒙训》云:"东坡诗有汗漫处,鲁直诗有太尖新,太巧处,皆不可不知。"[③]

物极必反。江西派法席盛行,南宋许多诗人受其影响,然其过于求深、求奇、求拗的风气,带来的流弊日益明显,也愈益引起人们的不满。南宋许多著名诗人常常经行这种历程:先是宗法江西,而后逐渐摆脱江西,自出机杼,自立门户。尤、杨、范、陆、萧(德藻)、姜(夔)等人无不如此。叶适、四灵、江湖派等诗人则专门与江西派对抗。杨万里在《荆溪集序》中说:"予之诗,始学江西诸君子,既又学后山五字律,既又学半山老人七字绝句,晚乃学绝句于唐人,学之愈力,作之愈寡。……忽若有悟,于是辞谢唐人及王、陈、江西诸君子,皆不敢学,而后欣如也。"[④]萧德藻曾跟曾几学诗,后来也力图摆脱江西,曾说:"诗不读书不可为,然以书为诗,不可也。"[⑤]方回《秋晚杂书》诗云:"尤萧范陆杨,复振乾淳(乾道、淳熙)声。"[⑥]又说:"南渡后诗人,尤延之、肖千岩、杨诚斋、陆放翁、范石湖,其最也。"[⑦]南宋诗人以四大家为代表,四大家都由江西入,而后走出江西,濡染中晚唐诗风。大约诗体的演变,也是走着否定之否定的螺旋上升的路子。方回在《读张功父南湖集序》中评杨万里、范石湖、陆放翁诗风说:"诚斋之飞动驰掷,石湖之典雅标致,放翁之豪荡丰腴,各擅一长。"[⑧]至永嘉四灵(赵师秀、徐照、翁卷、徐玑),更不满江西多用典故,针对"资书以为诗",提出"捐书以为诗"。戴表元《洪潜

---

① 郭绍虞辑:《宋诗话辑佚》上册,第104页。

② 丁福保辑:《历代诗话续编》上册,中华书局1983年版(下引此书,版本均同),第464页。

③ 胡仔:《苕溪渔隐丛话》前集卷四八。

④ 周汝昌选注:《杨万里选集》,中华书局1962年版(下引此书,版本均同),第285页。

⑤ 范晞文:《对床夜语》卷二引,见丁福保辑《历代诗话续编》上册,第415页。

⑥ 方回:《桐江续集》卷二,见《古典文学研究资料汇编·陆游卷》,中华书局1962年版(下引此书,版本均同),第79页。

⑦ 方回:《桐江续集》卷二八,见《古典文学研究资料汇编·陆游卷》,第81页。

⑧ 《古典文学研究资料汇编·陆游卷》,第80页。

甫诗序》谓:"永嘉叶正则倡四灵之目,一变而为清圆。"

可见南宋诗风的普遍趋向是流丽、清圆、敷腴,是用中晚唐诗风补救江西之弊。南宋诗的演变过程是由深涩走向流丽、由奇崛走向圆熟、由瘦硬走向敷腴的过程。其中陆游诗最为典型代表。

唐宋诗风貌之异同,可以作如下概括:唐诗尚情韵,宋诗尚思理;唐诗以情辞胜,宋诗以意趣胜;唐诗浑厚博大,宋诗透辟曲折;唐诗爽畅平易,宋诗奇峭博奥;唐诗浑雅,宋诗瘦劲;唐诗精整,宋诗灵动。宋诗渊源于杜韩,参酌各家而出其所自得,由于善学唐人,故能变化唐诗而异于唐诗,自成营垒。唐诗与宋调可谓各有千秋,前后辉映,各不相掩。

四、宋诗诸体与流派

在中国诗史上最早的诗歌流派出现于魏晋时代,至唐诗派诗体渐趋繁盛。但真正提出明确的创作主张,形成大体一致的作品风格,而又在诗坛上产生广泛影响的诗人群体,当推江西诗派。宋代不仅诗派林立,诗体众多,而且各立门户,争强竞胜,衣钵相传,甚至出主入奴,演为派别聚讼。故研究宋诗不可不注意诗派和诗体之演变。

(一)宋初三体

宋初诗派有白体、晚唐体和西昆体。方回《送罗寿可诗序》云:"宋划五代旧习,诗有白体、昆体、晚唐体。"①

1. 白体

白体就是"白乐天体",指宋初四十年间所流行的一种诗体。《蔡宽夫诗话》说:"国初沿袭五代之余,士大夫皆宗白乐天诗,故王黄州主盟一时。"②白体的代表人物有徐铉、李昉、王禹偁、王奇、徐锴等,以王禹偁成就最高。大致白体诗流行最早,作者不少为由五代入宋的诗人。当时在文人朝士中主要流行白体唱和诗,今存最早的白体唱和诗集名为《禁林宴会

---

① 陶秋英编选:《宋金元文论选》,人民文学出版社 1984 年版(下引此书,版本均同),第 499 页。

② 郭绍虞辑:《宋诗话辑佚》下册,第 398 页。

集》，是太宗淳化二年(991)由苏易简、毕士安、梁周翰、李昉等于翰苑观赏飞白御书赋诗纪事而奉命编辑的，其中均为七律，今存洪遵《翰苑群书》中，内容与应制诗相似。

王禹偁是学白体成就最为出色的。他儿时就喜读元白集，贬谪中更“多看白公诗”，在《自贺》中有“本与乐天为后进，敢期子美是前身”之句。他不仅学习白氏的新乐府体来补益时阙，干预生活，也效法其杂律诗、闲适诗、唱和诗来抒情遣怀和酬赠。白体的特点是平易晓畅，朴素自然，直倾胸臆，意态雍容，不假雕饰。《对雪》、《感流亡》是王禹偁政治诗的代表作。今录其雍熙四年(987)知长洲任内所写的《长洲遣兴》，以见其语言的平易通俗：

妻儿莫笑甑中尘，只患功名不患贫。
自觉有文行古道，可能无位泰生民。
烟村旧业劳归梦，雪屋孤灯照病身。
投老绿袍未休去，九重天子用平人。

此为王禹偁佚诗，初载《吴郡志》卷三七。诗写官小家贫，有才无位，处穷多病，思归操旧业，又冀望天子擢用。诗意直白浅易，略无含蓄，同时也体现了白体的缺点，有时流于平直浅易，缺少深度和韵味。王禹偁的一些写景小诗，爽畅清俊，颇有意趣，如《春居杂兴》：

两株桃杏映篱斜，装点商州副使家。
何事春风容不得，和莺吹折数枝花。[①]

这是淳化三年(992)王禹偁贬官商州(今陕西商州)团练副使时作，诗借写居处景观，隐寓遭受打击的感喟。全诗借景寓意，思致深邃。王禹偁是有意学白居易而在初宋诗坛上卓有成就的作家，比他稍晚的林逋，在《读王黄州诗集》诗中，对他就有很赞赏的评价：“放达有唐惟白傅，纵横吾宋是黄州。”

① 刘乃昌:《宋诗三百首评注》，第4页。

2. 晚唐体

晚唐体差不多与白体同时流行。晚唐体亦见于《沧浪诗话》，其“诗体”节说：以时而论，有“元和(元白诸公)体，晚唐体，本朝体(通前后而言之)、元祐体(苏、黄、陈诸公)、江西宗派体(山谷为之宗)”。与严羽同时的俞文豹在《吹剑录》中说：“近世诗人好为晚唐体。”这里均指四灵而言。方回《送罗寿可诗序》谓：“诗学晚唐，不自四灵始。”[①]按方回说，宋初晚唐体作家有九僧、寇准、林逋、魏野、潘阆等人。九僧的年辈略与王禹偁相近，魏野、林逋的生年也早于杨亿、刘筠。宋初晚唐体诗人多为僧人、隐士，他们追踪贾岛、姚合清苦的诗风，以写隐居生涯、山林野趣见长，多写律体，重白描，少用事，诗境较狭。这派诗人中以惠崇、魏野、林逋成就较高。

惠崇，九僧之一。九僧是九位以诗名世的诗僧，其名始见于《六一诗话》，其中云：“国朝浮图，以诗名于世者九人，故时有集号《九僧诗》，今不复传矣。余少时闻人多称之。其一曰惠崇，余八人者，忘其名字也。”[②]后来司马光在元丰初发现《九僧诗集》，他在《温公续诗话》中载录了九僧诗名：“剑南希昼、金华保暹、南越文兆、天台行肇、沃州简长、贵城惟凤、淮南惠崇、江南宇昭、峨眉怀古也。”[③]九僧中惠崇诗名较著，希昼称他“诗名在四方”[④]，方回亦云：“九僧之七惠崇，最为高者。”[⑤]他擅长画寒汀烟渚，王安石、苏轼、黄庭坚都有诗赞扬他的画艺。他的诗学晚唐，长于五律，讲究锤锻，喜写泉林雅趣。如《访杨云卿淮上别墅》：

地近得频到，相携向野亭。
河分冈势断，春入烧痕青。
望久人收钓，吟余鹤振翎。
不愁归路晚，明月上前汀。[⑥]

---

① 陶秋英编选：《宋金元文论选》，第499页。

② 何文焕辑：《历代诗话》上册，第266页。

③ 何文焕辑：《历代诗话》上册，第280页。

④ 希昼：《书惠崇师房》，见《瀛奎律髓汇评》下册，上海古籍出版社1986年版(下引此书，版本均同)，第1714页。

⑤ 《瀛奎律髓汇评》下册，第1723页。

⑥ 《瀛奎律髓汇评》下册，第1723页。又见刘乃昌《宋诗三百首评注》，第5页。

诗写拜访友人杨云卿，两人在野外游春赏景。首联点题，由访友踏青发端，尾联以趁月晚归收结，中间两联写水陆景观，动静交织，主客融合。全诗下语简洁，景致幽美，情态闲适。颔联系取唐司空曙、刘长卿二人诗句合成，曾受人讥议。司马光《温公续诗话》云：惠崇诗，“其尤自负者有‘河分冈势断，春入烧痕青’。时人或有讥其犯古者”[①]。其实化用前人诗句，只要琢磨得体，并不违反诗坛常规。九僧诗神韵孤远，工于写景，着重锻炼中间两联，气韵多近似而变化较少。《九僧诗集》今已不存，某些诗作见于《瀛奎律髓》、《宋诗纪事》诸书。

晚唐体诗人魏野(960～1019)，字仲先，号草堂居士，陕州(今河南陕县)人。生于宋初，历经太祖、太宗、真宗三朝，家世业农，不求闻达，一生布衣，但与达官显宦多有唱酬，诗名颇著。真宗大中祥符中曾召之，以“麋鹿之性，顿缨则狂”为由，辞不应诏。著有《草堂集》，其子重编为《钜鹿东观集》，今有辑本。魏野是一位深处岩穴、性格疏放的隐士，好写山林野趣，诗风清逸雅淡。其《书友人屋壁》云：

达人轻禄位，居处傍林泉。
洗砚鱼吞墨，烹茶鹤避烟。
闲唯歌圣代，老不恨流年。
静想闲来者，还应我最偏。[②]

诗借题壁赞扬隐士超拔势利、远离尘缘的高雅情怀，次联以精美的工对，写高人的生活细节，极见幽居雅兴。全诗笔致潇洒，语言简淡，充满冲淡闲静、悠游自得之趣。魏野确实是把功名利禄看淡看穿的人，有人写诗赠他说：“怪得名称野，元来性不群。借冠来谒我，倒屣起迎君。”[③]他和官至宰相的寇准时有唱酬。有一次寇准知陕州时，“与处士魏野同游僧寺，观览旧

① 何文焕辑：《历代诗话》上册，第274页。
② 刘乃昌：《宋诗三百首评注》，第7页。
③ 《温公续诗话》，见何文焕辑《历代诗话》上册，第276页。

游，有留题处，公诗皆用碧纱笼之，至野诗则尘蒙其上。时从行官妓之慧黠者辄以红袖拂之。野顾公笑"[①]。因题诗云：

世情冷暖由分别，何必区区较异同。
但得常将红袖拂，也应胜似碧纱笼。

这则文坛雅话，既反映了封建时代尊官贱民、文以人重的炎凉世态，也说明魏野识度明达，把尘世贵贱、荣枯的区分置之度外，而对看客下菜的势利眼投以幽默的讥讽。魏野在《宋史》卷四五七、《东都事略》卷一一八有传，其诗《全宋诗》二册收录十卷。

林逋(967～1028)，字君复，杭州钱塘(今浙江杭州西)人。少年力学，恬淡好古。早年放游江淮间，后隐居杭州孤山，终身布衣，养鹤种梅，吟诗自娱，人称"梅妻鹤子"，因咏梅而诗名远扬。因慕其名高善诗，一时名公巨卿多与之游，梅尧臣、范仲淹、陈尧佐等与之互有唱酬。梅尧臣称其为人"若高峰瀑泉，望之可爱，即之愈清"[②]；范仲淹以"风俗因君厚，文章至老醇"[③]之句赞其人品诗品。林逋清苦终生，死后赐谥和靖先生。"其诗，时人贵重甚于宝玉。"[④]他自己吟咏随写随弃，多有散佚。诸孙掇拾遗存，编为《和靖先生诗集》，存诗近三百首。诗集见于《四部丛刊》、《四部备要》，《全宋诗》收入二册(始见于第1190页)，《宋史》卷四五七有传。林逋性喜风月，寄情诗艺，写有《诗将》、《诗家》、《诗匠》、《诗笔》、《诗狂》、《诗魔》等九题。《诗魔》说："只缘吟有味，不觉坐劳神。寄远情无极，搜奇事转新。"说明他专心诗艺，孜孜追求。其诗多写风月隐逸，尤以咏梅著称。他有咏梅七律八首，世称"孤山八梅"，其中《山园小梅》最为脍炙人口：

众芳摇落独暄妍，占尽风情向小园。
疏影横斜水清浅，暗香浮动月黄昏。

---

① 《古今诗话》，见郭绍虞辑《宋诗话辑佚》上册，第256页。
② 梅尧臣：《林和靖先生诗集序》，见朱东润《梅尧臣集编年校注》下册，第1150页。
③ 《全宋诗》卷一六六范仲淹《寄赠林逋处士》。
④ 梅尧臣：《林和靖先生诗集序》，见朱东润《梅尧臣集编年校注》下册，第1150页。

霜禽欲下先偷眼，粉蝶如知合断魂。

幸有微吟可相狎，不须檀板共金樽。[①]

首联以“众芳摇落”反衬梅花独占风情，且暗点梅花开放的时令、地点，见出它不与百花为伍，不在深宅闹市。次联正面描写梅的形影气味，点化南唐江为的残句，改“竹影”为“疏影”，易“桂香”为“暗香”，抓住了梅花疏淡幽独的特点，且又借清、夜、月来衬映。颔联借禽蝶之被吸引侧面烘染梅花的格高质美，“偷眼”、“断魂”对应工巧。尾联收到自身以清诗赞梅，不需高贵的歌唱，不需盛大的华筵，适合山园小梅的身份，巧妙地刻画了梅花的骨秀神清，于梅品极为切合，因而赢得了历代骚人词客的称赏。后人赋梅花往往想到林逋，如姜夔自度曲咏梅名篇《暗香》、《疏影》，两调取名就来自林逋《山园小梅》诗。林逋常常借物遣怀，写花寄意，梅花清爽贞静、孤芳自赏的风韵与诗人的襟怀正相契合，可说花品、诗品、人品浑化合一，突出了林逋梅花诗的重要特色。他临终前有一首七绝《自作寿堂因书一绝以志之》：

湖上青山对结庐，坟头秋色亦萧疏。

茂陵他日求遗稿，犹喜曾无封禅书。

诗先写安身环境，再借司马相如的故事，表明自我高洁的心态。家住茂陵的司马相如病故后，汉武帝派人至其家寻求遗稿，妻子奏上一卷，“其遗札书言封禅事”[②]，迎合皇帝夸耀德威的心理，此事很受后人讥讽。林逋诗自言终生清苦自守，无求于势利，决不谀上邀宠，而甘愿在一种高逸淡远的环境中求得自我的满足。

3. 西昆体

西昆体是北宋建国半个世纪后在馆阁文人中形成的一种新诗体。景德二年(1005)秋，宋真宗命王钦若、杨亿等人聚集于内廷藏书秘阁，编纂大型类书《册府元龟》。杨亿等人在修书期间互相唱和，又约未参加修书的张

① 刘乃昌：《宋诗三百首评注》，第12页。

② 《史记·司马相如列传》。

咏、舒雅、丁谓、钱惟演等人加入，到大中祥符元年(1008)他们将唱和诗结为一集，由杨亿作序。杨亿把秘阁比为西北昆仑群玉山上的先王藏书府(典出《山海经》和《穆天子传》)，因取名为《西昆酬唱集》。今有《四部丛刊》本、《四库全书》本。另有2001年上海书店出版社重印的王仲荦注《西昆酬唱集注》，集中收录杨亿、刘筠、钱惟演等十七位作者五七言律绝诗二百五十首，其中杨、刘、钱三人作品即占二百多首，他们乃西昆派的领袖。

杨亿(974～1020)，字大年，浦城(今属福建)人。年十一，太宗召试诗赋，深受赞赏，授秘书省正字，十九岁赐进士及第，官做到知制诰、翰林学士，著有《武夷新集》。刘筠(971～1030)，字子仪，大名(今属河北)人。咸平元年进士，累官知制诰、翰林承旨等职。钱惟演(977～1034)，字希圣，杭州钱塘(今浙江杭州西)人。五代吴越王钱俶之子，官至翰林学士、枢密副使。三人均于宋立国十数年后出生，都因有文才受到皇帝的青睐，被拔擢为馆阁重臣，并受命编纂官方图书，成为御前文人。

他们倡导的西昆体诗的特点是：其一，取材于翰院文人的日常生活、个人雅趣或历史掌故，多更迭唱和、同咏一题。其二，全写近体，对仗工整，组织精致，音节铿锵。其三，语汇博雅，典故密丽，诗意朦胧晦涩，标榜学习李商隐。但西昆体也不同于初唐的应诏应制诗和内廷园林宴集之作，它并不一味歌功颂德，流连风月，集中也有部分咏史诗、述怀诗较有意义。如杨亿的《始皇》："儒坑未冷骊山火，三月青烟绕翠岑。"刘筠的《汉武》："相如作赋徒能讽，却助飘飘逸气多。"借总结历史教训，对统治者有所规讽。他们唱和中有的触及宫闱隐秘，如《宣曲》诗。"宣曲"是汉宫名，杨亿由"宣曲更衣宠，高堂荐枕荣"发端，以五言排律铺陈历史上帝王与宫妃的淫秽故事，成二十二韵，刘、钱二人各有和篇。当时真宗曾有召幸乐伶、宠妃荒政之事，文人咏唱宫闱艳事，意涉影射，因而触怒真宗，于大中祥符二年(1009)下令禁止文体浮艳。

总之，西昆酬唱诗，除吟咏内廷文学侍臣优游岁月外，也不乏宣泄诗人真情实感和讽喻现实之作。在艺术上西昆首领吸取李商隐的精整工切，仿效无题诗的隐约朦胧，对矫正白体的浅俗和增进诗歌语言的幽邃性、凝练美不无意义。但是，由于西昆诗人生活内容毕竟失于贫乏，又过于舞文弄墨，以切对为工，以编织故实争胜，终流入为文造情一路，在诗坛上不免产生消极的影响。

(二)改革派三诗人——西昆体的反对派

西昆体兴起于真宗景德年间,由于主要作家皆身为文学侍臣,供职翰院,为一代风雅所系,加上他们以富丽的辞采咏唱华贵的帝都生活,恰与开国不久安享升平的社会风气相契合,因而致使昆体耸动天下,风靡一时,在宋初诗坛中兴起虽晚而影响却大。西昆体的过热流行及其末流的偏弊日甚,必然会引起诗界反对声浪的涌起,加上仁宗时代政治改革浪潮的高扬,这就促进了诗歌的矫弊和创新。

仁宗、英宗两朝四十余年,是诗坛上针对西昆偏弊而创新诗风的时代。这时从舆论上痛诋西昆而造成广泛影响的是石介,以创作实践而刷新诗风的是苏舜钦、梅尧臣、欧阳修。石介(1005～1045),字守道,山东人,官至太常博士,著有《石徂徕集》。他在《怪说》中说:"今杨亿穷妍极态,缀风月,弄花草,淫巧侈丽,浮华纂组,刓锼圣人之经,破碎圣人之言,离析圣人之意,蠹伤圣人之道……其为怪大矣。"[①]苏舜钦(1008～1049),字子美,生于开封,进士出身,做过集贤殿校理等职,著有《苏舜钦集》。他在《石曼卿诗集序》中说:"国家祥符中,民风豫而泰,操笔之士,率以藻丽为胜。"[②]显然是针对西昆而发。他于景祐年间校辑杜甫别集,在《题杜子美别集后》中感叹杜诗"不为近世所尚"。他写诗发扬了杜诗关注重大时事的传统,摒弃了一味追求藻丽的风尚。其诗风雄放劲健,时露清逸的韵致,如《吾闻》出语豪迈奔放,《夏意》写来清新活泼。[③]

梅尧臣(1002～1060),字圣俞,宣城(今属安徽)人,人称梅宛陵。早有诗名,但应试不第,以父梅询门荫补官,历任州县属官,一生仕途困顿,年近五十始赐同进士出身,晚年迁尚书都官员外郎。著有《宛陵先生集》,今有朱东润编注的《梅尧臣集编年校注》,存诗二千八百多首。当时梅、苏、欧等人虽没有明确提出矫正昆体的口号,但已开始了改革诗风的创作实践。以后随着政治改革的激化,他们以诗歌干预现实的意念更加自觉。梅尧臣于

① 陶秋英编选:《宋金元文论选》,第 69 页。

② 陶秋英编选:《宋金元文论选》,第 97 页。

③ 参见刘乃昌《宋诗三百首评注》,第 42 页。

庆历六年(1046)所写的几首有名的论诗诗，就鲜明地揭橥了革新派诗人的创作旨趣。如《寄滁州欧阳永叔》[①]、《答韩三子华韩五持国韩六玉汝见赠述诗》[②]，两诗均强调发扬诗歌风雅美刺的传统，反对“迩来道颇丧，有作皆言空”的现象，主张辨别善恶美丑，发挥诗歌的社会功能，这显然是与他们所赞同的庆历改革的政治斗争相呼应的。梅、苏、欧等人的诗风革新，可以说开始于天圣年间，经过庆历时期政治改革的推动而逐步深化，诗歌创作也日趋成熟。梅尧臣在《依韵和王平甫见寄》诗中，曾追忆洛阳诗坛开始的诗风革新的活动说：

文章革浮浇，近世无如韩。
健笔走霹雳，龙蛇奋潜蟠。

其后渐衰微，余袭犹未弹。
我朝三四公，合力兴愤叹。

谢公唱西部，予预欧尹观。
乃复元和盛，一变谁为难。[③]

显然表明了诗风革新是他们几位年青诗人自觉倡导的，目标是革除浮薄，恢复韩白等人的元和传统，西都唱和就是革新活动的重要一页。

当时苏、梅齐名，欧阳修对二人早有称赏。欧阳修《水谷夜行寄子美圣俞》说：

缅怀京师友，文酒邈高会。
其间苏与梅，二子可畏爱。
篇章富纵横，声价相磨盖。
子美气犹雄，万窍号一噫。

---

① 参见朱东润《梅尧臣集编年校注》中册，第 330 页。

② 参见朱东润《梅尧臣集编年校注》中册，第 336 页。

③ 朱东润:《梅尧臣集编年校注》下册，第 833 页。

有时肆颠狂，醉墨洒滂沛。
譬如千里马，已发不可杀。
盈前尽珠玑，一一难柬汰。
梅翁事清切，石齿漱寒濑。
作诗三十年，视我犹后辈。
文词愈清新，心意虽老大。
譬如妖韶女，老自有余态。
近诗尤古硬，咀嚼苦难嘬。
初如食橄榄，真味久愈在。[①]

这说明苏、梅两人诗名并称，风格迥异，两人对宋诗的贡献各有不同：苏诗奇壮，醉墨淋漓，为南宋爱国诗的先声；梅诗瘦硬，清劲隽永，对宋诗总体风格的形成颇有影响。

梅尧臣的创作活动历经三十年，存诗近三千首。他的诗写百姓疾苦、国防危机，或夫妻之情、亲子之爱，都有出色的篇章，做到了“微生守贫贱，文字出肝胆……因吟适性情，稍欲到平淡”[②]。他对欧阳修谈诗歌的艺术标准，主张要做到“意新语工”，“必能状难写之景，如在目前；含不尽之意，见于言外”。[③] 他的《陶者》、《鲁山山行》、《东溪》等，都体现了他的创作主张。如《陶者》：

陶尽门前土，屋上无片瓦。
十指不沾泥，鳞鳞居大厦。[④]

诗以简洁的语言、鲜明的对比，写出了砖瓦工人与豪门富家的劳逸不均、生活悬殊。《鲁山山行》：

---

① 施培毅：《欧阳修诗选》，安徽人民出版社 1982 年版，第 53 页。
② 梅尧臣：《依韵和晏相公》，见朱东润《梅尧臣集编年校注》中册，第 368 页。
③ 欧阳修：《六一诗话》。
④ 刘乃昌：《宋诗三百首评注》，第 25 页。

适与野情惬，千山高复低。
好峰随处改，幽径独行迷。
霜落熊升树，林空鹿饮溪。
人家在何许？云外一声鸡。①

诗写游赏河南鲁山的美妙景观，移步换景，以动写静，句句如画，引人入胜。

欧阳修(1007～1072)，字永叔，晚号六一居士，庐陵(今江西吉安)人。他比梅尧臣小五岁。天圣八年(1030)晏殊知贡举，二十二岁的欧阳修考中进士，被派充西京留守推官，时钱惟演任留守，幕府聚集众多文士，正如欧阳修在《书怀感事寄梅圣俞》中所咏："幕府足文士，相公方好贤。"这时他有缘与梅尧臣、谢绛、富弼、尹洙等人结为诗友。后来他调京任职，成为范仲淹"庆历新政"的积极支持者。嘉祐初年他知礼部贡举，选拔了苏轼、苏辙、曾巩等一批出色的人才，用行政力量促进了文风改革，成为一代文章领袖，对北宋文坛产生了广泛的影响。欧阳修诗名不如其文，但在矫正昆体、变革诗风方面起了先导的作用。《欧阳文忠公集》存古近体诗八百五十多首。他写诗重内容，讲气格，语言平易爽畅，风格流动潇洒，受李白、韩愈的影响较为显著，在"以文为诗"上为王安石、苏轼开了先路。其《重读徂徕集》、《寄答王仲仪太尉素》、《戏答元珍》等诗，都是以明畅如话的语言体现其耿介不随的性格，足以代表他的风格。如《寄答王仲仪太尉素》：

丰乐山前一醉翁，余龄有几百忧攻。
平生自恃心无愧，直道诚知世不容。
换骨莫求丹九转，荣名岂在禄千钟。
明年今日如寻我，颍水东西问老农。②

诗人支持改革，坚持清操，直言敢议，在朝官中屡受诬陷排挤。治平四年(1067)二月御史中丞彭思永、御史蒋之奇诬告他与长媳有暧昧关系，"帷薄

① 刘乃昌:《宋诗三百首评注》,第 27 页。
② 刘乃昌:《宋诗三百首评注》,第 39 页。

不修”,后虽得到洗雪,但毕竟经受风波。作于治平四年的这首诗,以直抒胸臆的手法向友人倾谈抱负,表明心迹。自身年过六十,忧患交攻,迭遭构陷,但平生自律严谨,问心无愧,因秉持直道为世俗不容,现健身不求仙丹,不在乎高位厚禄,决心洁身远隐,到颍水之滨,混迹于老农之中。全诗不用典实,不假雕琢,明白如话。欧阳修诗的名作,还有《画眉鸟》、《边户》、《食糟民》、《啼鸟》等。

革新派三家的诗风各有特点,成就并不全同,但他们的共同特点是:其一,为人讲究风节,政治上倾向以范仲淹为首的改革派,重视诗歌辅翼教化的社会政治功能。其二,在诗坛上是西昆体的反对者,但又都是在西昆派领袖人物的扶掖下成长的,对西昆派态度很尊重,但见解不受其束缚。梅尧臣、欧阳修都是晏殊、钱惟演的门生或幕客,作诗受过他们的影响,但又都主张矫正西昆。不过他们对西昆领袖的态度与石介不同。例如欧阳修《六一诗话》谈到西昆体曾说:“杨大年与钱、刘数公唱和。自《西昆集》出,时人争效之,诗体一变;而先生老辈,患其多用故事,至于语僻难晓。殊不知自是学者之弊。”又称刘筠“雄文博学,笔力有余,故无施而不可”。盖宋初文坛领袖大多好文爱才,奖许后进,开了先后相汲引的良好风气。其三,在诗歌传统上,梅、苏、欧三人都师承杜甫、李白、韩愈等大家而又有自己的独创,为宋调的形成起了推动作用。刘克庄《后村诗话》说:“欧公诗如昌黎,不当以诗论。本朝惟宛陵为开山祖师。宛陵出,然后桑濮之淫哇稍息,风雅之气脉复续。”[①]龚啸云:“去浮靡之习,超然于昆体极弊之际,存古淡之道,卓然于诸大家未起之先。”[②]叶梦得《石林诗话》评欧诗云:“欧阳文忠公诗始矫昆体,专以气格为主,故其言多平易疏畅,律诗意所到处,虽语有不伦,亦不复问。”[③]这些诗话对欧、梅诗的评论,很是中肯。

(三)高峰期三大家(王、苏、黄)

宋诗创作高潮出现于英宗、神宗、哲宗时代,大约赵宋建国后百年左右。这是为挽救王朝危机而实行变法的时代,也是变法未能找到出路而酿

① 刘乃昌:《宋诗三百首评注》,第22页。

② 《宛陵先生集·附录》,见中国社会科学院文学研究所《宋代文学史》(上),人民文学出版社1996年版,第81页。

③ 何文焕辑:《历代诗话》上册,第407页。

成党派倾轧的时代，也是内外矛盾激化把北宋推向衰亡的时代。文学繁荣与经济发展有时并不同步出现。文学高潮之所以出现在这时，是长期文化积累的结果，是北宋开国以来经济发展、文治复兴、人才长育从而为文学繁荣创造条件的结果，也是北宋前期诗文革新运动进一步发展的结果。北宋前期，诗坛经梅、苏、欧洗削西昆诗风，初步显露了宋诗面目，但宋诗创作的鼎盛局面到苏轼的时代方始形成，其标志是出现了有鲜明个性风格的荆公体、东坡体、山谷体，出现了王安石、苏轼、黄庭坚三大诗人。

严羽《沧浪诗话》评“诗体”，以人而论，举出北宋的“东坡体、山谷体、后山体、王荆公体”数家。[①] 之所以以人列体，大约认为其创作上能独树一帜，有鲜明的个性风格。严羽对这些诗体并没有明确的解释和界定，如就风格而言，大家风格具有多样性，往往无体不包，难以以偏概全，因而辨认体派如其所言，“要当论其大概耳”。

1. 荆公体

王安石（1021～1086），字介甫，号半山，晚封荆国公，抚州临川（今属江西）人。二十二岁中进士后走入仕途，前期在外郡任地方官，熙宁初期，年近五十的王安石应诏回京，主持变法改革。熙宁末罢相，退休江宁十年。王安石虽是政治家，但对文学创作用力甚勤。据《临川集》统计，共存诗一千六百余首，古体四百余首，律诗一千一百九十余首，其中绝句五百七十余首。其重要的诗作有政事诗、使北诗、咏史诗、闲居诗、怀亲念旧诗几类。他写诗主要师法杜甫、韩愈，晚年又参以摩诘。他继承杜甫忧黎元、念社稷的精神，写了一批议政诗、咏史诗；古体多学韩愈，发展了韩、欧以文为诗的特点；晚年闲居诗画意深浓，境界幽远，与王维诗的意趣相近。王安石于欧、梅的冲夷爽畅、闲肆淡远之外，建立了自己恢宏奇纵、遒峭深严、雅丽精绝的风格。大致前期偏于宏肆，气盛笔锐，略无含蓄；中期逐渐精严深稳，遒峭刻至；晚期转向工致精巧，悲慨寓于恬淡舒闲之中。前人对他晚年的绝句评价最高，如山谷评为“雅丽精绝，脱去流俗，每讽味之，便觉沆瀣生牙颊间”[②]。叶梦得谓：“王荆公晚年诗律尤精严，造句用字，间不容发。然意

① 参见何文焕辑《历代诗话》下册，第689页。

② 胡仔：《苕溪渔隐丛话》前集卷三五。

与言会，言随意造，浑然天成，殆不见有牵率排比处。”[①]严羽说：“公绝句最高，其得意处高出苏、黄、陈之上。”[②]杨万里更说：“五七字绝句最少，而最难工，虽作者亦难得四句全好者，晚唐人与介甫最工于此。”[③]

王安石晚期写的《书湖阴先生壁》、《径暖》、《北山》等诗，情调闲适悠游，语句精巧雅洁，意境幽美，超拔尘俗，很契合宋代诗话家的审美好尚，故获得格外称赏。如《书湖阴先生壁》：

茅檐长扫静无苔，花木成畦手自栽。
一水护田将绿绕，两山排闼送青来。[④]

诗写退居金陵半山园的居处环境，措辞精工，意象十分幽美。《径暖》诗：

径暖草如积，山晴花更繁。
纵横一川水，高下数家村。
静憩鸡鸣午，荒寻犬吠昏。
归来向人说，疑是武陵源。[⑤]

诗中描绘山村春景，生活气息浓郁，环境幽美如画。王安石早期的政治诗、咏史诗、言志诗也很有特色，不容忽视，如《奉酬永叔见赠》、《金陵怀古》、《河北民》等，都是颇不寻常的篇章。如《奉酬永叔见赠》：

欲传道义心虽壮，强学文章力已穷。
他日若能窥孟子，终身何敢望韩公。
抠衣最出诸生后，倒屣常倾广坐中。
只恐虚名因此得，嘉篇为贶岂宜蒙。[⑥]

---

① 叶梦得：《石林诗话》卷上，见何文焕辑《历代诗话》上册，第406页。
② 严羽：《沧浪诗话》，见何文焕辑《历代诗话》下册，第690页。
③ 杨万里：《诚斋诗话》，见丁福保辑《历代诗话续编》上册，第141页。
④ 刘乃昌：《宋诗三百首评注》，第24页。
⑤ 刘乃昌：《宋诗三百首评注》，第72页。
⑥ 刘乃昌：《宋诗三百首评注》，第62页。

诗在酬答欧阳修中抒发了自己志在有为的襟怀，三联化用典实，也很自然。《金陵怀古》云：

霸主孤身取二江，子孙多以百城降。
豪华尽出成功后，逸乐安知与祸双。
东府旧基留佛刹，后庭余唱落船窗。
黍离麦秀从来事，且置兴亡共酒缸。[①]

本篇融会当地掌故，联系有关史迹，总结兴亡教训，有积极的鉴戒作用，颔联寓意也深湛可取。《元日》写中国过年的传统习俗：

爆竹声中一岁除，春风送暖入屠苏。
千门万户曈曈日，总把新桃换旧符。[②]

可谓过目难忘，流传甚广。

2. 东坡体

苏轼（1037～1101），字子瞻，号东坡，四川眉山（今四川乐山）人。作为宋代文学大家，一生历尽升沉，起落很大，饱尝悲喜。他二十二岁考中进士，受到主考欧阳修的称赏，在凤翔、杭州、密州、徐州、湖州等地历任地方官。四十四岁被变质新党诬告"讪谤朝廷"，被捕入狱，受尽折磨后，责贬黄州。司马光当政后，他被调起用京官。哲宗亲政，朝官打击元祐旧臣，年近六十的苏轼，连续被远贬到惠州、儋州。他垂老投荒，流放七年，"食芋饮水，著书以为乐"。

所谓宋诗取材广而命意新，苏诗最是代表。李东阳《麓堂诗话》谈前代"诗格简古"，内容受限，"赖杜诗一出，乃稍为开扩，庶几可尽天下之情事。

① 刘乃昌：《宋诗三百首评注》，第68页。
② 刘乃昌：《宋诗三百首评注》，第69页。

韩一衍之，苏再衍之，于是情与事无不可尽”。[1] 苏诗今存两千七百多首，摄取的生活面极为广阔。写国事、民生和讽喻新法的诗，题材立意上有所开掘和拓展，但正因这部分文字，他被卷进了新旧党争，付出了很大的代价，一生大起大落，备受磨难。曲折的人生道路使他体验到多种生活，体味了各种人情冷暖，从而吟出了大批倾入自我的写景、抒怀、遣兴诗，而这部分诗歌在苏诗中是美学价值最高、最为脍炙人口的。

苏轼被指控为讽喻新法的诗有《山村五绝》[2]、《戏子由》[3]等，并由此引发“乌台诗案”，险些遭受杀身之祸。苏轼有一首诗倾诉了这一遭遇：“予以事系御史台狱，狱吏稍见侵，自度不能堪死狱中，不得一别子由，故作二诗授狱卒梁成，以遗子由。”

圣主如天万物春，小臣愚暗自亡身。
百年未满先偿债，十口无归更累人。
是处青山可埋骨，他年夜雨独伤神。
与君世世为兄弟，又结来生未了因。[4]

这首绝命诗发自肺腑，字字血泪，情至语痛，悲凄动人。苏轼晚年被远贬惠州途中所写的《八月七日初入赣过惶恐滩》[5]，景中含情，以情会景，语意双关，对仗工整，感情十分凄苦。

苏诗才思横溢，触处生春，别开生面，成一代之大观。其特点为：其一，在内容上善于由写景寄情升华到对人生、社会和物理的深沉反思，而使意象贯注哲思和理致。其二，想象飞驰，奇趣横生，意境灵动，比喻新颖巧妙，层出不穷。其三，苏诗用语浩博，典实宏富，左右逢源，滔滔不尽。其四，就风格而言，苏诗新而能变，机趣洋溢，基调是清雄奔放，驰纵自如，亦兼有清逸简淡。尤为出色的是：苏诗风神出自天然自得，而不假人力雕琢。赵翼

---

① 丁福保辑：《历代诗话续编》下册，第1386页。

② 参见刘乃昌选注《苏轼选集》，齐鲁书社1981年版（下引此书，版本均同），第35页。

③ 参见刘乃昌选注《苏轼选集》，第25页。

④ 刘乃昌：《宋诗三百首评注》，第98页。

⑤ 参见刘乃昌《宋诗三百首评注》，第111页。

对比唐宋诗史三大家谓："盖李诗如高云之游空，杜诗如乔岳之矗天，苏诗如流水之行地。""坡诗实不以锻炼为工，其妙处在乎心地空明，自然流出，一似全不著力，而自然沁人心脾，此其独绝也。"[①]

苏诗名作举不胜举，随手抽取几首鉴赏。《和子由渑池怀旧》：

人生到处知何似，应似飞鸿踏雪泥。
泥上偶然留指爪，鸿飞那复计东西。
老僧已死成新塔，坏壁无由见旧题。
往日崎岖还知否，路长人困蹇驴嘶。[②]

这首忆旧寄怀诗，由眼前景象升华到对人生哲理的反思，说明人生奔走不定，前途迢遥无量，应该奋翅高翔，志在千里。诗语意味深长，耐人寻味。诗中独创的警策新颖的比喻，被人们概括为"雪泥鸿爪"的成语，广为流传。苏轼游赏西湖所写的《饮湖上初晴后雨》成为"前无古人、后无来者"的名篇：

水光潋滟晴方好，山色空濛雨亦奇。
欲把西湖比西子，淡妆浓抹总相宜。[③]

诗人以绝代佳人西施喻指西湖，以淡妆浓抹说明无论天象阴晴，西湖景象均完美新奇。《祭常山回小猎》抒发了他为国效力疆场的雄心，写来壮志昂扬。

3. 山谷体

黄庭坚(1045～1105)，字鲁直，号山谷道人，洪州分宁(今江西修水)人。他自幼颖悟，博闻强记，文才出众。英宗治平四年(1067)中进士后，走入仕途，历任州县官，曾以秘书省校书郎召回汴京，后擢馆职。哲宗亲政后

① 赵翼:《瓯北诗话》卷五，人民文学出版社 1963 年版，第 56、57 页。
② 刘乃昌:《宋诗三百首评注》，第 84 页。
③ 刘乃昌:《宋诗三百首评注》，第 90 页。

遭贬，后流落宜州（今广西宜山），仕途升沉大体与苏轼宦途祸福相关联。

黄庭坚比苏轼小十岁。熙宁五年（1072）十二月苏轼任杭州通判时，到湖州巡视堤岸水情，会见湖州知州孙觉（字莘老，山谷的岳父），在坐席间读到黄庭坚的诗文，深为惊异。熙宁十年（1077）正月，苏轼解除知密州任，由潍坊赴徐州，经济南，会见齐州知州李常，李常取出外甥黄庭坚的诗文求教，苏轼对山谷有了更深的印象。直到元丰元年（1078），黄庭坚写信给苏轼并附诗二首，两人正式定交，山谷成了苏门弟子，此事见于苏轼《答黄鲁直书》[①]。

黄庭坚是一位立志独创、诗艺功力极深的大家。他论诗力主独创，有"文章最忌随人后"和"自成一家始逼真"的名言，并一再宣称"我不为牛后人"，"着鞭莫落人后"。[②] 他于熙宁初年开始跻入诗林，从此佳作丛出，诗名日著。从熙宁初到崇宁末在接近四十年的创作生涯中，他写了大批诗作，今存一千九百余首，有《丛书集成初编》本《山谷诗集注》。

黄庭坚赞同文章干预现实社会，说："文章不经世，风期南山雾。"[③]前人或曰：山谷诗"与世味少缘"，"真有凭虚欲仙之意，此人似一生未尝食烟火食者"。[④] 这说法是不对的。细按其诗集，其中有不少忧国爱民乃至涉及变法党争的诗篇，如《流民叹》、《虎号南山》、《送顾子敦赴河东》、《送范德孺知庆州》、《有怀半山老人再次韵》等。友人出任地方官，他写诗寄赠，激励对方"不以民为梯，俯仰无所怍"[⑤]。王安石罢官，新旧党许多人落井下石，一生仕途命运同旧党连在一起的黄庭坚却吟诗《奉和文潜赠无咎》云："荆公六艺学，妙处端不朽！""玉石恐俱焚，公为区别否？"这说明黄庭坚对人对事是公正得体的。

不过，直接干预现实的诗作，无论从数量上说，还是从深广度上说，在山谷诗中都不占主要地位。写得最出色、最有个性、最足代表其成就的，则

---

① 参见《苏轼文集》第4册，第1531页。

② 引诗分别见黄庭坚《赠谢敞、王博喻》、《题乐毅诗后》、《赠高子勉》、《再用前韵赠子勉》。

③ 黄庭坚：《寄晁元忠》，见任渊、史容、史季温《山谷诗集注》，上海古籍出版社2003年版，第873页。

④ 《荆川先生集》卷一七唐顺之《书黄山谷诗后》。

⑤ 黄庭坚：《寄李次翁》，见《山谷诗》，第216页。

是着重表现自我，抒写心灵，从而侧面反映客观生活的那一部分个人抒情诗。从这部分诗作，可以看到黄庭坚明达的识度、坚定的操守、一反尘俗的襟怀、爱悦自然的雅趣和笃于情谊的淳厚性灵。总之可体察出经过雅化净化的人格美、情操美，如《次韵杨明叔见饯》其二、《题胡逸老致虚庵》、《寄黄几复》等。《次韵杨明叔见饯》云：

杨君清渭水，自流浊泾中。
今年贫到骨，豪气似元龙。
男儿生世间，笔端吐白虹。
何事与秋萤，争光蒲苇丛。①

这首答和诗，先称扬对方人品纯洁，处浊世而不改其清操，虽家境贫寒入骨，但如东汉名士陈登一样豪气不减。再激励对方：大丈夫处世，秉笔为文，出语光明磊落，决不与龌龊小人争名夺利。全诗设喻新巧，切入现实，向弟子杨明叔阐述处世做人的道理，体现了诗人的清风亮节。《题胡逸老致虚庵》云：

藏书万卷可教子，遗金满籝常作灾。
能与贫人共年谷，必有明月生蚌胎。
山随宴坐画图出，水作夜窗风雨来。
观山观水皆得妙，更将何物污灵台。②

这首为老学人题书斋的诗，先赞扬主人热心藏书，无意积财，并称颂其乐善好施，必会有英才子弟出其门庭；再写书庵景致美妙，环境幽雅；末写庵主人生活雅洁，品格高尚，心灵不受权、利污染。《寄黄几复》是寄给同乡好友的一首名作：

---

① 刘乃昌：《宋诗三百首评注》，第 131 页。
② 刘乃昌：《宋诗三百首评注》，第 136 页。

我居北海君南海，寄雁传书谢不能。
桃李春风一杯酒，江湖夜雨十年灯。
持家但有四立壁，治病不蕲三折肱。
想见读书头已白，隔溪猿哭瘴溪藤。

首联叙分别遥远，音信难通；次联追忆往日相聚之乐，并抒发别后相思之深；三联赞扬友人持家严谨，廉洁自律，革除弊端，治邑有方；尾联想象对方在清苦的环境中，依恋书牍，好学不倦。全诗友情深浓，意蕴沉厚。

山谷诗有哪些特点？一曰邃思远趣，识度超拔，耐人回味。二曰章法细密，思路深藏，承转曲折，起结无端。三曰讲究句法字法，长于点化，下语奇警，引人惊异。四曰诗风瘦硬峭拔，韵格高绝，造句奇崛，笔势雄健，发展了杜甫的拗律拗句，给人以奇句高境英特不凡之感。此外黄诗也兼有老朴沉雄、浏亮芊绵的风韵。

高峰期三大家的出现标志着宋调的完成。三家的共同特点是尚思理，富才学，好议论，在创作视野、运用语言、变化体制、创新风调方面，都比唐诗有了新的拓展和嬗变，显示出与唐诗不同的韵味。

三位诗人的成就是宋代诗文革新运动深入发展的结果。他们与诗文革新派作家有不同程度的渊源和师承关系。王安石与曾巩为同乡好友，二十几岁由曾巩介绍为欧阳修所了解，三十四岁调京任群牧司判官，得以拜晤翰林侍读欧阳修。欧、王有诗唱酬，欧阳修对王安石大力奖掖，有“后来谁与子争先”[①]之句。王安石与梅尧臣也有文字交往。苏轼兄弟考进士时，欧阳修是主考官，梅尧臣是参详官，欧、梅都是苏轼的恩师，苏轼受欧阳修的影响很大。黄庭坚是苏门弟子，元祐间苏轼主持学士院考试，曾拔擢黄庭坚、张耒、晁补之任馆职，苏门学士的升沉进退都同苏轼紧密关联。所以说王、苏是欧门弟子，山谷是苏门弟子，他们的文学活动是有承传关系的。

王、苏、黄三家既鼎立，又各具面目，各有独诣。王诗前期偏于雄健劲拔，后期偏于精巧工致；前期干预政治、直面现实的作品较多，后期转向寄情自然，吟咏情性。由前期向后期的发展，体现出视觉内转的倾向。苏、黄

① 欧阳修：《赠王介甫》，见中国社会科学院文学研究所《宋代文学史》(上)，第200页。

均以表现性灵、个人抒情擅长，但苏以天然才气胜，黄以人力功夫胜；苏诗放笔快意，不甚锻炼，黄诗惨淡经营，悉心锤炼。苏是天才型诗人，王、黄是苦吟型诗人。诗到王、苏、黄三家，宋调始达到鼎盛。故陈善《扪虱新语》下集卷三说：欧阳公"能变国朝文格，而不能变诗格，及荆公、苏、黄辈出，然后诗格遂极于高古"[①]。惠洪《冷斋夜话》云："造语之工，至于荆公、东坡、山谷，尽古今之变。"[②]

（四）江西诗派

江西诗派是北宋后期文坛上出现的一个重要流派，也是宋代影响最大的诗派。黄庭坚的诗个性鲜明，特色突出，且总结出一套写诗的路数和笔法，相互切磋传习，因而在当时影响大，追随者多。当时虽苏、黄并称，但苏天才横溢，任情挥洒，别人可望而不可即，而学黄则有阶梯路径可寻，所以以山谷为首形成了一个庞大的诗人群体。北宋徽宗时吕本中作《江西诗社宗派图》，首推黄庭坚为宗派之主，以下"列陈师道、潘大临、谢逸、洪刍、饶节、僧祖可、徐俯、洪朋、林敏修、洪炎、汪革、李錞、韩驹、李彭、晁冲之、江端本、杨符、谢薖、夏倪、林敏功、潘大观、何觊、王直方、僧善权、高荷，合二十五人为法嗣，谓其源流皆出豫章"[③]。江西诗派由此得名并确立。吕氏《江西诗社宗派图》今已不传，其所列名单及图序大意最早载于胡仔书，其后赵彦卫的《云麓漫钞》、刘克庄的《江西诗派总序》和王应麟的《小学绀珠》所载名单稍有出入。[④]《云麓漫钞》、《沧浪诗话》分别将吕本中、陈与义归入诗派，刘克庄又把曾几增入。宋人曾梓行《江西诗派诗集》，杨万里为之序。[⑤] 陈振孙《直斋书录解题》卷一五著录此书正集一百三十七卷，续集十三卷，惜已不传。

江西诗派作家以江西人为多，成就各有高低，其师承关系、艺术见解均与黄庭坚有一脉相承之处。黄庭坚论诗，其一，主独创，倡导"文章本心术，

---

① 傅璇琮编：《古典文学研究资料汇编·黄庭坚和江西诗派卷》上卷，中华书局1978年版（下引此书，版本均同），第75页。

② 傅璇琮编：《古典文学研究资料汇编·黄庭坚和江西诗派卷》上卷，第34页。

③ 胡仔：《苕溪渔隐丛话》前集卷四八。

④ 参阅傅璇琮编《古典文学研究资料汇编·黄庭坚和江西诗派卷》下卷，第452～456页。

⑤ 参见杨万里《诚斋集》卷九七。

万古无辙迹”[①]。其二，忌尘俗。他在《与党伯舟帖》中说“诗颂要得出尘拔俗有远韵”，在《书嵇叔夜诗与侄木夏》中说“无一点尘俗气”。诗要脱俗，就要在做人上讲究出处、进退、忧国、临民的风范，保持高风亮节，有这种心胸和修养，方能有这种诗作，所谓“句中稍觉道战胜，胸中不使俗尘生”[②]。其三，讲诗法，为学诗者昭示具体门径。他在《论作诗文》中提出：“作文须摹古人，百工之技，亦无有不法而成者。”他在《次韵子瞻和子由观韩干马》中认为规摹古人的目的在于“领略古法生新奇”。他讲究诗法很为细密，注意讲求章法、句法、字法，总结出“夺胎换骨”、“点铁成金”的名言。其四，重骨格，“诗以格高为第一”，即追求诗风具有一种苍劲瘦硬之美。这些主张吸引了当时一些文人互相师承切磋，形成一种好尚，法席盛行，衣钵相传，风行了几近二百年。

江西派诗人，论其创作成就，除山谷外，当以陈师道、陈与义、吕本中、曾几最为显著。故方回认为“老杜之后有黄陈，又有简斋，又其次则吕居仁之活动，曾志甫之清峭，凡五人焉”[③]。方回又倡“一祖三宗”之说，谓“古今诗人当以老杜、山谷、后山、简斋四家为一祖三宗”[④]。

陈师道(1053～1102)，字履常，一字无己，号后山，彭城(今江苏徐州)人。十六岁以文谒曾巩，深受称许。元丰初(1078，二十五岁)在徐州拜谒苏轼，成为苏门弟子。元祐二年(1087，三十四岁)经多人荐举，始被任为徐州、颍州等地的教授。他一生清贫，四十七八岁始除拜秘书省正字。他在《除官》诗中有“扶老趋严召，徐行及圣时，端能几正字，敢恨十年迟”[⑤]之句。次年，建中靖国元年(1101)，黄庭坚作《病起荆江亭即事》诗，怀念两位友人：

闭门觅句陈无己，对客挥毫秦少游。
正字不知温饱未？西风吹泪古藤州。[⑥]

---

① 黄庭坚：《寄晁元忠》其五，见《山谷诗》，第232页。
② 黄庭坚：《再次韵兼简履中南玉》(三首)其一，见《山谷诗》，第82页。
③ 方回：《瀛奎律髓》卷二四。
④ 方回：《瀛奎律髓》卷二六。
⑤ 陈师道：《后山居士文集》卷六。
⑥ 刘乃昌：《宋诗三百首评注》，第133页。

是年秦观病逝于广西藤县，陈师道才当上一名正字的小官，黄庭坚模仿杜甫《存殁口号》的做法，两句伤悼一位已故友人，两句怀念一位写诗的朋友，并表现了两人不同的风格和不幸的遭遇。此诗写后不久，四十九岁的陈师道就病死在任上。

"正字不知温饱未"，概括陈师道平生清苦。陈师道襟怀恬淡，安贫乐道，很讲究品操骨气。朱熹极口赞扬他不见章子厚（惇），不穿赵挺之的棉袄，终以受风寒感疾而死。[①] 这样的生活道路致使他的诗作写得最为深挚感人的题材是亲子家人、骨肉分离之情，书生忧处闾巷的清苦生涯，志士怀才不售的愤慨和与故旧相濡以沫的友谊等等。《送外舅郭大夫西川提点刑狱》、《送内》、《别三子》、《示三子》、《寄外舅郭大夫》等，就是写骨肉亲情的名篇。

"闭门觅句陈无己"，写出了陈氏的写诗作风。陈师道的《后山集》有《四部备要》本。宋任渊《后山诗注》，有《四库全书》本，存诗六百九十余首，并写有《后山诗话》一本。其诗多为结识山谷以后的作品。他写诗学黄庭坚，在《赠鲁直》中自称"陈诗传笔意，愿立弟子行"。与天才型诗人秦观不同，陈师道是苦吟型诗人。他每有诗兴，拥被卧床，呻吟累日，刻意于句法的锻造，往往惨淡经营。他主张写诗要"宁拙毋巧，宁朴毋华，宁粗毋弱，宁僻毋俗，诗文皆然"[②]。他的诗情真格老，朴拙深厚，体现出一种朴拙美。如《寄外舅郭大夫》：

巴蜀通归使，妻孥且旧居。
深知报消息，不忍问何如。
身健何妨远，情亲未肯疏。
功名欺老病，泪尽数行书。[③]

---

① 参见《朱子语类》卷一三〇。

② 何文焕辑：《历代诗话》上册，第 311 页。

③ 刘乃昌：《宋诗三百首评注》，第 151 页。

元丰七年(1084)岳丈郭概出任成都府路提点刑狱,陈师道当时身无官职,养不起家小,只好让妻子携带一女三子随郭概赴川暂居,陈师道则流寓各地谋生,此诗是别后多时收到成都来信时作。首联起句述事,末联尾句扣题。余均写得书后心态,"且"字揣测想象妻子儿女在远方生活的情景,"不忍"担心消息不好,与宋之问的"近乡情更怯,不敢问来人"[①]和杜甫的"反畏消息来,寸心亦何有"[②]的感受相似,或由之脱胎。"何妨"、"未肯",用以自慰且宽解对方。尾联顾影自叹,转旷为悲。《绝句四首》其四云:

书当快意读易尽,客有可人期不来。
世事相违每如此,好怀百岁几回开。[③]

小诗从日常切身体验出发,升华到对世事人生崎岖多、快意少的感喟,感情凄苦,哲理意味深浓。

陈与义(1090～1138),字去非,号简斋,洛阳(今属河南)人。政和三年(1113)及第,任河南濮阳教授。宣和五年(1123,三十四岁),因赋《墨梅》诗受到徽宗的赞赏,授秘书省著作佐郎,南渡前在诗坛上已享有重望。靖康事变中,他携家避难于湖北湖南等地。经过五六年的流亡生活,绍兴二年(1132)陈与义回到南宋都城临安,历任中书舍人、吏部侍郎、礼部侍郎等职,累官至参知政事,后出知湖州,四十九岁病逝。有《简斋集》、《陈与义集》,存诗六百二十余首。

陈与义三十七岁遇上靖康之难,一生历经北宋末叶、南宋初年两个阶段。前期身居京洛,交游士林,多写怀、咏物、酬赠、题画之作,其中多寄寓感叹冷官、难酬壮志、疾恶庸俗世态的情怀。社会生活的巨大断裂和振动,把他抛向了战火连天的灾难旋涡,他饱尝颠沛流离之苦,目睹民族浩劫,历经国破家亡之变,激起了无限的忧伤和感慨,故后期其创作视野空前扩大,诗篇贯注着忧国伤时的爱国精神。刘克庄谓陈简斋"建炎以后,避地湖峤,

① 《全唐诗》卷五三宋之问《渡汉江》。

② 《全唐诗》卷二一七杜甫《述怀》。

③ 刘乃昌:《宋诗三百首评注》,第153页。

行路万里，诗益奇壮”[①]，正确地指出了陈诗前后期的重大变化。

陈与义走向诗坛时正当江西诗派法席盛行之际。他受黄、陈影响最大，盛赞黄、陈诗，在师法上与黄、陈一脉相承。其特点有：第一，写诗注重刻苦锤炼，一字不苟。他有“琢句不成鬓成丝”[②]、“书生得句胜得官”[③]之句。第二，取资博洽，善于融通。有些看来明畅的诗句，也往往博采典实，提炼而成。第三，构思雄奇，意象警动，风韵壮美。如：“墙头语鹊衣犹温，楼外残雷气未平。”[④]“笑抚江南竹根枕，一樽呼起鼻中雷。”[⑤]可谓意象警动，出语非凡。陈与义诗以江西诗法写社会事变、政治风云，学江西而不为江西所囿，堂庑宏阔，忧愤沉厚。故胡应麟《诗薮》说：“南渡诸诗人……至陈去非宏壮，在杜陵廊庑。”[⑥]就这点而言，江西派中还没有人能超过他。例如《伤春》写忧时爱国的情怀：

庙堂无计可平戎，坐使甘泉照夕烽。
初怪上都闻战马，岂知穷海看飞龙。
孤臣霜发三千丈，每岁烟花一万重。
稍喜长沙向延阁，疲兵敢犯犬羊锋。[⑦]

建炎四年(1130)，金兵由临安、明州尾追赵构直至海上，当时流寓湖湘间的陈与义，作此抒怀。起句直斥朝臣怯懦无能，致使汴京沦陷，临安被攻，宋高宗逃窜，一系列惨景均源于主降派当权，“庙堂无策”。前四句一气贯注，写出了南北宋之交的国家患难，概括力极强。“孤臣”两句写个人忧思，感情沉重。“稍喜”两句宕开一笔，赞扬主战派将领英勇抗敌的壮举，在江河日下的形势下透露一点御敌的喜讯，体现了作者忧伤国难、期盼抗敌的心境。此诗涉及国事内容广泛，意象奇警，忧愤深沉。《书怀示友十首》其六

① 刘克庄：《后村诗话》前集卷二。
② 陈与义：《秋日》，见《陈与义集》上册，第172页。
③ 陈与义：《送王周士赴发运司属官》，见《陈与义集》，第173页。
④ 陈与义：《雨晴》，见刘乃昌《宋诗三百首评注》，第174页。
⑤ 陈与义：《对酒》，见《陈与义集》上册，第189页。
⑥ 胡应麟：《诗薮》，第215页。
⑦ 刘乃昌：《宋诗三百首评注》，第173页。

批判庸俗的世态：

有钱可使鬼，无钱鬼揶揄。
百年堂前燕，万事屋上乌。
微官不救饥，出处违壮图。
相牛岂无经，种树亦有书。
如何求二顷，归卧渊明庐。
曝背对青山，鸟鸣人意舒。
试数门前客，终岁几覆车。[①]

前四句写作者对庸俗世态和不良风气的反感，说明钱可通神，有钱可支配一切，无钱就被人捉弄，豪门失势要受冷落，办什么事都要靠关系。次八句写自己境遇困窘，只好养牛种树，归隐田园，追求清静舒心。末二句提示人们应以奔走势利的门前客为戒。全诗以议论口吻，化用多种典实，表达了作者对金钱崇拜、人情冷暖的世俗的憎恶，对超拔世俗的田园生活的爱悦。《十月》写作者宣和初年在京都任学官时的处境和感受：

十月北风催岁寒，九衢黄土污儒冠。
归鸦落日天机熟，老雁长云行路难。
欲诣热官忧冷语，且求浊酒寄清欢。
孤吟坐到三更月，枯木无枝不受寒。[②]

前四句点题后进入写景，由时间进入空间，借景寓意，说明官场风尘玷污儒生的纯洁，晚鸦暮归顺应自然，飞雁翔云行路艰辛，借自然物象，隐寓自己的处境和愿望。三联直抒情怀，不愿接近权臣高官，以免遭受冷落，姑且借助薄酒，享受清闲的乐趣。末联以夜深天寒收结，回应首句，描述现景。全诗以晓畅的语言及日常的意象，表现了诗人的仕路心态和高洁的人品。

① 刘乃昌：《宋诗三百首评注》，第170页。
② 刘乃昌：《宋诗三百首评注》，第172页。

(五)中兴诗人

靖康国变后，建立南宋王朝，史称“中兴”。宋人有《中兴小纪》(熊克撰)，专记建炎以来的史事。《中兴以来绝妙词选》(黄升编)，专选南渡后词作。南宋诗坛有四大诗人之称，最初指尤(袤)、萧(千岩)、范(成大)、陆(游)。杨万里《谢张功父送近诗集》有“近代风骚四诗将，非君摩垒更何人”句，注云：“四人：范石湖、尤梁溪、萧千岩、陆放翁。”又杨万里《进退格寄张功父姜尧章》诗有“尤萧范陆四诗翁，此后谁当第一功”之句。可见当年杨万里推尊尤、萧、范、陆为四大家。萧指萧德藻，字东夫，号千岩居士，他的诗流传极少。方回《跋遂初先生尚书诗》说：“宋中兴以来，言治必曰乾、淳(指孝宗乾道〈1165～1173〉、淳熙〈1174～1189〉年间)，言诗必曰尤、杨、范、陆，其先或曰尤、萧，然千岩早世不显，诗刻留湘中，传者少，尤、杨、范、陆特擅名天下。”故沈德潜《说诗晬语》卷下谓：“南渡后诗，杨廷秀推尤、萧、范、陆四家，谓尤延之袤，萧东夫德藻，范致能成大，陆务观游也。后去东夫，易以廷秀，称尤、杨、范、陆，萧几不能举其名氏，而诗亦散逸矣。”①但四家中尤的成就与其他三家难以并称。尤袤(1127～1194)，字延之，号遂初居士，诗已散佚，今有清人辑本《梁溪遗稿》，但存诗稀少，《宋诗纪事》二册，载录其诗不足十篇，故不能与其他三家同日而语。中兴诗人值得推崇的是杨、范、陆三家。

杨、范、陆均出生于南宋立国之初、高宗登位时代。隆兴元年(1163)孝宗登位时，杨万里三十六岁，范成大三十七岁，陆游三十八岁，三人的创作已进入成熟期。他们的创作活动延续较长，特别是陆游，其创作生涯一直到光宗、宁宗时代。南宋诗歌中兴，主要是在孝宗在位的时代，高宗传位给孝宗赵昚，赵昚登位后，起用张浚，恢复岳飞的名誉，罢黜主降派官僚，一时朝野上下弥漫着抗战的气氛，很有些中兴气象。当时诗人为这种恢复、振兴的声浪所激荡，也有振兴诗风的意向，在江西诗风影响下的作家，大都表现出扬弃旧习、开拓新境的努力，于是几位大家应运产生，形成了诗坛中兴的局面。

杨万里(1127～1206)，字廷秀，号诚斋，今江西吉水人。他小于石湖一岁，绍兴二十四年(1154)三十一岁时与范成大同年中进士。入仕后，他任

① 王夫之等:《清诗话》下册，第545页。

过知县、知州、京官，做过吏部员外郎、太子侍读、宝谟阁学士，享年八十岁。杨万里自编诗集，有《诚斋集》，存诗四千二百余首。

杨万里作诗由学江西走向学晚唐，最后推陈出新，自成一家，形成“诚斋体”。他在《诚斋荆溪集序》中，自述学诗的经历说：“予之诗，始学江西诸君子，既又学后山五字律，既又学半山老人七字绝句，晚乃学绝句于唐人，学之愈力，作之愈寡。”[①]淳熙五年(1178，五十四岁)他任常州守时，“忽有所悟，于是辞谢唐人及王、陈、江西诸君子，皆不敢学，而后欣如也”。此后登高游览，攀翻花竹，万象来献诗材，遂不觉作诗之难。这说明作诗要善于由模仿走向创新，他是由学江西入门而后走出江西自成一家的典型。他后期不受江西局限，但并不鄙弃或反对江西，相反，他对江西诸人十分尊重。他在《灯下读山谷诗》中说：“天下无双双井黄，遗编犹作旧时香。百年人物今安在，千载功名纸半张。”他还作《江西宗派诗序》云：“唐云李杜，宋言苏黄……门固有伐，业固有承也。”[②]他吸取江西派的活法而自出机杼，善于用灵动活泼的笔调、通俗泼辣的语言，摹写大自然中微妙的物象，传达日常天真的生活情趣、新鲜自然的感受，给人一种真纯流动的艺术美。这使他的诗迥然有别于江西派的拗折瘦硬，因而其诗风特色显得鲜明突出，这也许是严羽特意提出“杨诚斋体”的用意。

杨诗《初入淮河四绝句》是淳熙十六年(1189)他被派去迎接、陪伴金使时渡过长江、初入淮河时作。试看其一、其四：

其　一

船离洪泽岸头沙，人到淮河意不佳。
何必桑乾方是远，中流以北即天涯。[③]

其　四

中原父老莫空谈，逢着王人诉不堪。
却是归鸿不能语，一年一度到江南。[④]

---

① 周汝昌选注：《杨万里选集》，第285页。

② 傅璇琮编：《古典文学研究资料汇编·黄庭坚和江西诗派卷》下卷，第447页。

③ 刘乃昌：《宋诗三百首评注》，第245页。

④ 刘乃昌：《宋诗三百首评注》，第245页。

前篇感叹中原沦陷，淮河以北为敌军占领，面临北方河山，有远在天涯之感。后篇写沦陷区人民在金人统治下痛苦不堪，思念故国，却没有探访江南的自由。这是一组忧国感时的爱国诗篇。《插秧歌》是杨万里的农事诗：

田夫抛秧田妇接，小儿拔秧大儿插。
笠是兜鍪蓑是甲，雨从头上湿到胛。
唤渠朝餐歇半霎，低头折腰只不答。
秧根未牢莳未匝，照管鹅儿与雏鸭。①

此为作者回归农村故里，目睹农家冒雨插秧所作。诗写农民全家出动，雨中抢种秧苗，四口各有分工，虽头戴斗笠，身穿蓑衣，雨水还是湿遍全身。农妇招呼大家休息片刻用点早餐，田夫却弯腰猛干，答非所问地告诉大家，秧未插牢，培土未匝，要看管好鹅鸭，以防践踏秧田。全诗笔墨兼及男女老少的动作、话语，以全方位的扫描表现了农家的刻苦和艰辛。诗人闲居家乡写的《闲居初夏午睡起》是闲情诗：

梅子留酸软齿牙，芭蕉分绿与窗纱。
日长睡起无情思，闲看儿童捉柳花。②

“留酸”、“分绿”，从味觉、视觉两方面展现极具特色的初夏景象，再由日长无聊引出观赏儿童在柳荫下戏耍的小景。“闲”字突现了诗人自我的安逸闲适，“捉”字闪现了儿童天真活泼的神态。小诗写得精巧爽畅，极富情致。

范成大(1126～1193)，字致能，号石湖居士，出身书香门第。早年读书于昆山荐严寺，十年不出，二十九岁中进士。先任地方小吏，孝宗隆兴元年(1163)，与陆游同为编类高宗圣政所检讨官，后为国史编修官。四十五岁奉命使金。四十七岁于苏州盘门外经营石湖别墅。历任静江(今桂林)、成

① 刘乃昌:《宋诗三百首评注》，第241页。
② 刘乃昌:《宋诗三百首评注》，第240页。

都、明州(今宁波)、建康的地方大吏。五十二岁召赴行在，权礼部尚书，又除参知政事，不久引疾罢任，后又起知州官。五十八岁(淳熙十年，1183)，五次上书，因病申请罢任，归石湖闲居十年。

范成大走入仕途，受到孝宗信任，历任重职，晚年退居石湖，养尊处优，安享十年的山林生活。他使金时忘记个人安危，不辱使命；出守四方时，仁民爱物，乐善不倦；闲居乡里时，恤贫怜苦，关心农事。陆游赞他："勋劳光竹帛，风彩震羌胡，签帙新藏书，园林胜事殊。"[①]姜夔称他："身退诗仍健，官高病已侵，江山平日眼，花鸟暮年心。"[②]概括了他一生的行事。

范成大有《石湖诗集》，存诗一千九百余首。其诗也受江西派的影响，学问赅博，喜用僻典和禅语，但学中唐名家最为显著，诗风近乎白居易和张籍、王建，创立了清新俊逸的风格。石湖最有价值的诗作，是体现爱国情操的使金诗和忧念黎元的田园农事诗。使金诗是乾道六年(1170)受孝宗指派为收复河南"陵寝"故地而出使金国时所作。范成大为交涉此事曾触怒金国皇帝，险些丧命，但他坚持气节，不辱使命，受到称许。他在出使中沿途杂记见闻与感想，成七十二首绝句，自编一卷，是一组贯注着爱国思想和凛然气节的纪行诗。如其中的《州桥》：

州桥南北是天街，父老年年等驾回。
忍泪失声询使者，几时真有六军来。[③]

诗写沦陷四十多年的汴京人民，殷切地盼望尽早光复故国。再如《会同馆》：

万里孤臣致命秋，此身何止一沤浮。
提携汉节同生死，休问羝羊解乳不。[④]

---

① 陆游：《剑南诗汇》卷三三《范参政挽词》，见《陆放翁全集》(中)，中国书店 1986 年版，第 515 页。

② 姜夔：《悼石湖》，见刘乃昌《姜夔诗词选注》，台湾建宏出版社 1996 年版，第 47 页。

③ 刘乃昌：《宋诗三百首评注》，第 228 页。

④ 刘乃昌：《宋诗三百首评注》，第 230 页。

此诗化用汉代苏武出使匈奴的故事，表示自己不顾生死，坚持气节，体现了诗人为国献身的坚定意志。范成大的田园农事诗也很有名，如《催租行》、《后催租行》，两诗用真切的情节、明畅的话语揭露了封建基层官吏对贫苦农民的残酷盘剥。淳熙十三年(1186)，范成大退居家乡石湖，作有《四时田园杂兴六十首》，用七绝的形式，依时节顺序，写农家风物、稼穑艰难、农民疾苦、节序风俗，系统、深刻地反映了当时江南农村的社会生活图画，对中国农事诗作了创造性的发展，被称为田园诗的集大成之作。如《夏日田园杂兴十二绝》其七：

昼出耘田夜绩麻，村庄儿女各当家。
童孙未解供耕织，也傍桑阴学种瓜。①

其十一：

采菱辛苦废犁锄，血指流丹鬼质枯。
无力买田聊种水，近来湖面亦收租。②

前篇写农村男女老幼勤奋辛劳，昼夜不息，后篇写农民湖面采菱，也要承担严酷的租税。范成大的这些诗篇都很有价值，广为流传。

陆游(1125～1210)，字务观，号放翁，越州山阴(今浙江绍兴)人。祖父陆佃，是王安石的弟子，父陆宰，北宋末官转运副使。母为唐介(熙宁初官参知政事)的孙女、晁冲之的外甥。陆游幼年遭遇国难，随父辗转逃亡。他从小喜爱读书，后从师受业。父多与抗战派交游，疾恶主和，父辈、师辈多抗战派名流，他也深受爱国思想的濡染。陆游家学渊深，祖父为经学家，藏书宏富，绍兴十三年(1143，游十九岁)朝廷始建秘书省于临安，曾向陆家借抄藏书一万三千册。陆游三十岁应礼部试，名列第一，适居秦桧孙之前，因

① 刘乃昌：《宋诗三百首评注》，第235页。
② 刘乃昌：《宋诗三百首评注》，第235页。

而落榜。次年礼部复试，陆游又名列前茅，因喜论恢复，又遭秦桧黜落。[①]到秦桧死后，陆游的师长曾几任礼部侍郎，三十四岁的陆游开始出仕，被派任福州宁德县主簿。

陆游自从政后，一生可分为三期：

前期，江南任职时期（绍兴二十八年〈1158〉三十四岁至乾道六年〈1170〉四十六岁）。

这时期陆游由宁德调福州，又调行在（临安），除敕令所删定官、圣政所检讨官，四十岁为镇江通判，后改任隆兴通判，因言官指责他"力说张浚用兵"，罢归山阴，卜居镜湖三年。

中期，入蜀从军时期（乾道六年〈1170〉四十六岁至淳熙五年〈1178〉五十四岁）。

乾道五年参知政事王炎为四川宣抚使，召陆游入幕，陆游被派为夔州通判，次年闰五月入蜀，年末到达，编次旅途记录成《入蜀记》。王炎招请陆游为宣抚司干办公事兼检法官，公署设于南郑（汉中），陆游得有机缘往来于抗金前线，体验战斗生活，并写出一批气宇轩昂的从军诗章。如："念昔少年日，从戎何壮哉！独骑洮河马，涉渭夜衔枚。"[②]"我昔从戎清渭侧，散关嵯峨下临贼。铁衣上马蹴坚兵，有时三日不火食。"[③]这反映了诗人从军生涯和投身疆场的壮志豪情。不久王炎调临安，虞允文接任安抚司，陆游改官安抚司参议官，旋又调任蜀州（今四川崇庆）通判和摄知嘉州。淳熙二年（1175）范成大来知成都，两人诗酒唱酬，人争传诵，被同僚讥为"燕饮颓废"，次年遂被免官。陆游心境平静，有诗云："饱饭即知吾事了，免官初觉此身轻。"[④]"免从官乞假，且喜是闲身。"[⑤]

后期，东归和退闲时期（淳熙六年〈1179〉五十五岁至嘉定二年〈1209〉八十五岁）。

淳熙五年（1178），陆游奉诏别蜀东归，除福建常平茶事，改提举抚州江

---

① 参阅叶绍翁《四朝闻见录》。

② 陆游：《岁暮风雨》，见钱仲联《剑南诗稿校注》第4册，第1839页。

③ 陆游：《江北庄取米到作饭香甚有感》，见钱仲联《剑南诗稿校注》第3册，第1340页。

④ 陆游：《饭保福》，见钱仲联《剑南诗稿校注》第2册，第575页。

⑤ 陆游：《病中戏书》，见钱仲联《剑南诗稿校注》第2册，第577页。

南西路常平茶盐公事，淳熙七年（1180）罢官回乡。淳熙十三年（1186）陆游被起用为严州知州，三年任满，上章求退。淳熙十六年（1189）六十五岁时离任归闲，在故乡山阴过了二十年的隐居生活，直到八十五岁辞世。

陆游是中国文学史上伟大的爱国诗人，是最为高产的诗人，“六十年间万首诗”[①]，尚不是其诗作的全部。赵翼《瓯北诗话》卷六云：“古来作诗之多，莫过于放翁。”放翁诗内容宏富，“凡一草一木，一鱼一鸟，无不裁剪入诗，是一万首即有一万大意，又有四万小意。自非才思灵敏，功力精勤，何以得此，信古来诗人未有之奇也”。戴复古《读放翁先生剑南诗草》云：

茶山衣钵放翁诗，南渡百年无此奇。
入妙文章本平淡，等闲言语变瑰奇。
三春花柳天裁剪，历代兴衰世转移。
李杜陈黄题不尽，先生摹写一无遗。

陆游诗不包括删除和散佚的，今仍存九千三百多首，今传《陆放翁全集》有《四部备要》本，《渭南文集》有《四部丛刊》本，诗集以钱仲联编的《剑南诗稿校注》最为完善。陆诗中无论爱国诗、悯农诗、闲居诗、爱情诗、教子诗等，都有名篇佳作。打开他的诗集，名章俊语，使人目不暇接。

陆游的爱国诗写得又多又好，激情昂扬，感人肺腑。如《夜读兵书》：

孤灯耿霜夕，穷山读兵书。
平生万里心，执戈王前驱。
战死士所有，耻复守妻孥。
成功亦邂逅，逆料政自疏。
陂泽号饥鸿，岁月欺贫儒。
叹息镜中面，安得长肤腴。[②]

---

① 陆游：《小饮梅花下作》，见钱仲联《剑南诗稿校注》第6册，第2972页。
② 刘乃昌：《宋诗三百首评注》，第194页。

陆游早年在家中读书感怀，就倾诉了他报国疆场的壮志雄心。此后他的诗中始终贯注着关念国事、报效故国的激情。他感叹“天下可忧非一事，书生无地效孤忠”①，“夜视太白收光芒，报国欲死无战场”②，“一身报国有万死，双鬓向人无再青”③。直到晚年闲居故乡，还念念不忘光复故国，如《十一月四日风雨大作》：

僵卧孤村不自哀，尚思为国戍轮台。
夜阑卧听风吹雨，铁马冰河入梦来。④

他在睡梦中也向往跨马驰边，反映了其壮心不已的爱国热情。陆游不仅仅盼望复国，而且参加抗战实践，报国热情贯彻终生，关心国家兴亡的责任感至老不衰，《示儿》的绝笔诗足以说明一切，故其爱国诗具有极大的鼓荡力和感召力。梁启超在《读陆放翁集》中赞他："集中什九从军乐，亘古男儿一放翁。"诚非溢美。

陆游忧国也极恤民，他的《农家叹》，写极尽辛苦的农民，因交不足赋税，被县吏抓进官衙，日夜鞭笞，受尽折磨，几难生还。诗人对农家的悲苦感同身受，写来情节凄惨，撼人心扉。陆游反映农村风光的诗也很出色，如《游山西村》，写他造访农家的感受，抒发了诗人对农村自然和人文环境的欣赏、爱悦。其“山重水复”一联，更成为充满画意、富含哲理的名句。⑤ 陆游一生经历过一桩爱情悲剧，他写的《沈园二首》，可说是痛苦经历的真切倾发，写出了诗人终生不渝的深挚爱情，也间接展露了旧时代封建礼俗对恋情婚姻的破坏和束缚⑥（陆游的爱情悲剧，宋周密《齐东野语》卷一有载录）。

陆游写诗从江西入手，但能走出江西，形成鲜明的个性风调。他早年

---

① 陆游：《溪上作》，见钱仲联《剑南诗稿校注》第 4 册，第 1964 页。
② 陆游：《陇头水》，见钱仲联《剑南诗稿校注》第 5 册，第 2292 页。
③ 陆游：《夜泊水村》，见钱仲联《剑南诗稿校注》第 3 册，第 1136 页。
④ 刘乃昌：《宋诗三百首评注》，第 212 页。
⑤ 参见刘乃昌《宋诗三百首评注》，第 195 页。
⑥ 参见刘乃昌《宋诗三百首评注》，第 216 页。

倾慕吕本中，尝受教于曾几，七十八岁时还想念其师，有“回思岁月一甲子，尚记门墙三沐熏”[①]之句。但从戎巴蜀之后，诗风发生了重要变化，他认识到外界生活是扩展诗境的根本源泉，故在《示子遹》诗中有：“我初学诗日，但欲工藻绘，中年始稍悟，渐欲窥宏大”之句。陆游后期强调写诗要重视“诗外功夫”，所谓“功夫在诗外”。对于前人，他转益多师，博采众长而融化出新，自成一家。他的诗保留江西的痕迹不多，而融汇李、杜、白三大家的遗泽较为显著，其一饭不忘君国似老杜，豪丽浪漫又似李白，语言的明净爽畅又有仿佛白居易之处。朱熹很称赏其诗，谓“放翁之诗，读之爽然，近代惟见此人为有诗人风致”[②]。杨万里评其诗风“敷腴”[③]，方回称他“善为悲壮”，“豪荡丰腴”[④]，纪昀说他“笔路圆熟”，“语自风华”[⑤]。

总之，悲壮豪雄、清圆爽畅是陆游诗风的主调。

（六）四灵诗派

南宋后期，诗坛继中兴四大家之后，出现了永嘉四灵。这四位诗人是：徐照（？～1211），字灵晖；徐玑（1162～1214），号灵渊；翁卷（生卒年不详），字灵舒；赵师秀（1170～1220），字灵秀。他们都是浙江温州人，温州古称“永嘉”，字号中又均带“灵”字，故世称“永嘉四灵”。四灵的称谓出于当时，叶适云：“往岁徐道晖（又字灵晖）诸人，摆落近世诗律，敛情约性，因狭出奇，合于唐人，夸所未有，皆自号四灵云。”[⑥]刘克庄说：“近世理学兴而诗律坏，惟永嘉四灵复为言苦吟，过于郊岛，篇帙少而警策多。”[⑦]

四灵诗派的兴起，与中兴诗人相接而稍后。徐玑小于陆游三十八岁，赵师秀小于陆游四十七岁，比陆游晚去世十年。翁卷淳熙十年（1183）登乡荐时陆游已年近六十，赵师秀绍熙元年（1190）中进士时，陆游已六十五岁。据此推算，四灵的创作活动，当在光宗绍熙与宁宗庆元、嘉泰、开禧、嘉定时代。

---

① 陆游：《赠曾温伯邢德允》，见钱仲联《剑南诗稿校注》第6册，第3028页。

② 《朱子大全》卷四三。

③ 杨万里：《千岩摘稿序》。

④ 方回：《南湖集序》。

⑤ 《瀛奎律髓汇评》上册“宦情类”、“老寿类”，第268、315页。

⑥ 叶适：《题刘潜夫南岳诗稿》，见陶秋英编选《宋金元文论选》，第355页。

⑦ 刘克庄：《林子显序》，见陶秋英编选《宋金元文论选》，第414页。

四灵的身世生平，材料甚少。徐照终生布衣，家境贫寒，闲居乡里，死后朋友集资营葬，有《芳兰轩诗集》，叶适为其撰《徐道晖墓志》。徐玑因父荫，曾在福建、湖南等地任过主簿、县丞一类的小官，享年五十三岁，有《二薇亭诗集》，叶适为其撰《徐文渊墓志铭》。赵师秀绍熙元年（1190）中进士，做过江宁县主簿、金陵幕从事、筠州推官，晚年流寓钱塘，有《清苑斋诗集》。翁卷在浙江等地任过幕僚，一生落拓江湖，有《苇碧轩诗集》。四灵集有《四库全书》本、《两宋群贤小集》本，今有整理本《永嘉四灵诗集》（浙江古籍出版社 1985 年版）最为完整。现存徐照诗二百五十九首，徐玑诗一百六十四首，翁卷诗一百三十八首，赵师秀诗一百四十一首，共计七百零二首。

四灵派是继江西诗派而出现的独树一帜的诗歌流派，是江西派的反对派。四灵的诗学来自潘柽，方回说："转庵潘柽，字德久，永嘉人，叶水心快称其《诗竞》，谓永嘉四灵之徒凡言诗者皆本德久。"[①]潘柽有《转庵集》。四灵反对理学家"贵理而贱诗"，有感于"近世理学兴而诗律坏"，于是提倡唐体；不满于江西派"资书以为诗"和堆积故实为拗捩，提倡"自吐性情，靡非依傍"，"敛情约性，因狭出奇"，"摆落近世诗律"。江西师法杜甫，他们则学习晚唐的贾岛、姚合。赵师秀曾选贾岛、姚合诗二百余首编为《二妙集》（今已不存，此说见《后村诗话》），作为学习榜样。

四灵写诗重苦吟切磨，翁卷有"传来五字好，吟了半年余"[②]之句。他们共同的诗风是多用白描手法写自然小景、山林隐逸和田园生活，抒发个人感受，语言平易简约清淡，风韵野逸清瘦，时出新巧，专长五律，重视锤炼中间两联对偶，时有妙联秀句受人称赏。如翁卷《野望》：

一天秋色冷晴湾，无数峰峦远近间。
闲上山来看野水，忽于水底见青山。[③]

诗写山野景观，山水交织，登山观水，水底见山，野趣秀逸，笔法活脱。赵师

---

① 《瀛奎律髓汇评》上册，第 146 页。

② 翁卷：《寄葛天民》，见《永嘉四灵诗集》，浙江古籍出版社 1985 年版（下引此书，版本均同），第 177 页。

③ 刘乃昌：《宋诗三百首评注》，第 272 页。

秀《薛氏瓜庐》：

不作封侯念，悠然远世纷。
惟应种瓜事，犹被读书分。
野水多于地，春山半是云。
吾生嫌已老，学圃未如君。

诗题咏友人瓜庐，赞赏薛氏不慕荣利，勤于读书，寄寓了悠然自适的隐沦情趣。徐照《山中》：

世事已无营，翛然物外形。
野蔬僧饭洁，山葛道衣轻。
扫叶烧茶鼎，标题记药瓶。
敲门旧宾客，稚子会相迎。[①]

诗写山村生活的俭朴洁净，充盈着超拔尘俗的隐沦情趣。再看徐玑《六月归途》：

星明残照数峰晴，夜静微闻水有声。
六月行人须早起，一天凉露湿衣轻。
宦情每向途中薄，诗句多于马上成。
故里诸公应念我，稻花香里计归程。[②]

写返乡途中的风光和心情，表现了作者宦情冷淡、乡思浓挚的襟怀。

四灵诗清新潇洒，平淡简远。但四灵诗人的生活阅历较浅，创作视野不阔，且没有江西诗人那样渊深的学养，因而取径狭，格局小，缺乏博大的气度，成就和影响均不能与江西派抗衡。当时由于叶适的支持和鼓吹，再

---

① 《永嘉四灵诗集》，第 6 页。
② 刘乃昌：《宋诗三百首评注》，第 274 页。

加上江西诗风的"资书以为诗"引人不满，所以四灵诗派一时比较风行。

（七）江湖诗派

江湖诗派是南宋时期一个作者众多的诗人群体。当时有一些社会地位不高的文士，或浪迹江湖，或宦游四方，喜欢以诗吟啸林泉，干谒权贵，酬赠诗友，人称"江湖诗人"。理宗宝庆初年（1225）临安书商陈起收编这些诗人的作品刻印《江湖集》，江湖诗派由此得名。陈起是一位热心文化事业并与文林名士广有交往的出版商。赵师秀有《赠卖书陈秀才》诗：

四围皆古今，永日坐中心。
门对官河水，檐依柳树阴。
每留名士饮，屡索老夫吟。
最感春烧尽，时容借检寻。[①]

前书方回注："陈起，字宗之，睦亲坊卖书开肆。予丁未（指淳祐七年〈1247〉）至行在所，至辛亥年（淳祐十一年〈1251〉）凡五年，犹识其人，且识其子。今近四十年，肆毁人亡，不可见矣。"纪昀注云："七句不解，疑是'秦烧烬'之讹。""秦烧烬"指宋代诗史上出现的第二次大诗祸——"江湖诗祸"。

江湖诗祸的政治背景与史弥远废立事件有关。嘉定十七年（1224）秋，宁宗病重，丞相史弥远专权，矫诏立皇侄贵诚为皇子，改赐名昀。宁宗病死，史弥远拥立赵昀即位为理宗，而将宁宗原定的皇位继承人赵竑封为济王，迁往湖州。湖州人潘壬等不满史弥远擅权废立，筹划拥戴济王失败，赵竑被逼自杀。朝臣真德秀、魏了翁、邓若水等人为赵竑鸣冤，弹劾史弥远，史弥远为巩固自己的地位实行疯狂的镇压。《江湖集》刊出之时正是理宗即位之年，即宝庆元年（1225），史弥远的鹰犬李知孝等将《江湖集》中某些作品指责为讪谤，书商陈起被流放，诗人曾极谪死春陵，刘克庄坐废十年，敖陶孙、赵师秀等人也受到牵连。《江湖集》板于当年被劈毁。朝廷居然还下达诗禁，"诏禁士大夫作诗"。这是"乌台诗案"之后又一起重大的文

① 《瀛奎律髓汇评》下册，第1503页。

字狱。

江湖诗案所涉及的被指控为"讪谤"的诗，有曾几的《春诗》，其中"九十日春晴景少，百千年事乱时多"①，被认为有影射现实之嫌。刘克庄的《落梅》诗，末两联云：

乱点莓苔多莫数，偶粘衣袖久犹香。
东风谬掌花权柄，却忌孤高不主张。

含有讽刺当权者摧折正直贤才之意，被言者指控。方回云："当宝庆初，史弥远废立之际，钱塘书肆陈起宗之能诗，凡江湖诗人皆与之善。宗之刊《江湖集》以售。……言者并潜夫《梅诗》论列，劈《江湖集》板，二人皆坐罪。""绍定癸巳，弥远死，诗禁解，潜夫为《病后访梅》九绝句：'梦得因桃却左迁，长源为柳忤当权。幸然不识桃与柳，却被梅花累十年。'"②其他被指控的诗作就不一一介绍了。

江湖派诗集及其遗存：

《江湖集》是陈起在宝庆初所编。陈振孙在《直斋书录解题》中著录云："《江湖集》九卷，临安书坊所刻本，取中兴以来江湖之士以诗驰誉者。"此本当时已劈毁，今不存。《永乐大典》残卷中有八种江湖诗集：《江湖集》、《中兴江湖集》、《江湖前集》、《江湖后集》、《江湖续集》、《江湖诗集》、《江湖前贤小集》、《江湖前贤小集拾遗》。共载录九十二人作品，收录较广。《四库全书》收有《江湖小集》、《江湖后集》，或系馆臣由《永乐大典》辑出，漏收甚多，不能视为江湖诗集的汇编本或通行本。

四灵诗人与江湖诗人关系密切，交往频繁，江湖诗人对四灵诗歌艺术亦较为推崇。严羽《沧浪诗话》云："近世赵紫芝、翁灵舒辈，独喜贾岛、姚合之诗，稍稍复就清苦之风，江湖诗人多效其体，一时自谓之唐宗。"刘克庄《满领卫诗题跋》说："今江湖诗人竞为四灵体。"江湖诗派是一个作者年代不一、身份复杂、人数众多、风格并不完全一致的诗人群体。作者有布衣，

① 周密：《齐东野语》，中华书局 1983 年版，第 293 页。
② 《瀛奎律髓汇评》中册，第 843 页。

也有官宦，但以浪迹江湖的下层文人为多。他们的诗歌，有的喜仿效乐府古体，风格质朴雄放；有的擅长七绝，平直流畅。他们大多不满江西派讲究用典、炫耀才学的风尚，在反对江西诗法方面与四灵相近。刘过、姜夔、戴复古、刘克庄等人，是江湖派的代表和有影响的作家。

戴复古(1167～1252?)，字式之，号石屏，天台黄岩(今属浙江)人。他幼孤失学，年长发愤读书，终身布衣，浪迹江湖，生活清苦，专心著述，有《石屏诗集》，存诗约九百首，多忧国伤时、反映民生疾苦之作。如《庚子荐饥》：

饿走抛家舍，纵横死路歧。
有天不雨粟，无地可埋尸。
劫数惨如此，吾曹忍见之。
官司行赈恤，不过是文移。[①]

宋理宗嘉熙四年(1240)，浙东一带连续发生灾荒，此诗反映了荒年百姓贫困饥饿、无以为生的惨相，揭露了官府赈灾举措的有名无实，弄虚作假。

刘克庄(1187～1269)，字潜夫，号后村，莆田(今属福建)人。以祖荫入仕，淳祐六年(1246)赐同进士出身，历官国史院编修、实录院检讨官、工部尚书、龙图阁学士等职。著有《后村大全集》、《后村诗话》，存诗约四千五百首。刘克庄生活于南宋濒临覆亡的时代，其诗作感叹国难时艰、忧愤中原沉沦的较多。如《北来人》二首其一：

试说东都事，添人白发多。
寝园残白马，废殿泣铜驼。
胡运占难久，边情听易讹。
凄凉旧京女，妆髻尚宣和。[②]

诗以由金军占领区逃归南宋的北宋遗民的口吻，倾诉了中原沦落的痛苦，

① 刘乃昌：《宋诗三百首评注》，第278页。
② 刘乃昌：《宋诗三百首评注》，第283页。

显示了沦陷区人民不忘故国、祈盼恢复的衷情。

(八)晚宋诗人

陈衍论宋诗有初、盛、中、晚之说，即："四灵以后为晚宋，谢皋羽、郑所南辈，则如唐之有韩偓、司空图焉。"[①]谢翱、郑思肖辈，都是生于晚宋，死于元朝，经历亡国之变而守节不屈的逸民诗人。逸民诗人，时代当在四灵、江湖之后。《四库全书》有《宋逸民录》一卷，录谢翱、方凤等十人之作，提要云："宋之故老，入元后多怀故国之思，作诗者众矣。"这派诗人有文天祥、谢枋得、谢翱、郑思肖、汪元量、林景熙、周密等人。这些人生当国家危亡之际，身经易代之悲，能坚持民族气节，发扬爱国精神。他们或奋起救亡，以身殉国；或浪迹江湖，试图恢复故物；或逃匿山林，拒不出仕。他们目击家国之变，身历华屋山丘之悲，饱尝民族压迫之苦，阅历复杂，忧愤深广，于是将满腔忠愤激情发之于诗，写出了大批浸满血泪的爱国诗章。哀叹惨痛的亡国事变，抒发不甘屈服的浩然正气，表彰忠臣义士的高风亮节，倾洒凭吊故国的麦秀黍离之思，寄寓不污名节、介然林泉的清操雅趣，成为逸民诗作的主旋律。

逸民诗的特点有：其一，高扬爱国精神，充溢着沉痛的忧国、思国、殉国的衷情，具有很强的感染力。其二，继承了杜诗关注现实的传统，具有很强的纪实性，有"诗史"之称。厉鹗评汪元量《湖山类稿》云："纪其亡国之戚，去国之苦，间关愁叹之状，备见于诗。……水云之诗，亦宋亡之诗史也。"[②]其三，逸民诗的语言如自肺腑沛然流出，直倾胸臆，不假雕琢，字字血泪。其四，风调上有的悲壮慷慨，有的沉郁苍凉，有的清婉幽冷，有的婉曲深藏，无不打上了哀婉凄苦的时代印记。以下介绍几位逸民诗人。

文天祥(1236～1283)，字履善，一字宋瑞，号文山，庐陵(今江西吉安)人。理宗宝祐四年(1256)状元及第，历任刑部郎官、赣州知州。恭宗德祐元年(1275)元军东下，文天祥在赣州组织义军，入卫临安。次年任右丞相兼枢密使，出使元营谈判被扣，历尽艰险逃脱，后组织兵力抗元，转战浙江、江西、福建等地。端宗景炎二年(1277)进军江西，恢复州县多处，旋败退广

① 陈衍：《宋诗精华录》，江西人民出版社 1984 年版，第 5 页。

② 厉鹗：《宋诗纪事》第 4 册，上海古籍出版社 1983 年版(下引此书，版本均同)，第 1887 页。

东，继续抵抗。祥兴元年(1278)在广东五坡岭被俘，后被送往大都囚禁三年，誓死不屈，慷慨就义。他是中国历史上著名的民族英雄、爱国诗人，有《文山先生全集》，存诗二百四十多首，后期诗作编为《指南录》、《指南后录》、《吟啸集》，其诗以宣发民族正气、抒写爱国丹诚最为著称。《过零丁洋》、《金陵驿》、《正气歌》是享誉最盛的名篇。《过零丁洋》是作者被俘遣送过广东珠江口零丁洋时作：

辛苦遭逢起一经，干戈寥落四周星。
山河破碎风抛絮，身世飘摇雨打萍。
惶恐滩头说惶恐，零丁洋里叹零丁。
人生自古谁无死，留取丹心照汗青。①

诗由感叹自身危难的遭遇、国家破亡的险境，归结到以身殉国的决心，尾联成为浩气冲天的千古名言。《金陵驿》云：

草合离宫转夕晖，孤云飘泊复何依。
山河风景元无异，城郭人民半已非。
满地芦花和我老，旧家燕子傍谁飞。
从今别却江南路，化作啼鹃带血归。②

诗为被敌军押送大都时途经金陵所作。先写眼下景象苍凉、孤身无依，继写国家破亡所带来的惨相，末尾化用杜鹃的掌故，表明自身虽死，灵魂终要投奔故国。

谢枋得(1226～1289)，字君直，号叠山，今江西弋阳人。宝祐四年(1256)与文天祥中同榜进士。曾任考官，因得罪贾似道，被夺官远谪。德祐元年(1275)，起用为江东提行、江西招谕使知信州，在信州率兵抗元，城陷逃亡，卖卜度日，定居福建。元朝令人强送大都，胁迫出仕，绝食而死。

① 刘乃昌：《宋诗三百首评注》，第301页。
② 刘乃昌：《宋诗三百首评注》，第302页。

著有《叠山集》，存诗约七十首。其诗多吐露凛然风节的爱国之作，如《庆全庵桃花》：

寻得桃源好避秦，桃红又见一年春。
花飞莫遣随流水，怕有渔郎来问津。[①]

诗中化用陶潜名作，以清秀的语言抒写了他远离仕途、拒不出山、保持高洁的心态。《武夷山中》诗云：

十年无梦得还家，独立青峰野水涯。
天地寂寥山雨歇，几生修得到梅花。[②]

此诗写艳羡不畏雨雪、凌寒独放的冬梅，寄寓了诗人保持高洁操守的精神。

谢翱（1240～1295），字皋羽，号晞发翁，福安（今属福建）人，后徙居浦城。元军南下，尽捐家产，招募义军，投文天祥幕下，任谘议参军，转战于闽赣等地。入元不仕，曾与宋季遗民结月泉吟社。著作今存《晞发集》，存诗约二百余首，多抒写怀思故国、不肯屈从元军之作。文天祥就义后作有《西台恸哭记》，每当文天祥就义日，就到浙江桐庐县富春江的西台（严光的钓台）设灵主哭祭。文天祥牺牲第九周年祭日，作有《西台哭所思》：

残年哭知己，白日下荒台。
泪落吴江水，随湖到海回。
故衣犹染碧，后土不怜才。
未老山中客，惟应赋八哀。[③]

全诗感情沉挚，语调悲怆，抒发了对爱国英烈的痛悼襟怀。文天祥殉国后，

① 刘乃昌：《宋诗三百首评注》，第294页。
② 刘乃昌：《宋诗三百首评注》，第295页。
③ 刘乃昌：《宋诗三百首评注》，第320页。

谢翱在其诗文集题诗，写有《书文山卷后》：

魂飞万里程，天地隔幽明。
死不从公死，生如无此生。
丹心浑未化，碧血已先成。
无处堪挥泪，吾今变姓名。[①]

诗中倾诉上天下地、幽明分隔、无法相从的痛楚，悲悼先烈报国赤心未随，即已牺牲，感叹自身隐姓埋名，无地挥泪。句句饱含深情，凝结血泪。

汪元量（1241～?），字大有，号水云，钱塘（今浙江杭州）人，一说吴县（今属江苏）人。以善琴供奉内廷。元灭宋，胁迫三宫迁大都，元量随同北行。文天祥幽囚燕京后，汪多次入狱探视，勉以大节，并有酬唱。后乞以黄冠南归，往来于匡庐、彭蠡（江西庐山、鄱阳湖）间，不知所终。著有《水云集》、《湖山类稿》，存诗四百余首。诗多纪实事，痛国变。赵文《书汪水云诗后》谓之"亲见仓黄归附，又展转北行，道途所历，痛心骇心"，皆入吟卷。其《醉歌十首》其三云：

淮襄州郡尽归降，鞞鼓喧天入古杭。
国母已无心听政，书生空有泪千行。[②]

诗写德祐二年(1276)元军进逼临安，宋皇室、大臣、宫妃被掳北去的情形，直接吐露了亡国之痛。《湖州歌》九十八首，记述被金军押送北上沿途的见闻。第三十八云：

青天淡淡月荒荒，两岸淮田尽战场。
宫女不眠开眼坐，更听人唱哭襄阳。[③]

---

① 刘乃昌：《宋诗三百首评注》，第321页。
② 刘乃昌：《宋诗三百首评注》，第310页。
③ 刘乃昌：《宋诗三百首评注》，第313页。

长天暗淡，月色荒凉，淮河两岸农田疮痍遍地，宫女们不能入睡，耳边充满了百姓哀叹襄阳失守的悲歌，诗的格调苍凉凄惶。

林景熙（1242～1310），字德旸，号霁山，温州平阳（今属浙江）人。年三十，由太学上舍释褐为福建泉州教授，历任礼部架阁，转从政郎，宋亡不仕，隐居家山，以授徒讲学为生。有《霁山集》，存诗三百余首。他的诗充盈着泯国情思，重视昌扬民族风节，对文天祥、谢枋得、陆秀夫、家铉翁等忠臣义士都有颂扬。德祐元年（1275）家铉翁出使元营，守志不屈，到至元三十一年（1294）始放还自便，年已八十二岁。林景熙写《闻家则堂大参归自北寄呈》诗予以称颂，有"滨死孤臣雪满颠，冰雪啮尽偶生全。衣冠万里风尘老，名节千年日月悬"之句。诗人一次外出闲游，临时驻足山间旅舍，发现新糊在山窗的挡风纸，竟是报请宋朝加强边防的奏章，于是触物兴感，写了《山窗新糊有故朝封事稿阅之有感》绝句一首：

偶伴孤云宿岭东，四山欲雪地炉红。
何人一纸防秋疏，却与山窗障北风。[①]

此诗以小见大，写出了南宋逸民的难言隐痛和凄苦心声。

入元逸民，大多退隐林泉，有时组织诗社，寄托情怀，酬唱诗章，月泉吟社就是其中比较著名的。据黄溍《月泉吟社序》，浦江吴渭（字清翁，号潜斋，宋时尝任义乌令）退隐吴溪，曾联络遗老方韶父（方凤，字韶卿）、谢翱、吴思齐等人组织月泉吟社，四方吟士从之。至元二十三年（1286），他们曾以《春日田园杂兴》为题征诗，得诗多卷，经方凤、谢翱、吴思齐等人评选，选中二百八十名，发给奖品，并将部分诗作结集，刊出《月泉吟社诗集》。[②]《宋诗纪事》收录五十四名，连文凤为第一名。连文凤，字伯正，号应山，三山人。其《春日田园杂兴》诗云：

---

① 刘乃昌：《宋诗三百首评注》，第318页。

② 参见厉鹗《宋诗纪事》第4册，第1970页。

老我无心出市朝，东风林壑自逍遥。

一犁好雨秧初种，几道寒泉药旋浇。

放犊晓登云外垄，听莺时立柳边桥。

池塘见说生新草，已许吟魂入梦招。

这类诗大体写不涉市朝、隐迹山林的闲情逸趣，体现了逸民翛然尘外、不与新贵合作的清操。《四库全书》有《月泉吟社》一卷，提要云：作者“大抵宋之遗老，故多寓遁世之意，及听杜鹃、餐薇蕨之语”。

五、宋诗的分期

宋诗三百余年，作家与流派众多，根据流派的起伏和历史的演变，略可窥探其发展历程。关于宋诗的分期研究，向无定论，但对此发表意见的却早已有之。

最早谈论宋诗发展演变的大约是严羽（字仪卿，邵武人）。他在《沧浪诗话》中说：

> 国初之诗尚沿袭唐人：王黄州学白乐天，杨文公（杨亿）、刘中山（刘筠）学李商隐，盛文肃（盛度）学韦苏州，欧阳公学韩退之古诗，梅圣俞学唐人平淡处。至东坡、山谷始自出己意以为诗，唐人之风变矣。山谷用工尤为深刻，其后法席盛行，海内称为江西宗派。近世赵紫芝（字师秀，号灵秀）、翁灵舒（翁卷）辈，独喜贾岛、姚合之诗，稍稍复就清苦之风，江湖诗人多效其体。

严羽讲了宋诗的三次演变——宋初、苏黄、四灵江湖，未谈宋末诗派，因为他是南宋后期人，约与四灵同时，未及见到宋末诗坛。

最早又最完整地谈论宋诗发展演变历程的应推方回。方回，号虚谷，是由宋入元的人。他在《送罗寿可诗序》中说：

> 宋刬五代旧习，诗有白体、昆体、晚唐体。白体如李文正（李昉）、

> 徐常侍（徐铉）、昆仲、王元之、王汉谋；昆体则有杨刘《西昆集》传世，二宋（宋庠、宋祁）、张乖崖（张咏）、钱僖公（惟演）、丁崖州（丁谓）皆是；晚唐体则九僧最逼真，寇莱公、鲁三交、林和靖、魏仲先（魏野）父子、潘逍遥（潘阆）、赵清献之父凡数十家。深涵茂育，气极势盛。欧阳公出焉，一变而为李太白、韩昌黎之诗，苏子美二难相为颉颃，梅圣俞则唐体之出类者也，晚唐于是退舍。苏长公踵欧阳公而起，王半山备众体，精绝句古五言或三谢，独黄双井专尚少陵，秦晁莫窥其藩。张文潜自然有唐风，别成一宗。
>
> ……乃后陈简斋、曾文靖为渡江之巨擘，乾淳以来，尤范杨陆萧其尤也。……嘉定而降，稍厌江西，永嘉四灵复为九僧……[①]

方回讲了宋诗的五个时期，即宋初的白体、昆体，欧、梅、苏的学李白、韩愈等唐人，苏、王、黄的成就，乾淳以来的尤、杨、范、陆、萧，嘉定以降的永嘉四灵。

明人很少注意宋诗，清人叙述宋诗演变轮廓最为清晰者莫如全祖望。他在《宋诗纪事序》中说：

> 宋诗之始也，杨刘诸公最著，所谓西昆体者也。庆历以后，欧、苏、梅、王数公出而宋诗一变。涪翁以崛奇之调，力追草堂，所谓江西诗派者，而宋诗又一变。建炎以后，东夫（萧德藻）之瘦硬，诚斋之生涩，放翁之轻圆，石湖之精致，四壁俱开。乃永嘉徐（徐照）赵（赵师秀）诸公，以清虚便利之调行之，则四灵派也，而宋诗又一变。嘉定以降，江湖小集盛行，多四灵之徒也。及宋亡而方（方凤）、谢（谢翱）之徒，相率为迫苦之音，而宋诗又一变。

全氏讲宋诗发展经历了六个阶段：一为宋初西昆体，二为庆历以后欧、苏、梅、王诸家，三为江西派，四为建炎以后中兴四大家，五为嘉定以后的四灵和江湖派，六为宋末方凤、谢翱等人的迫苦之音。

---

① 陶秋英编选：《宋金元文论选》，第 499 页。

到了清末民初，光绪举人、厦门大学教授陈衍（字叔伊，号石遗老人）编了一本《宋诗精华录》，模仿唐诗分期，把宋诗分为初、盛、中、晚四期。他在开端按语中说：

> 今略区元丰、元祐以前为初宋；由二元尽北宋为盛宋，王、苏、黄、陈、秦、晁、张具在焉，唐之李、杜、岑、高、龙标、右丞也；南渡茶山、简斋、尤、萧、范、陆、杨为中宋，唐为韩、柳、元、白也；四灵以后为晚宋，谢皋羽、郑所南辈，则如唐之有韩偓、司空徒焉。

近人对宋诗分期也有不同的见解，有三分法、四分法、五分法等等。我们参考前人的论述，依据宋诗发展的实际，可把宋诗分为六期。

（一）发轫期（太祖建隆元年至真宗乾兴元年，960～1022）

这一阶段历太祖、太宗、真宗三朝，共六十年。王禹偁于立国前六年生，魏野生于开国之年，寇准小魏野一岁，林逋小其七岁，刘筠小其十岁，杨亿小其十四岁，钱惟演小其十七岁。他们的创作活动均在此期。这主要是沿袭前代，酝酿变化，但尚未形成宋诗独特风貌的时期。诗派主要有白体、昆体、晚唐体。白体学白居易，代表作家有王禹偁、徐铉等。昆体承传李商隐而来，《西昆酬唱集》是其代表作。晚唐体效法贾岛、姚合等人，代表作家有魏野、寇准、九僧、潘阆、林逋等人。

（二）变革期（仁宗天圣元年至英宗治平四年，1023～1067）

历仁宗、英宗二朝，约四十五年，代表作家是欧阳修、梅尧臣、苏舜钦。仁宗即位时，欧阳修十七岁，梅尧臣二十三岁，苏舜钦十六岁。天圣八年（1030）欧阳修二十四岁时中进士，次年至西京（洛阳），在钱惟演幕府任留守推官，与尹洙、梅尧臣诗歌唱和，并开始倡导古文。梅尧臣、苏舜钦的创作活动都在仁宗时期。一般认为宋诗的新变，明显地从欧梅的创作中表现出来。方回谓自欧阳修出，“晚唐于是退舍”。刘克庄《后村诗话》说：“本朝诗，惟宛陵为开山祖师。”[①]叶燮《原诗》云：“开宋诗一代之面目者，始于梅尧臣、苏舜钦二人。……自梅、苏变尽昆体，独创生新。”

---

① 刘克庄：《后村诗话》，中华书局1983年版（下引此书，版本均同），第22页。

（三）鼎盛期（神宗熙宁元年至钦宗靖康元年，1068～1126）

主要是神宗、哲宗朝直到北宋末叶，共约六十年。这时期诗人辈出，形成不同流派，出现王安石、苏轼、黄庭坚三大家。神宗登位，王安石四十八岁，苏轼三十三岁，黄庭坚二十四岁，作者个人进入创作的成熟期。元祐时期在苏轼周围形成了一个创作群体，他们互相砥砺唱和，盛况空前。苏门四学士都生活于南渡之前。胡应麟《诗薮》说："六一虽洗削西昆，然体尚平正，特不甚当行耳。推毂梅尧臣，亦自具眼。至介甫创撰新奇，唐人格调始一大变。苏、黄继起，古法荡然。"这说明宋诗独立面目的形成，开始于欧、梅，完成于王、苏、黄三大家。严羽《沧浪诗话》论诗体，以时而论者，宋代举出有"本朝体"、"元祐体"、"江西宗派体"；以人而论者，有"东坡体"、"后山体"、"王荆公体"、"邵康节体"、"陈简斋体"、"杨诚斋体"。可知足名一体者，大部分在此期内。

（四）过渡期（高宗建炎元年至绍兴三十二年，1127～1162）

主要是高宗朝，约为三十五年。诗坛呈现出由北宋向南宋嬗变的迹象。此期诗坛有三种倾向：一是由承传江西逐渐走向变革江西，重要诗人有吕本中、陈与义、曾几等。吕本中作《江西诗社宗派图》，推崇江西，提倡写诗"当识活法"[①]。陈与义南渡后十二年即已去世（绍兴八年〈1138〉），他受江西派影响而不为所囿，后期多学杜甫，惯于写家国之恨，流落之苦。曾几于孝宗即位三年之后（1166）去世，创作活动主要在高宗时期，其诗学江西而有所变化，对陆游、杨万里有所影响。二是侧重学习苏轼的作家，如孙觌、叶梦得、汪藻等。三是抗金爱国将领类作者，多写诗抒发抗金卫国的抱负，为南宋爱国诗开了风气，如宗泽、岳飞、李纲等。

（五）中兴期（孝宗隆兴元年至宁宗开禧三年，1163～1207）

时当孝宗、光宗到宁宗开禧末期，约为四十五年。这时出现了中兴四大家，是宋代诗史上第二个繁荣期，代表作家为陆游、范成大、杨万里、尤袤。尤袤的作品已佚，今存有后人搜集的《梁溪遗稿》二卷。孝宗登位时，这四人分别为三十六至三十九岁之间，创作已进入成熟期，写出了大批爱国诗和有特色的农事诗、田园诗。

---

① 胡仔：《苕溪渔隐丛话》前集卷四八。

(六)尾声期(宁宗嘉定元年至帝昺祥兴二年,1208～1279)

宁宗嘉定以来经理宗、度宗直到宋亡,共七十余年。诗歌先是四灵派和江湖派,江湖派多为小官吏和流落江湖的文士,刘克庄、戴复古是其中的重要作家。后是南宋亡国前后经历亡国之变的逸民诗人,可以说他们为宋代诗坛作了闪光的收束,文天祥、谢翱、林景熙、郑思肖、汪元量最足代表。他们虽入元生活了数年或十数年,但仍以宋代逸民自居,故称"逸民诗人"。

六、宋诗评价的分歧与研究现状

(一)宋诗评价之争的历史回顾

诗的唐宋分野及由此在诗史上出现的重要反响,这是由宋诗的成就和地位决定的。钱钟书先生在《谈艺录·诗分唐宋》中说:"自宋以来,历元明清,才人辈出,而所作不能出唐宋之范围,皆可分唐宋之畛域。"惟其如此,故自宋以来由于时代风尚不同、个人爱好差异,往往宗此抑彼,各有标榜,争议不休。

南宋诗评家最早张扬江西门庭者为吕本中。他编制《江西诗社宗派图》,以黄庭坚为首,下列陈师道等二十五人为法嗣,并在序言中宣布李杜之后,诗道中衰,多依效旧文,至黄庭坚始大力振兴诗坛,后学追踪,一脉相传。胡仔《苕溪渔隐丛话》前集载其序云:

> 唐自李杜之出,焜耀一世,后之言诗者皆莫能及。……元和以后至国朝,歌诗之作或传者,多依效旧文,未尽所趣。惟豫章始大出而力振之,抑扬反复,尽兼众体,而后学者同作并和,虽体制或异,要皆所传者一。

同时人与此意见相左者是张戒(宣和六年〈1124〉进士,高宗时任国子监丞)。他的《岁寒堂诗话》卷上将古今诗分为风骚、两汉、六朝、唐、宋五等,比较激烈地攻击苏、黄之短。

> 自汉魏以来,诗妙于子建,成于李杜,而坏于苏黄。……子瞻以议

论作诗，鲁直又专以补缀奇字，学者未得其所长而先得其所短，诗人之意扫地矣。[①]

又说：

苏黄用事押韵之工，至矣尽矣，然究其实，乃诗人中一害。[②]

张戒论诗强调传统诗教说，赞成邹德"一代不如一代"[③]的说法。

叶适对宋诗也有所批评。他在《习学记言序目》中说："至本朝初年，律诗大坏，王安石、黄庭坚欲兼用二体（古、律），擅其所长，然终不能庶几唐人。"江湖派诗人刘克庄，写诗受四灵影响，诗论承叶适教诲，对宋调多有批评，对"以文为诗"的针砭尤为尖锐。其《竹溪诗序》有云：

唐人皆能诗，柳尤高，韩尚非本色。迨本朝则文人多，诗人少，三百年间虽人各有集，集各有诗，诗各自为体，或尚理致，或负材力，或逞辩博。少者千言，多至万首，要皆经义、策论之有韵者尔，非诗也。[④]

刘克庄指明宋诗丰富，尚理致，逞辩博，提出这是经义策论之有韵者，不能算诗。这为宋代无诗、宋人不重形象的说法立下了张本。

《沧浪诗话》是宋诗话中影响最大的一种，《诗人玉屑》对此书采录最多。《诗人玉屑》有淳祐甲辰（理宗淳祐四年〈1244〉）黄升序，由此可知《沧浪诗话》成书至迟必在淳祐之前。严羽论诗主张以盛唐为法，对宋诗多所贬抑，而于江西诗病攻诘尤力。《沧浪诗话·诗辨》说：

近代诸公乃作奇特解会，遂以文字为诗，以才学为诗，以议论为诗。夫岂不工，终非古人之诗也。盖于一唱三叹之音，有所歉焉。且

① 丁福保辑：《历代诗话续编》上册，第 455 页。
② 丁福保辑：《历代诗话续编》上册，第 452 页。
③ 丁福保辑：《历代诗话续编》上册，第 464 页。
④ 《后村大全集》卷九四。

> 其作多务使事，不问兴致；用字必有来历，押韵必有出处，读之反复终篇，不知着到何处。其末流甚者，叫噪怒张，殊乖忠厚之风，殆以骂詈为诗。诗而至此，可谓一厄也。

严羽对宋诗的特点和缺点讲得比较肯切，而诗运“一厄”之谈，被尊唐抑宋派奉为依据。

宋末元初，方回不满“四灵”、“江湖”的卑弱诗风，起而重振江西旗鼓，对江西派的诗歌理论和创作成就作了系统的总结。方回(1227～1307)，字万里，号虚谷，有《桐江集》、《桐江续集》。他专选唐宋五七言律诗近三千首，包括三百八十五家，编成《瀛奎律髓》，融诗选诗话为一体，发扬、总结了江西诗派的美学原则和创作法式，对后世产生不小的影响。他论诗批评四灵，高张江西旗帜。他在《孙后近诗跋》中说：“近世之诗，莫盛于庆历、元祐，南渡犹有乾淳，永嘉水心叶氏。”他又在《瀛奎律髓》选评中说：

> 老杜诗为唐诗之冠。黄、陈学老杜者也。嗣黄、陈而恢张悲壮者，陈简斋也。流动圆活者，吕居仁也。清劲洁雅者，鲁茶山也。七言律，他人皆不敢望此六公矣。若五言律诗，则人之工者无数。宋人则以梅圣俞为第一，平淡而丰腴。舍是，则又有陈后山耳。

方回在《瀛奎律髓》又提出“古今诗人当以老杜、山谷、后山、简斋四家为一祖三宗”之说。他以盛唐压晚唐，推杜甫为江西初祖，借以壮大江西派的声势，其观点也引起后人的争论。

金元时代论诗，大多贬抑宋人，指责江西，王若虚、元好问最有影响。王若虚《滹南诗话》说：“诗道至宋人，已自衰弊，而又专以此相尚，才识如东坡，亦不免波荡而从之。”[①]又说：“鲁直论诗，有夺胎换骨、点铁成金之喻，世以为名言，以予观之，特剽窃之黠者耳。”[②]元好问《论诗三十首》对苏、黄亦偶有讥讽。

---

① 丁福保辑：《历代诗话续编》上册，第515页。
② 丁福保辑：《历代诗话续编》上册，第523页。

明代诗派繁多，而前后七子主盟至久，影响最大。前后七子一脉相承，主张文必秦汉、诗必盛唐，写诗一味模拟，尊唐抑宋成为诗坛主流。前七子以李梦阳、何景明为首，他们于弘治、正德年间针对文风萎靡，提倡复古，鄙视西汉以下所有散文、中唐以下所有诗歌，故对宋诗一概否定。他们倡导"秦无经，汉无骚，唐无赋，宋无诗"[①]之说，见解过于褊狭。嘉靖间后七子以李攀龙、王世贞、谢榛为首，承前七子余波，继续鼓吹复古。李攀龙（字于鳞）曾选《历代诗删》一书，唐以后直接明代，宋元诗一字不选。胡应麟《诗薮》内编卷一提出"词盛而诗亡"之说，谓"诗至于唐而格备，至于绝而体穷。故宋人不得不变而之词，元人不得不变而之曲。词胜而诗亡矣，曲胜而词亦亡矣"。此论成为后来"一代有一代之文学"的张本。但说得太绝对，容易走入谬误。其实明初即有倡导宋诗者，如宋濂《苏平仲文集序》以为"自秦以下，莫盛于宋"。方孝孺引以为诗，其《谈诗》五首有"前宋文章配两周，盛时诗律亦无俦。今人未识昆仑派，却笑黄河是浊流"之句。不过，这些言论在当时尚未形成气候，直到晚明公安派出，称扬宋诗的主张才开始风行。三袁（袁宏道、袁宗道、袁中道三兄弟）是公安派的领袖，他们从历史演进的角度反驳七子复古模拟的言论，最为有力。如袁中郎《与丘长孺尺牍》说：

> 唐自有诗也，不必选体也……赵宋亦然。陈、欧、苏、黄诸人有一字袭唐者乎？又有一字相袭者乎？今之君子乃欲概天下而唐之，且又以不唐病宋。夫既以唐病宋矣，何不以选病唐，不汉魏病选，不三百篇病汉，不结绳鸟迹病三百篇耶！

清代诗界唐宋之争仍一脉相续，时有起伏，然就大体而言，"明之人皆为唐诗，清之人多为宋诗"[②]。清代倡导宋诗者居于优势。清初鉴于明人学唐之弊，转而提倡宋诗。王士禛《黄湄诗选序》说："欧、梅、苏、黄诸家，其才力学识，皆足凌跨百代。"[③]清初文人遭易代之悲，抱怀旧之感，对宋末逸民

① 《何大复集》卷三八《杂言》。

② 陈衍：《石遗室诗话》。

③ 傅璇琮编：《古典文学研究资料汇编·黄庭坚和江西诗派卷》上卷，第260页。

诗也深有共鸣。康熙初吕留良、吴之振及其侄吴自牧等笃好宋诗，有感于"向无总集，亦无专选"，于是广为搜求，纂成《宋诗钞》一百零六卷，对传播宋诗功德极大。吴之振(1640～1717，字孟举，号澄斋)《宋诗钞序》云：

> 自嘉隆(指嘉靖、隆庆，明世宗年号)以还，言诗家尊唐而黜宋，宋人集覆瓿糊壁，弃之若不克尽，故今日搜购最难得。黜宋诗者曰腐，此未见宋诗也。宋人之诗，变化于唐，而出其所自得，皮毛落尽，精神独存。

他们倡导宋诗的言论引起的反响很大，时人宋荦说："近二十年来，乃专尚宋诗。至余友吴孟举(吴之振)《宋诗钞》出，几于家有其书矣。"[①]吴之振的友人叶燮(字星期)著《原诗》，其中称赏宋诗亦极有灼见。《原诗》说：

> 宋初诗袭唐人之旧，如徐铉、王禹偁辈，纯是唐音。苏舜钦、梅尧臣出，始一大变，欧阳修亟称二人不置。自后诸大家迭兴，所造各有至极，今人一概称为宋诸者也。[②]

又说：

> 不读汉魏诗，不知六朝诗之工也。不读唐诗，不知宋与元诗之工也。夫惟前者启之，而后者承之而益之。前者创之，而后者因之而广大之。……譬诸地之生木然，三百篇则其根，苏、李诗则其萌芽由蘖，建安诗则生长至于拱把，六朝诗则有枝叶，唐诗则枝叶垂荫，宋诗则能开花，而木之能事方毕。[③]

叶燮从诗歌发展演进、承传创变的视角设喻立论是很有见地的。

---

① 宋荦：《漫堂说诗》，见王夫之等《清诗话》上册，第416页。

② 王夫之等：《清诗话》下册，第566页。

③ 王夫之等：《清诗话》下册，第588页。

清初倡导唐诗者亦不乏其人，如顾炎武、朱彝尊、王士禛、王夫之、毛奇龄等。不过宋诗终得广泛传播，乾嘉以降争论不烈。到同光体兴，宋诗益成热门。同光体，是同治、光绪年间的诗派，这派作家有沈曾植、陈三立、陈衍、郑孝胥等。关键人物是陈衍，他撰有《宋诗精华录》、《石遗室诗话》，提出“三元”说：“余谓莫盛于三元：上元开元，中元元和，下元元祐也。”三元指唐玄宗年号开元，唐宪宗年号元和，宋哲宗年号元祐。陈衍把北宋元祐时期的诗歌看成诗史上的又一高峰期，对诗界颇有影响。

回顾七八百年来文化界的唐宋诗之争，不仅可以了解前人对宋诗的特点、优点和缺陷的认识，而且足以说明在中国诗史上只有宋诗与唐诗壁垒相当，可以相互抗衡。

（二）关于宋诗的研究现状

“五四”以来新文坛上的一些名家巨匠，对古典文学多有深湛的研究和精辟的品评，涉及唐宋诗的研究，也意见纷呈，论著博雅。鲁迅先生论及写旧体诗，曾在《答杨霁云函》中说：“我以为一切好诗，到唐已被做完，此后倘非能翻出如来掌心之‘齐天大圣’，大可不必动手。”他把唐诗视为不可企及的高峰。闻一多认为诗到北宋已近终结期，他在《文学的历史动向》中说：“从西周到宋，我们这大半部文学史，实际上只是一部诗史。但是诗的发展到北宋实际也就完了。”这是从文学历史发展的总体趋向上来立论的。朱自清先生比较推重宋诗，在清华及西南联大曾开过宋诗专题课，还辑录旧注，编成《宋五家诗钞》。朱先生认为“宋人的七言律实在比唐人进步”。他曾在《新诗的进步》中说：“从前唐诗派与宋诗派之争辩，是从另一角度着眼，唐诗派说唐以后无诗，宋诗派却说宋诗是新诗。唐诗派的意念也太狭窄，扩大些就不成问题了。”钱钟书、缪钺先生于20世纪40年代著文从唐宋诗风格、体性异同的比较上论宋诗，最为中肯。钱钟书《谈艺录・诗分唐宋》说：“唐诗、宋诗，亦非仅朝代之别，乃体格性分之殊。天下有两种人，斯分两种诗。唐诗多以丰神情韵擅长，宋诗多以筋骨思理见胜。”缪钺《论宋诗》说：唐宋诗“实各有利弊，故宋诗非能胜于唐诗，仅异于唐诗而已”。

五六十年代关于宋诗的讨论较少，冯沅君、陆侃如先生曾发表《宋诗简论》，对宋代诗家作过简评。钱钟书先生的《宋诗选注》，程千帆先生的《宋诗选》，对宋诗的研究和普及起了很大的推动作用。“文革”以后发表了《毛主席给陈毅同志谈诗的一封信》,涉及对宋诗的评价,曾引起了对宋诗的一场讨论,讨论主要围绕着对宋诗的总体评价、对宋诗特点的认识而展开。一种意见认为宋诗违背了形象思维的规律;另一种意见认为宋代诗人不懂形象思维的只占少数,即使以文为诗,也并不违反形象思维,宋诗还是向前发展了古典诗歌。这场争论加深了对宋诗的认识,激发了人们对宋诗的研究兴趣。1983 年中华书局曾约我写了一篇《关于宋诗评价问题的讨论综述》,对这场讨论作了归纳、综合和介绍。这篇综述载于 1983 年 9 月的《文史知识》,后收录进中华书局 1993 年出版的《古典文学研究动态》,又编入台湾张高评编纂的《宋诗综论丛编》(1993 年 10 月台湾出版)。

目前的研究正在逐步深入,扎扎实实地前进。研究可分为实证性基础研究(辑佚、校刊、笺释等)、评论鉴赏和宏观理论概括三个层面。首要是基础工作,这方面对宋诗别集的整理校注不断有新成果出现。如朱东润先生的《梅尧臣集编年校注》,孔凡礼先生点校的《苏轼诗集》,钱仲联先生的《剑南诗稿校注》,吴书荫、金德厚点校的《陈与义集》等。当前尤需要编纂宋诗的总集。唐以前的诗歌总集,近人丁福保辑有《全汉三国晋南北朝诗》,有功于世,但缺先秦歌谣和逸诗,仍不完备。今人逯钦立用二十四年的功夫编成《先秦汉魏晋南北朝诗》一百三十五卷,考订精审,唐以前的诗略备于此。康熙时曹寅主持编成的《全唐诗》,是唐诗的总汇。对宋诗总集人们有迫切的要求。近年北京大学古代文献研究所适应当代学术发展的需求,于 1984 年创议编纂《全宋诗》,自 1991 年起由北京大学出版社分册陆续出版,历经近十年的时间始全部出齐。主编为傅璇琮、孙钦善、倪其心、陈新、许逸民等五位专家。全书七十二巨册,荟萃两宋三百余年间的诗作,收入诗人八千九百家,总字数约近四千万,篇幅相当于《全唐诗》的十倍,所收诗人的数量相当于《全唐诗》的近四倍。其中成集的作家六百余人,无诗集传世的作者八千余人。所收诗作均注明出处,可考作家设有小传。这种巨著,为宋诗研究提供了最为完备和宝贵的宏伟文献。

从 20 世纪 80 年代末到当前二十多年来,是宋诗研究的重要发展时期,程杰、莫砺锋同志回顾这一阶段研究的成就,提出主要表现在三个方面:一是对宋诗的基本认识有所演进,尊唐贬宋、扬词抑诗的观点遭到扬弃,随着学术思想的活跃,认识视野的扩展,对宋诗的艺术特质、历史地位的认识逐步深化。二是关于作家研究，对一些宋诗大家名流的研究更加深入，一些中小作家也开始进入研究视野，出现了许多研究成果。1997～1999年宋代文学研究的著作索引，就列有《苏轼年谱》(孔凡礼著)、《黄庭坚年谱新编》(郑永晓著)、《李清照志》(刘乃昌主编)、《宋代文学通论》(王水照主编)、《宋代诗学通论》(周裕锴著)、《宋诗流变》(木斋著)、《苏东坡研究》(木斋著)、《黄庭坚评传》(黄宝华著)等。三是重要的诗歌流派如江西派、江湖派、西昆派等，都得到了具体的梳理和讨论。四是文献工作也已多方位地展开，特别是《全宋诗》的出版，为宋诗学科的未来发展奠定了基础。

2000～2001年《宋代文学研究年鉴》，对两年来宋代文学的研究作了扫描。书中指出两年来宋诗研究从宏观层面说给人的突出印象是，学者继续将宋诗置于整个宋代文化、政治的大背景下，探讨社会文化、政治环境、文人心态、地域特征以及理学、禅学等与宋诗的关系，多角度多层面地揭示宋诗的独特风貌。两年来作家作品的研究，呈现出以下几个特点：一是重要作家继续受到关注的同时，一批中小作家相继受到重视，被纳入了研究视野；二是理学家诗人的诗作受到广泛重视；三是加强了对不同作家同类诗歌题材、风格、面貌等课题的研究。这期间出版的专著不少，较有影响的如钱钟书的《宋诗选注》、中国社科院文学所编注的《宋诗选读》、徐敏霞校注的《宋诗拾遗》、方勇的《南宋遗民诗人群体研究》、方健的《范仲淹评传》、张玉霞点校的《苏洵全集》、孔凡礼撰的《苏辙年谱》、白政民著的《黄庭坚诗歌研究》等。

2002～2003年《宋代文学研究年鉴》，对这两年的宋代文学研究作了概观综述，其中谈到宋诗特质的研究。有的文章指出重"趣"是宋诗有别于唐诗的重要特点之一。作者就杨万里诗的"情趣"、苏轼诗的"谐趣"、黄庭坚诗的"禅趣"、朱熹诗的"理趣"进行讨论，并指出追求诗趣非自宋代始，但只有到了宋代，诗人才开始自觉地追求诗趣。有的文章指出白话倾向突出是宋诗不同于前代诗歌的重要特点之一。

这期间宋代文学研究著作目录索引中，收录专著一百六十余种。其中较重要的属于宋诗的有：《宋诗特色研究》(张高评著)、《宋诗体派论》(吕肖奂著)、《宋诗纪事补正》(钱钟书著)、《宋代田园诗研究》(博士论文，刘蔚著)、《稀见本宋人诗话四种》(张伯伟编校)、《历代诗话统编》(何文焕、丁福保编)、《诗词韵律》(徐志刚编著)、《宋代文化与文学研究》(张海鸥著)。

第三章　宋词发展论略

宋代继汉唐之后，中华文化又有辉煌的发展。就文学殿堂而言，诗有显著创变，文有长足演进，赋体走向散化，词更趋于鼎盛。词是宋代最有代表性的文学体式。词兴起于李唐，繁衍于五代，大昌于两宋。

一、词的兴起与繁衍

词萌芽于隋唐之际，晚唐五代逐渐发展，它是一种合乐文学，其形成与一定的音乐因素不可分割，人们称之为"曲子词"。宋人王灼《碧鸡漫志》卷一云："盖隋以来，今之所谓曲子者渐兴，至唐稍盛，今则繁声淫奏，殆不可数。"隋代南北统一后，随着经济、商业、交通的发展，充满生命活力的燕乐在民间兴起，这种新兴乐曲的传播，需要新的歌词予以配合，词就应运而生，于是这种新的文学样式就自然流行了，这就是曲子词。刘熙载《艺概》卷四说："词曲本不离，惟词以文言，曲以声言耳。……其实词即曲之词，曲即词之曲也。"这说明词与曲有密不可分的关系。词最初称为"曲子词"，后通称为"词"，成为与诗、文并列的一种文学载体。

中唐以前，词的作者寥寥无几，作品自然也不多。晚唐五代词的创作逐渐繁荣，出现了《尊前集》、《花间集》等等。张炎《词源》卷下云："粤自隋唐以来，声诗间为长短句，至唐人（实指晚唐五代）则有《尊前》、《花间集》。"这一历史时期存留的词作，有张璋、黄畬搜集编定的《全唐五代词》，其中共收词二千五百余首，有名可查的作者一百七十余家；还有孔范今主编的《全唐五代词释注》。《全唐五代词》编录唐词三卷，五代词三卷，敦煌词、无名氏词各一卷。三卷唐词：其中所收年代最早的作者是虞世南（字伯施），他生于南朝陈武帝永定二年(558)，卒于唐太宗贞观十二年(638)。他在陈文帝时开始入仕，到了隋代，任过起居舍人，入唐曾任著作郎、弘文馆学士等职，有《虞世南集》行世，是初唐时期颇有影响的遗老文人。《全唐诗》存其诗一首，《全唐五代词》收其词《织锦曲》（寒闺织素锦）一篇——这首词描写一位年轻妇女为远戍边疆的丈夫织锦欲寄的情景。以下所收知名度较高的词作者，有贺知章、李隆基（唐玄宗）、杨太真（杨贵妃）、王维、李白、刘禹锡、白居易、柳宗元、杜牧、温庭筠等。其中有不少流传很广的名篇，如王维的《阳关曲》（渭城朝雨浥轻尘）、李白的《清平调》（云想衣裳花想容）等等。三卷五代词：收有李存勗、和凝、徐铉、冯延巳、李璟、李煜、钱惟演、韦庄、孙光宪等词人的作品，其中和凝、冯延巳、李煜、韦庄等，均可称一代词坛名家，写有不少广为流传的名篇。敦煌词一卷：清代光绪年间，在甘肃敦煌县石室内发现大量唐人手写卷子，其中一部分是曲子词，既有小令，也有长调，这是词史上一份珍贵的资料。《全唐五代词》把它汇编一卷，称为“敦煌词”。敦煌词是初期词史上的民间词，限于作者的文化素养、艺术水平，相当数量的作品不免失之粗疏鄙俗。其中也有少数精粹明快之作，如《望江南》（天上月）、《浣溪沙》（一阵风来吹黑云），读来有清新质朴之感。唐圭璋《唐宋词通论》中说：“初期词在字数、句法、叶韵这些方面还相当自由，甚至显得粗糙，不如后来的精密和整齐，但这却是词体发展的必经之途。”《全唐五代词》末卷所收录的无名氏词，仅是初期词作中一些无法考辨的零星资料，就不必详细研讨了。

上述简要地鸟瞰了唐五代词的兴起、演进历程，可知词随着时代的进程，日益成熟和发展，既受到社会上层的欣赏，又能在民间广泛流传，作品日益丰富，由里巷民间词，引发起诗客曲子词，又繁衍出专业作家词，于是词遂成为中华文化廊苑中的壮丽景观。

二、宋词的鼎盛

词在唐五代兴起之后，走向了与古近体诗并行发展的道路，成为中国诗歌领域中两种主要的体式之一。诗与词这两大体式并立齐进，又彼此保持不同的格式和特色，形成了各自独立的传统和发展轨迹。词在中国有着千余年的历史，唐五代为词的初盛时期，宋代为词的极盛时期，元、明两代延续不绝，到清代又趋于兴盛。

词所以在宋代趋于极盛，并非偶然。赵宋建国后，鉴于晚唐五代武人拥兵割据、中央政权失控的教训，治国政策倾向右文抑武，较为重视文化和文化设施的建设。嗣后随着社会的相对稳定，经济的恢复发展，教育的逐渐普及，文化生活也呈现出了普遍高涨之势，这为文艺创作的发展繁荣提供了适宜的土壤和有利的条件。词作为新生的文艺体式，唐五代时期的发展为其奠定了良好的基础，再加上词体既可传诵于文人书案，又能流播于乐人歌喉，比诗拥有更多的接受群体，因此，词的创作在宋代空前兴盛。

关于宋词的著作，有单刻本流传下来的如《稼轩长短句》等，但为数极少；有的原书已佚，由后人辑佚成书，如李清照的《漱玉词》等；还有的词作见于作者诗文集，经后人辑录印成单行词集，如洪皓的《鄱阳词》等：总之两宋流传下来词集的作者有三百余家。宋词总集以唐圭璋先生编定的《全宋词》最为完备，此书 1965 年由中华书局出版，1980 年重印。其中收录词人一千三百三十余家，词作一万九千九百余首，残篇五百三十余首。其后孔凡礼编《全宋词补辑》，1981 年由中华书局出版，补辑词人一百家，词作四百三十首。另有朱德才主编的《增订注释全宋词》，由北京文化艺术出版社 1997 年出版。

有关词评的著作，也需了解。随着词作的兴盛，论词之作也逐渐出现，可惜宋代成书不多。吴梅《词话丛编序》说："倚声之学，源于隋之燕乐，三唐导其流，五季扬其波，至宋大盛。"而词论之书，寂寂无闻。南宋"玉田《词源》，晦叔《漫志》，伯时《指迷》，一时并作，三者之外，犹罕专篇。元明以降，精言蔚起"。吴熊和在《两宋词论述略》中也说："宋词揽一代之胜，可是论词之作，并不多觏，显得冷落沉寂。""大体说来，北宋风气渐开，时有短论，南宋各张一帜，渐成专门之学。"不过专著不多。当代辑录论词专著编为总集的是唐圭璋先生。唐圭璋编《词话丛编》五册，中华书局 1986 年出版，其中收入宋代著作十一种，元代著作两种，明代四种，清代五十多种，近代十六种。《词话丛编》是对历代词论专著广搜博采所纂成的一部巨型的词论总汇。其中所收录的杨绘《时贤本事曲子词》、王灼《碧鸡漫志》、张炎《词源》等，是宋代词论专著的开篇之作。

关于词律方面的著述，流传于今，举其要者有：《诗余图谱》，明张綖撰。卷一为小令，六十四调；卷二为中调，四十九调；卷三为长调，三十六调。用黑白圈表示平仄。《词律》，清代万树撰，共二十卷，收唐、宋、金、元词六百六十调，一千一百八十余体。当今不专门用古代声律填词，故对古代词律不必深辨。

三、宋词的发展轨迹

（一）北宋前期词

宋词是在宋代三百余年的历史过程中逐步演进成熟而臻于极境的。我们对此大致可分六个阶段予以浏览和考察。北宋初年结束了残唐五代的分裂局面，社会走向升平，经济得以复苏和发展，礼乐文化建设开始启动。与此同时，旧世族门阀制度的倾覆与科举考试制度的确立使官吏来源有所扩大，形成了来自各方面的较有文化素养的文士阶层，而且随着商品经济的发展和都市的繁荣，也促进了市民阶层的活跃。这都为词的发展和流行提供了有利条件。

北宋前期，是指从宋太祖建隆元年（960）赵宋立国，到真宗大中祥符元年（1008）约五十年间。这期间政界、文林名家着手写词的有王禹偁、杨亿、梅尧臣等。但他们只是偶尔染指于词，存留的作品有限。柳永、张先、晏殊、欧阳修等人的作品较为丰盈，特别是柳永、张先堪称专业词家。这时期词坛的总体趋势是承传晚唐五代的词风，酝酿变革创新。

王禹偁（954～1001），字元之，济州巨野（今属山东）人，是首开一代诗文风气的作家，他的文学成就主要在诗文。他仅存的一首词作为《点绛唇·感兴》：

雨恨云愁，江南依旧称佳丽。水村渔市，一缕孤烟细。　天际征鸿，遥认行如缀。平生事，此时凝睇，谁会凭栏意。

此词突破了五代趋于浓艳绮靡的词风，以清丽的笔触，即景寓情，含蓄地抒发了个人的襟怀，透露出新的气息和情调。政治改革派作家范仲淹(989～1052)，字希文，吴县(今属苏州)人。虽存词只有五首，却写得很为出色，一向脍炙人口。如怀旧词《苏幕遮》：

碧云天，黄叶地，秋色连波，波上寒烟翠。山映斜阳天接水，芳草无情，更在斜阳外。　　黯乡魂，追旅思，夜夜除非，好梦留人睡。明月楼高休独倚。酒入愁肠，化作相思泪。

上片写秋景，由近及远，视野开阔，明丽如画；下片写旅愁乡思，真切动人，怀乡念远之情流溢于笔端。再如秋思词《渔家傲》：

塞下秋来风景异，衡阳雁去无留意。四面边声连角起。千嶂里，长烟落日孤城闭。　　浊酒一杯家万里，燕然未勒归无计。羌管悠悠霜满地。人不寐，将军白发征夫泪！

此词是范仲淹于仁宗康定初年(1040)被派任陕西经略安抚副使兼知延州(今陕西延安)驻守边防时作。上片写边塞金秋风光，视野开阔，气象萧索；下片抒发守边兵将的襟怀，风调沉雄激楚，体现了作者忧边念国的衷情。这类词超越了咏唱风月景、儿女情的樊篱，显示出词体题材逐渐扩展的征兆。

这时期称得上专业词人的首推柳永。柳永，字耆卿，初名三变，行七，人称柳七，崇安(今福建武夷山)人。青年流连于歌楼伎馆之间，通晓音律，擅长辞章，民间歌女、“教坊乐工，每得新腔，必求永为辞，始行于世”[①]。他成为市井艺人演唱的歌词的作者。后为寻求出路他流浪各地，仁宗景祐元年(1034)中进士后，做过多年幕职和州县属官，后半生沉沦下僚，官至屯田员外郎。柳永亦擅其他文辞，惜大多佚失，只以词享名于世。今存《乐章集》，存词二百余首。柳词从社会内容来讲，大致可概括为四类。一类写都

① 叶梦得:《避暑录话》卷下。

市的繁华富庶，这类词约占柳词的五分之一。北京、汴京、扬州、苏州、杭州、长安、成都等名城，在柳词中都有生动的描绘。翰林学士侍读范镇曾心悦诚服地说："仁宗四十二年太平，镇在翰苑十余载，不能出一语咏歌，乃于耆卿词见之。"[①]如《迎新春》写汴京元宵节灯景的盛况：

> 嶰管变青律，帝里阳和新布。晴景回轻煦。庆嘉节、当三五。列华灯、千门万户。遍九陌、罗绮香风微。十里然绛树。鳌山耸、喧天箫鼓。　　渐天如水，素月当午。香径里、绝缨掷果无数。更阑烛影花阴下，少年人、往往奇遇。太平时、朝野多欢民康阜。随分良聚。堪对此景，争忍独醒归去。

上阕总写佳节彩灯辉耀，箫鼓喧天，下阕写游人掷果狂欢，随缘喜聚，将佳节盛景写得场面宏阔，气氛热烈。再如《木兰花慢》（拆桐花烂漫），写清明节汴京士女郊游；《望海潮》（东南形胜），咏杭州秀丽的山水风物。凡此类篇章，都通过一幅幅画面，展现了当时社会安定、经济繁荣、居民富庶的情景。二类是写男女恋情的，与前人有所不同的是，词中男女主人公不是官僚与歌儿舞女，而多是市民阶层中的浪子艺伎，词作在表达感情上真实大胆，突破了传统思想的束缚。如《昼夜乐》写一位多情女性的情恋遭遇和离别幽恨：

> 洞房记得初相遇。便只合、长相聚。何期小会幽欢，变作离情别绪。况值阑珊春色暮。对满月、乱花狂絮。直恐好风光，尽随伊归去。
>
> 一场寂寞凭谁诉。算前言、总轻负。早知恁地难拚，悔不当时留住。其奈风流端正外，更别有、系人心处。一日不思量，也攒眉千度。

此词以女主人公的口吻，先倾诉自己与伊人初遇、欢会和分手离别的经过，后抒发离愁别恨和痴情难解的心绪，全篇写得直白率真，情挚意长。《定风波》（自春来惨绿愁红），用代言体宣发思妇闺怨情，体现了市民女性对爱情

---

① 祝穆：《方舆胜览》卷一一引。

的执著追求。三类是抒发漂流四方的羁旅行役之作。如《八声甘州》:

> 对潇潇、暮雨洒江天,一番洗清秋。渐霜风凄紧,关河冷落,残照当楼。是处红衰翠减,苒苒物华休。惟有长江水,无语东流。不忍登高临远,望故乡渺邈,归思难收。叹年来踪迹,何事苦淹留。想佳人、妆楼颙望,误几回、天际识归舟。争知我、倚阑干处,正恁凝愁。

这是作者客居外地、思乡怀人之作。上片写景,暮雨、清秋、霜风、残照,气象一派凄清。下片抒情,思故乡,叹羁旅,怀佳人,感情十分深沉。《塞孤》(一声鸡)也是这方面的佳作。文林称赏柳词工于羁旅行役,在描述漂泊苦况中,善于抒难达之情,状难状之景。除上述内容外,柳永还写了一些感慨生平、倾吐怀抱之作。如《鹤冲天》:

> 黄金榜上,偶失龙头望。明代暂遗贤,如何向。未遂风云便,争不恣狂荡。何须论得丧。才子词人,自是白衣卿相。　烟花巷陌,依约丹青屏障。幸有意中人,堪寻访。且恁偎红依翠,风流事、平生畅。青春都一饷。忍把浮名,换了浅斟低唱。

本篇为柳永初次应进士试落第之后为抒发感慨和牢骚而作。上阕直陈科场失意的激愤情怀和走向狂放潇洒、寻求自我解脱的意向;下阕具体描述甘心恣狂荡、轻浮名的逆反心态。不料由于这首词,竟使他在应举路上再遭波折。据吴曾《能改斋漫录》卷一六载:仁宗留意儒雅,"柳三变好为淫冶讴歌之曲,传播四方。尝有《鹤冲天》词云:'忍把浮名,换了浅斟低唱。'及临轩放榜,特落之,曰:'且去浅斟低唱,何要浮名!'景祐元年方及第"。再如《轮台子》(一枕清宵好梦),在写漂流淮南的征途中寄托了人生感喟。由此足见柳词并不局限于风月恋情的传统疆界,凡都市景象、市井生活、个人阅历等,无不摄入其词作之中。在艺术上柳词卓有创新:其一,在词体结构上,他能变旧为新,自制新调,写出慢词长调一百八十余首,大大超越了前人。其二,表现手法长于铺叙,精于白描,情景巧于配置和衬映。李之仪谓：词"至柳耆卿，始铺叙展衍，备足无余"[1]。其三，语言通俗流畅，雅俗兼备。《苕溪渔隐丛话》后集卷三九引《艺苑雌黄》云："彼其所以传名者，直以言多近俗，俗子易悦故也。"说明柳词正以此流行市井。

张先也可称专业词人。张先(990～1078)，字子野，吴兴(今浙江湖州)人。他出身贫寒，入仕较晚，四十一岁中进士，做过吴江知县，渝州、虢州知州，七十五岁以都官郎中致仕。他是一位高龄词人，享年八十九岁。他对诗文都很擅长，但文已不传，诗仅存二十余首，词有《张子野词》，存词一百八十余首。张先性格开朗，交游广泛，词中有不少唱和寄赠之作。他长期外任州郡充当幕僚，聚散无常，因而抒写离怀别绪、羁情乡思，是其词作的重要内容。他一生勤于游赏，涉历甚广，各地的山川妙景、人物风情，也进入其词章的视野。其集中还有不少朋辈宴集、侑觞劝酒的歌词。张先词讲求远韵，避免直说，表现出含蓄蕴藉之美。《苕溪渔隐丛话》前集卷三七引《古今诗话》说："有客谓子野曰：'人皆谓公张三中，即心中事、眼中泪、意中人也。'公曰：'何不目之为张三影？'客不晓。公曰：'"云破月来花弄影"、"娇柔懒起，帘压卷花影"、"柳径无人，堕风絮无影"，此余平生所得意也。'"从这段话可以看出作者独特的艺术追求。张先有影响的名篇如《行香子》：

> 舞雪歌云，闲淡妆匀。兰溪水、深染轻裙。酒香醺脸，粉色生春。更巧谈话，美情性，好精神。　　江空无畔，凌波何处，月桥边、青柳朱门。断钟残角，又送黄昏。奈心中事，眼中泪，意中人。

这是一首怀人词。上阕从歌舞、打扮、仪容、谈吐忆念伊人的倩丽可爱，下阕揣想伊人行踪，领起刻骨思念，因收尾三句，被人称为"张三中"。另有《天仙子》(水调歌头持酒听)、《木兰花》(龙头舴艋吴儿竞)、《青门引》(乍暖还轻冷)等词，或即景抒怀，或咏寒食节令，或感春怀人，都有写影名句，以此有"张三影"之称。《后山诗话》云："尚书张先善著词，有云：'云破月来花弄影'，'帘幕卷花影'，'堕轻絮无影'，世称诵之，号张三影。"又，《苕溪渔隐丛话》前集卷三七引《高斋诗话》，说法稍有不同，谓："子野尝有诗云'浮萍

---

[1] 李之仪：《姑溪居士文集》卷四〇《跋吴思道小词》。

断处见山影’，又长短句云‘云破月来花弄影’，又云‘隔墙送过秋千影’，并脍炙人口，世谓张三影。”

晏殊(991～1055)，字同叔，抚州临川(今江西临川)人。少时家境清贫，聪明过人，十四岁被人以“神童”荐之于朝，次年受特召试于殿内，赐进士出身，受到真宗的赏识。他一生仕途顺利，不断升迁，官至同中书门下平章事。政治上他倾向革旧立新，热心擢拔人才，范仲淹、富弼、欧阳修等俱出其门。他的文章成就颇有声望，但以词作最有影响。词集有《珠玉词》，明刻本颇为流行，刘扬忠编著的《晏殊词新释辑评》最为详备，存词一百三十余首。

晏殊长期身居高位，一生富贵优游，又处于北宋升平安定的时代，因此寄情歌酒、流连光景、抒写闲情雅趣是其词的重要内容。这些歌词在写听歌赏舞的欢愉情怀时，时而拌和着叹老嗟时、好景难再的感慨。如《浣溪沙》：

一曲新词酒一杯。去年天气旧亭台。夕阳西下几时回。　无可奈何花落去，似曾相识燕归来。小园香径独徘徊。

这首脍炙人口的小词，以词新台旧昭示环境物象如旧，而年光岁月非昔；以花落燕归隐寓宇宙万象周而复始，而美好事物难免凋残。全词含蕴沉厚，抒发了感春惜时的情怀，让人寻味不尽。晏词中也有不少惜别伤离、相思怀人之作。如《踏莎行》：

祖席离歌，长亭别宴。香尘已隔犹回面。居人匹马映林嘶，行人去棹依波转。　画阁魂消，高楼目断。斜阳只送平波远，无穷无尽是离愁，天涯地角寻思遍。

词从送别饯行，写到别后相思，送者隔尘回首，马嘶不行，行者船转不进，终于随波离去。别后登楼远眺，离愁别绪充天地之间，送别情景十分真切动人。正如唐圭璋《唐宋词简释》所说：一曲小令，“足抵一篇《别赋》”。晏词还有些描写人物之作，如《渔家傲》(越女采莲江北岸)，写江南少女溪塘采莲的生活小景，全篇人与花交叉点染，互相辉映，语言明畅通俗，颇有民歌风味。其《山亭柳》（家住西秦），写一位歌女的辛苦遭遇和冷落晚境，在歌女身上隐寓了词人的失落感，其深湛的意蕴是耐人品味的。晏词笔调闲雅，理致深蕴，炼字精当，惯于以小巧玲珑的意象，宣发幽隐细密的诗情，称得上是精美莹洁、珠圆玉润的珠玉词。

欧阳修，四岁丧父，母亲郑氏教导他刻苦读书，十七岁始应贡举，两次遭黜落，十年后晏殊知贡举，始进士及第。后在京任馆阁校勘，参与修订《崇文总目》。他支持晏殊、范仲淹等，反对因循苟安，寻求改革更新，引起保守官僚的不满，几次遭受贬谪。嘉祐年间欧阳修仕途比较顺利，应诏赴阙任职，官至参知政事。熙宁时期王安石推行新法，朝内政争激烈，他上章申请引退，归隐于颍州。欧阳修政治上赞同“庆历新政”，文学上倡导诗文改革，成为北宋前期的文坛领袖。他著述丰盛，诗、文、词成就都很出色。词集流传下来的有《欧阳文忠公近体乐府》（今藏北京图书馆）、《醉翁琴趣外篇》、《六一词》，注释本今有《欧阳修词新释辑评》，存词二百四十首。

欧词创作可分前后两期，以其三十岁左右为界。前期多离情别绪、应酬赠答、闺怨艳情之作；后期多感叹身世、优游山水、描绘林泉之作。如《长相思》：

> 花似伊，柳似伊。花柳青春人别离，低头双泪垂。　长江东，长江西。两岸鸳鸯两处飞，相逢知几时。

这首写闺妇忆人伤别的小词，先以春花、绿柳拟其妩媚多姿，并状其伤别神态；再以鸳鸯隔江分飞衬映其伤离心绪，然后以期盼相逢收结。写来言简意挚，颇具民歌风情。《生查子》（去年元夜时），写元宵节追忆去年与情人幽会，语淡情浓，自然流畅。欧阳修有多首《采桑子》，是写他泛舟颍州西湖的组词。其中一首云：

> 轻舟短棹西湖好，绿水逶迤，芳草长堤。隐隐笙歌处处随。　无风水面琉璃滑，不觉船移，微动涟漪。惊起沙禽掠岸飞。

词写泛舟颍州西湖之乐。起句点明泛舟，接着勾画了色彩芳鲜、乐声动听的总体环境，再写湖面澄清，泛舟轻快，末以沙禽惊飞收结，景象十分传神。这组词体现了他对西湖风光的爱悦。其《定风波》(把酒花前欲问君)词，以酒筵闲话的形式感叹浮生短暂，青春难留。还有些词在徜徉山水中，隐隐透露了他厌倦仕途官场的情怀，郁塞之情常常以旷达悠闲的姿态表现，体现出欧词和婉含蓄的艺术特色。冯煦《宋六十一家词选例言》说："宋至文忠，文始复古，天下翕然尊之，风尚为之一变。即以词言，亦疏隽开子瞻，深婉开少游。"

(二)北宋中期词

北宋中期，指从真宗景德四年(1007)到哲宗晚期。这期间社会经济和文化生活趋于高涨，诗文革新运动逐步深入，词的创作日益活跃，呈现出提高传统词艺和别辟创作蹊径两种趋势。前一种词风具有代表性的作者，有晏几道、李之仪、秦少游等。

晏几道(1048? ～1113?)，字叔原，号小山，晏殊第七子。曾以恩荫为太常寺太祝。熙宁七年(1074)，郑侠上书请罢黜吕惠卿，反受打击，几道因与郑侠交往被株连下狱，获释后，任过颍昌府许田镇监官、开封府推官。由于熙宁变法引起的新旧党争，演变为统治集团内部的矛盾，晏几道看透了当时官场的倾轧，不愿卷进党争的旋涡，于是提前辞官，退居私第。《碧鸡漫志》卷二说："叔原年未至乞身，退居京城赐第，不践诸贵之门。"晏几道一生沉沦下僚，家道中落。他倾情咏词，颇负声名，与其父齐名，人称"二晏"。其文已不传，诗只有零散篇章。词有《小山词》一卷，有《宋六十名家词》本、《彊村丛书》本，存词二百六十余首。

追忆往昔恋情，感叹缘分空幻，是小山词咏唱较多的内容。如《蝶恋花》：

> 醉别西楼醒不记。春梦秋云，聚散真容易。斜月半窗还少睡，画屏闲展吴山翠。　衣上酒痕诗里字，点点行行，总是凄凉意。红烛自怜无好计，夜寒空替人垂泪。

这首静夜怀人词，开篇直陈与伊人醉中分别，接着化用唐诗形容聚会短、分别易，以下集中抒写月夜怀人，词人睹物兴感，倍增凄楚，红烛垂泪，侧笔旁衬，写来意挚愁浓，一往情深。其《鹧鸪天》(彩袖殷勤捧玉钟)，写与歌伎女友别后重逢的惊喜之情。上片回忆往日欢聚的情景，下片写别后相忆成梦，如今重逢又担心是在做梦，显现出双方情深意浓。晏几道身世蹉跎，怀才不遇，有时用词抒发宦途失意、自我开解的情悰。如《生查子》：

官身几日闲，世事何时足。君貌不长红，我鬓无重绿。　　榴花满盏香，金缕多情曲。且尽眼中欢，莫叹时光促。

小词谓为官难得清闲，世事无法满足，人生易老，青春难再，还是及时赏花听曲，开怀享受生活吧。晏几道词善于化用诗人句法，构思新颖曲折，语言通俗自然，情致含蓄深婉，以小令见长。黄庭坚《小山词序》说："叔原乐府寓以诗人句法，清壮顿挫，能动摇人心。"冯煦《宋六十一家词选例言》说："小山古之伤心人也。其淡语皆有味，浅语皆有致，求之两宋词人，实罕其匹。"

李之仪(1048～?)，字端叔，号姑溪居士，沧州无棣(今属山东)人，后徙楚州山阳(今江苏淮安)。中进士后，曾任万全县令。元祐间，苏轼知定州，曾辟之为幕僚。晚年编管太平州。著有《姑溪居士文集》、《姑溪词》，存词九十多首。

李之仪惯用通俗浅近的语言，写离别相思的内容，也有写景抒怀的小词，颇具民歌风情。《谢池春》(残寒销尽)，是其深春伤离怀人之作。上阕写庭院风光，笔锋细密；下阕述怨离思绪，情致缠绵。其中说："不见又思量，见了还依旧。为问频相见，何似长相守。"体现出对长相守的殷殷期盼，抒情委婉，语言俚俗。《卜算子》更是李之仪的一首倾口而出的通俗词：

我住长江头，君住长江尾。日日思君不见君，共饮长江水。此水几时休，此恨何时已。只愿君心似我心，定不负相思意。

这首代言体词，以一位痴情女子的声口，表现她对爱情的忠贞不渝。先用长江水写出双方空间遥隔和两情牵连，又用江水悠悠不断，喻指相思绵绵不已，末以己之钟情期望对方。构思新巧，语言平易，情感炽热，颇具乐府民歌风味。毛晋《宋六十名家词·姑溪词跋》云："(姑溪词)小令更长于淡语、景语、情语。""至若'我住长江头……'，直是古乐府俊语矣。"近人俞陛云《唐五代两宋词选释》说："上阕四句真是古乐府俊语，与东坡诗'共饮玻璃江'，用意略同。"

秦观(1049～1100)，字太虚，后改字少游，扬州高邮(今属江苏)人。元丰元年(1078)赴乡贡试，元丰五年(1082)参加礼部试，均落第。其文才为苏轼、王安石所称赏，元丰八年(1085)中进士，出任蔡州学官。元祐五年(1090)召试京师，除太学博士，贡职秘书省，迁国史院编修。秦观与黄庭坚、张耒、晁补之同游苏门，人称"苏门四学士"。绍圣元年(1094)，因坐党籍，先后贬谪处州(今浙江丽水)、郴州(今属湖南)、横州(今广西横县)、雷州(今广东康海)等地。直到徽宗即位，始放移衡州(辖境在今湖南)居住，行至藤州(今广西藤县)病故。秦观一生仕途沉沦曲折，是一位命运坎坷的才人。秦观诗文词赋兼长，今存《淮海集》，有《四部丛刊》、《四部备要》本。词集有《淮海词》，有《宋六十名家词》本、《彊村丛书》本。《全宋词》据《淮海居士长短句》(北京图书馆藏)收录其词七十多首。今有《秦观词新释辑评》，笺释详备，并增录补遗约三十余首。

秦观作品中影响最大的是词。秦词题材仍以写相思恋情为多，但也有不少抒发仕途坎坷、感慨人生身世之作，还有一部分记游写景、徜徉山川的篇章。秦词清丽凄婉，有时将身世感融入离别情。如《满庭芳》：

> 山抹微云，天粘衰草，画角声断谯门。暂停征棹，聊共引离尊。多少蓬莱旧事，空回首、烟霭纷纷。斜阳外，寒鸦万点，流水绕孤村。
>
> 销魂，当此际，香囊暗解，罗带轻分。漫赢得青楼、薄幸名存。此去何时见也？襟袖上、空惹啼痕。伤情处，高城望断，灯火已黄昏。

这首与恋人惜别之词，上片写离席周边的环境和景象，下片诉别后的感喟和怅望。作为离情词，写得缠绵凄婉、难割难舍。"多少蓬莱旧事"几句，给人以往事不堪回首、前途迷茫难测之感。"漫赢得青楼、薄幸名存"，则流露了功名未成、徒然情场留名的感伤。周济在《宋四家词选》中评这首词说：

“将身世之感，打并入艳情，又是一法。”秦观词中的柔丽之作，颇有深情雅趣。如《鹊桥仙》：

> 纤云弄巧，飞星传恨，银汉迢迢暗度。金风玉露一相逢，便胜却人间无数。　　柔情似水，佳期如梦，忍顾鹊桥归路。两情若是久长时，又岂在朝朝暮暮。

词借七夕双星相会，咏唱恋情纯雅执著。传说每年七月七日天上的牛郎织女渡河相会。本篇即咏此故事，先写天宇景象，继写渡河相会，并说明双方欢晤，机缘珍贵，非人间可比。再形容情深意柔、依依难舍，收结到感情重在永恒不变，非在朝夕不离。魏晋以来咏牛郎织女故事的作品所在多有，此词推陈出新，借以歌颂男女情感真挚不移，妙语遐思，出手不凡。秦词纪游之作，不拘泥于描述景观，而善于借景寄怀，如《点绛唇》（醉漾轻舟）词，咏荡舟醉游林荫花丛，流连忘返。其中“尘缘相误，无计花间住”，感叹受世俗尘缘羁縻，无法居留世外桃源；“烟水茫茫，千里斜阳暮”，隐寓前路迷茫、身世飘零之感。秦观词除咏男女恋情之外，颇多抒写身世感慨和复杂体验之作，突出了词的抒情特色。冯煦《宋六十一家词选例言》说：“少游以绝尘之才，早与胜流，不可一世；而一谪南荒，遽丧灵宝，故所为词寄慨身世，闲雅有情思，酒边花下，一往而深，而怨悱不乱。”秦观与晏几道皆精于小令，情辞兼胜，是北宋中期婉约派的代表。

北宋中期另有一批词人在开拓词体堂庑上阔步奋进。王安石赋词怀古，视野开阔，识度高远；贺铸词作深婉丽密，兼具悲壮激越，笔势飞舞；苏轼举首高歌，旷放磊落，更成为一代词人巨擘。

王安石，二十二岁中进士，从此走入仕途，在地方任职。四十八岁应诏入朝，次年被任为参知政事，后又迁同中书门下平章事，在神宗熙宁时期主持变法改革六七年之久，五十七岁退居江宁。王安石在秉政期间，虽政务萦身，但从未停止学术研究和文学创作。他是政界新党领袖，也是文学大家。虽然他不以词名家，只是偶有所作，却能别具风貌，引人注目。其《临川集》附有歌曲十八首，《彊村丛书·临川先生歌曲》有补遗，《全宋词》续有增补，今存词二十九首。

王安石多用词怀古、言志、遣怀，内容与当时流行的绮靡文风迥然不同。如《桂枝香》：

> 登临送目。正故国晚秋，天气初肃。千里澄江似练，翠峰如簇。归帆去棹残阳里，背西风、酒旗斜矗。彩舟云淡，星河鹭起，画图难足。
>
> 念往昔、繁华竞逐。叹门外楼头，悲恨相续。千古凭高，对此谩嗟荣辱。六朝旧事随流水，但寒烟、芳草凝绿。至今商女，时时犹唱，后庭遗曲。

这是王安石金陵怀古的名作。上片写登高远望的金陵秋景，江水澄清，山峦重叠，彩舟夜泊，气象开阔，说尽了故都江山的胜景。下片追怀六朝旧事，用陈后主(叔宝)荒淫享乐、不理朝政导致陈朝灭亡的历史教训，表示见解，抒发感慨，隐寓了对统治者逸乐误国的批判。此词立意高远，下字精当，格调悲壮苍凉，深受时人的称许。杨湜《古今词话》说："金陵怀古，诸公寄词于《桂枝香》，凡三十余首，独介甫最为绝唱，东坡见之，不觉叹息曰：'此老乃野狐精也。'"[①]再如《浪淘沙令》：

> 伊吕两衰翁，历遍穷通。一为钓叟一耕佣。若使当时身不遇，老了英雄。　汤武偶相逢，风虎云龙，兴王只在笑谈中。直至如今千载后，谁与争功。

词写伊尹、吕尚的经历和成就，题材新颖。伊尹出身农民，后受到商汤重用，佐汤伐夏，建立殷朝；吕尚本为钓叟，为周文王识拔，得以辅佐文王、武王完成兴隆周朝的大业。作者借咏唱两位历史人物的机遇和功业，体现了作为政治家志在有为的襟怀。词的内容和风姿完全不同于绮靡艳丽之作。

贺铸(1052～1125)，字方回，卫州(今河南辉县)人。他出身于武官世家，熙宁初年以门荫人仕，做了二十余年低级侍卫武官。但他自幼勤于研读，爱好文辞，后经人推荐，改入文阶，一生屈居下僚，官至泗州、太平州通

① 唐圭璋：《词话丛编》第1册，第22页。

判，承议郎等。五十八岁请老退休，隐居苏、常二州，潜心书史。其人性格近侠，才兼文武，作品成就最高的是词。词集名《东山词》（又有别本名《方回词》），有《四印斋所刻词》本、《彊村丛书》本。钟振振校注本《东山词》，资料完备，存词二百八十余首。

以戎马御敌为主调的壮词，是贺词的压卷之作，如《六州歌头》：

少年侠气，交结五都雄。肝胆洞，毛发耸。立谈中，死生同。一诺千金重。推翘勇，矜豪纵。轻盖拥，联飞鞚，斗城东。轰饮酒垆，春色浮寒瓮，吸海垂虹。间呼鹰嗾犬，白羽摘雕弓，狡穴俄空。乐匆匆。

似黄粱梦。辞丹凤，明月共，漾孤篷。官冗从，怀倥偬，落尘笼，簿书从，鹖弁如云众，供粗用，忽奇功。笳鼓动，渔阳弄，思悲翁。不请长缨，系取天骄种，剑吼西风。恨登山临水，手寄七弦桐，目送归鸿。

上片追忆少年豪侠气概。与战友订立生死友谊，轻车快马流寓京邑，畅饮酒垆，郊外打猎，性格何等豪侠英武。下片写眼前境遇。前尘空幻如梦，目前离阙外放，朝廷轻视边防武功，纵然边疆有警，也无路请缨杀敌，只好怀愤漫游，登山临水，抚琴寄慨，心情何其激愤不安。这种以戎马报国为内容的词章，可以说为靖康以后的爱国词开了先声。贺铸关心人民疾苦的词章也很有特色。如《夜捣衣》、《杵声齐》：

收锦字，下鸳机，净拂床砧夜捣衣。马上少年今健否？过瓜时见雁南归。

——《夜捣衣》

砧面莹，杵声齐，捣就征衣泪墨题。寄到玉关应万里，戍人犹在玉关西。

——《杵声齐》

两词从闺妇思念亲人的角度，反映军人征戍之苦和思妇对远离乡国的征人的相思之情。北宋后期边患较多，百姓应征离乡背井戍守边陲，却得不到统治集团的关照。“马上少年今健否？过瓜时见雁南归”，说明瓜代之期已过，却只见雁回不见人归，思妇还得捣衣寄远，征人仍须在边塞过冬，见出朝廷言而无信，任意延长服役期限，给征人和亲属造成揪心的思念。写夫妻之情的作品，贺铸写得也很执著精练，如《惜余春》：

> 急雨收春，斜风约水，浮红涨绿鱼文起。年年游子惜余春，春归不解招游子。　留恨城隅，关情纸尾，阑干长对西曛倚。鸳鸯俱是白头时，江南渭北三千里。

这是贺铸宦游外地、暮春忆内之作。词先写暮春雨景，次写春归人不归，感慨无限，进入忆别恨离；然后写分袂地点、书尾情长，双方两地凭栏怅望；末两句总括夫妻双方年岁已长，分隔遥远，天南地北，相思情深。方回词题材有所开拓，风格兼有阳刚之壮美与阴柔之婉美，善于融化前人成句，措辞精新，笔势飞舞。陈廷焯云："方回词，儿女、英雄兼而有之。"[①]又陈氏《白雨斋词话》卷一云："方回词极沉郁，而笔势却又飞舞，变化无端，不可方物。"

苏轼，北宋杰出的文学大家，一生在仕途上迭经升沉，起落很大，充满坎坷；在文学上则是公认的天才全才，于诗、词、文、赋均有极高的成就。他二十岁前在家乡读书，二十一岁与父苏洵、弟苏辙赴京应试，嘉祐二年(1057)与弟辙同中进士。熙宁时期，在凤翔、杭州、密州、徐州等地任地方官。因不满变法中的流弊，写诗文讽谏，被弹劾诽谤朝廷，元丰时期贬谪黄州。元祐时期先后调京任知制诰、礼部尚书等职，后出知杭、颍、扬、定等州。绍圣时期又遭弹劾，连续被远贬惠州、儋州。徽宗即位，被放还北上，卒于常州。东坡著述宏富，《四库全书》本《东坡全集》有一百一十五卷，各代注释编年本十分丰盛。东坡词，以元延祐七年(1320)叶曾云间南阜草堂所刊《东坡乐府》为今存最早的刻本。苏词注释本，今有南宋傅干《注坡词》、龙沐勋笺注本《东坡乐府》，今人石声淮、唐玲玲《东坡乐府编年笺注》，薛瑞生《东坡词编年笺证》，存词三百多首。

苏轼以坌涌的诗情和壮浪的文笔致力于词，举首高歌，纵情挥洒，写出多样内容和多种风调的词章。他创作了部分豪迈清雄之作，为人熟知的名

---

① 陈廷焯：《云韶集》卷三。

篇，如《念奴娇·赤壁怀古》：

大江东去，浪淘尽、千古风流人物。故垒西边，人道是、三国周郎赤壁。乱石崩云，惊涛裂岸，卷起千堆雪。江山如画，一时多少豪杰！

遥想公瑾当年，小乔初嫁了，雄姿英发。羽扇纶巾，谈笑间、樯橹灰飞烟灭。故国神游，多情应笑我，早生华发。人间如梦，一樽还酹江月。

此词为元丰五年(1082)游黄冈城外赤壁矶所作。上片即地写景，描绘赤壁的雄奇景观。开端从大江着笔，为英杰人物布设下广阔的时空背景；接着由泛写点明时地，“乱石”、“惊涛”、“雪浪”，这些奇险景象为非凡人物的出场作了铺垫。下片借缅怀古代英杰抒感遣怀。换头点出周瑜后，从其年龄、风度、从容败敌几个方面刻画其形象，最后由“神游”折转到自身，抒发怀抱。全词景象奇险，人物非凡，气象宏阔，格调雄浑，堪称大气磅礴、高唱入云的古今绝唱。熙宁九年(1076)苏轼在密州超然台饮酒赏月所作的《水调歌头》，则是风格奇逸高旷的浪漫主义杰作。词云：

明月几时有？把酒问青天。不知天上宫阙，今夕是何年。我欲乘风归去，唯恐琼楼玉宇，高处不胜寒。起舞弄清影，何似在人间！

转朱阁，低绮户，照无眠。不应有恨，何事长向别时圆！人有悲欢离合，月有阴晴圆缺，此事古难全。但愿人长久，千里共婵娟。

作者题注云：“丙辰中秋，欢饮达旦，大醉。作此篇兼怀子由。”上阕因赏月引发奇思遐想，突然发问，由明月来历问到月宫年月；接着想飞升天宇，又担心天宫清寒难耐，最终对现实的依恋战胜了超尘拔俗的幻想。下阕写望月所触动的离思别绪，月移夜深，怀人无寐，月圆人缺，倍增离索；接着悟得月有圆缺，人有离合，从来如此，原是自然规律；最后自我开解，以通达开朗的美好祝愿收煞全篇。由赏月、问月、望月、怨月到因月悟理，句句写月，又句句抒怀寄意，意境高洁，思理明达。张炎《词源》卷下谓：此词“清空中有意趣，无笔力者未易到”。《苕溪渔隐丛话》后集卷三九云：“中秋词自东坡

《水调歌头》一出，余词尽废。"苏词视野开阔，题材多样。如《江城子·密州出猎》(老夫聊发少年狂)，即用词来写习武打猎，借以抒发关心边防、有志御敌的报国热忱，可以说开抗敌爱国词的先河。苏轼还用词写农村生活。元丰元年(1078)徐州春旱严重，身任知州的苏轼到徐州城东二十里的石潭祈雨，下雨后又到石潭谢雨，途中写了五首《浣溪沙》，这是宋代词史上最早的集中描写农村生活的组词。第一首《浣溪沙》(照日深红暖见鱼)，写村民聚观石潭谢雨的情景；第二首《浣溪沙》(旋抹红妆看使君)，写农村姑娘拥拥挤挤地围看州官；第三首《浣溪沙》(麻叶层层苘叶光)，写作者入村问农所见煮茧缫丝的状况；第四首《浣溪沙》(簌簌衣巾落枣花)，记述村行所见所闻，反映了瓜果蚕茧丰收时的繁忙景象；第五首《浣溪沙》(软草平莎过雨新)，写对农村生活的亲切感受，表现出对农村生活的爱悦，并说明自己来自农村，将来愿意归耕田园做一个老百姓。这组词以清新秀丽的语言，从不同角度描绘了农村生产和生活的情景，为我们提供了一幅幅洋溢着浓郁生活气息的农村风俗画。苏轼还有的词作借日常生活小事，寄寓人生哲理。如《定风波》：

> 莫听穿林打叶声，何妨吟啸且徐行。竹杖芒鞋轻胜马，谁怕？一蓑烟雨任平生。　料峭春风吹酒醒，微冷，山头斜照却相迎。回首向来萧瑟处，归去，也无风雨也无晴。

这是元丰五年(1082)苏轼拟在黄州买田，到城郊观察，途中遇雨有感而作。词写出门相田途中遇雨，经受了一场风吹雨打，他沉着应对，终于雨过天晴，渡过了行程中的一次坑坎。旅途中有急雨扑面，人生中也难免有灾祸挡路，只要从容应变，岂有闯不过的沟坎风浪？此词就借生活小景，寄寓了这样深邃的人生哲理，其弦外之音耐人寻味。苏词固多豪迈清雄之风，柔情之作也很出色。如《蝶恋花》(花褪残红青杏小)，是一首伤春的小词。上片写晚春景象，花残草盛，燕子低飞，绿水回环，残絮飘落，种种意象渲染出留恋春光的情悰。下片写伤春意绪，秋千架上传来佳人柔媚的笑声，搅动了墙外行人绵绵的情思，增加了他们旅途的惆怅。这可能是苏轼贬谪惠州时只身奔赴贬所途中所作。王士禛《花草蒙拾》说："'枝上柳绵'，恐屯田缘情绮靡，未必能过。孰谓东坡但解作‘大江东去’耶？”再如熙宁八年(1075)在密州为悼念亡妻王弗而作的《江城子》：

> 十年生死两茫茫。不思量，自难忘。千里孤坟，无处话凄凉。纵使相逢应不识，尘满面，鬓如霜。　　夜来幽梦忽还乡。小轩窗，正梳妆。相顾无言，唯有泪千行。料得年年肠断处，明月夜，短松冈。

上片直抒生死离别之情。开篇从双方十载隔离、音容渺茫写起，再以反接手法写自己对亡妻深切的思念，继之写王弗孤坟遥远，无法共话，然后以设想之辞，言相逢难识，融入个人身世之感。下片写梦境，用正面白描手法再现了妻子生前的生活小景，再以无言有泪的细节特写，显示出梦中相见时感情的复杂。结尾写梦醒后的猜想，从对方为想念自己而年年断肠，显现出自己对对方的深深悼念。全篇以实带虚，由梦前写到梦后，表现出夫妻间情深似海的感情。这说明苏轼不仅以雄文大笔写豪迈之情，也善于以柔婉的语言写健康执著的夫妻情。

苏轼对词的贡献，一是开拓词体堂庑。于柔情风月之外，对政治情怀的抒发，对人生波澜的反思，对友情的咏唱，对农村生活的描写等，都有超越前人的开拓性。二是放怀摅写襟抱性灵。词至东坡，开怀言志，自由摅怀，格局大变。《新轩乐府引》说：“唐歌词多宫体，又皆极力为之。自东坡一出，情性之外不知有文字，真有‘一洗万古凡马空’气象。”《词综偶评》说：“东坡自评其文云：‘如万斛泉源，不择地皆可出。’唯词亦然。”三是综用多种技巧。他在汲取前人创作经验的基础上，融化变通，提高了词的表现功能。四是变革传统词风。前人词长于写柔情，苏词虽也不乏“缘情而绮靡”之作，但更重要的是他写出若干劲拔雄健、磊落恢宏之作，在词史上影响深远。

(三)北宋晚期词

北宋晚期，大体指徽宗、钦宗时期，约为建中靖国元年(1101)至靖康二年(1127)，这时期朝内党争剧烈，金军加紧南犯。面对时局的动荡和岌岌可危的形势，宋徽宗偏热衷于歌舞升平。随着崇宁年间大晟乐府的建立，出现了大晟词人创作群体，晁端礼、万俟咏、曹组等人应制作词，大都题咏祥瑞，歌功颂德，作品内容失于空疏。与此同时，一些词人则表现出综合创作经验提高词作艺术、开扩创作境域的走向，周邦彦、李清照可为代表。

晁端礼(1046～1113)，济州巨野(今属山东)人，是晁补之的族叔。熙宁六年(1073)进士，做过县令。政和年间，做过大晟府协律郎。有词集《闲斋琴趣外篇》，双照楼影宋本，今存词一百四十余首。其词有不少应制之作，多歌咏歌舞宴饮、宫廷享乐。他有《绿头鸭》词，是咏秋月、怀佳人的长篇慢词。词云：

> 晚云收，淡天一片琉璃。烂银盘、来从海底，皓色千里澄辉。莹无尘、素娥淡伫，静可数、丹桂参差。玉露初零，金风未凛，一年无似此佳时。露坐久，疏萤时度，乌鹊正南飞。瑶台冷，栏干凭暖，欲下迟迟。
>
> 念佳人音尘别后，对此应解相思。最关情、漏声正永，暗断肠、花影偷移。料得来宵，清光未减，阴晴天气又争知。共凝恋，如今别后，还是隔年期。人强健，清尊素影，长愿相随。

上片侧重写月夜景观。先写天宇，继写朗月，并想象月宫的情景，接着赞赏季候美好，末写自己露坐、凭栏，迟迟不下。下片转入怀人，先用揣测语气写对方：大约正在思念自己直到深夜，又担心来日阴晴难测，殷切期盼明年相会。最后以美好的祝愿收结。通篇紧扣明月挥毫，意脉清晰，笔锋精细，可说是咏月忆人的佳篇。

万俟咏，字雅言，自号词隐，生卒年不详。长于诗赋，屡试不第，后放弃仕途进取。徽宗政和初年(1111)，召试补官，任大晟乐府制撰，曾报“请以盛德大业及祥瑞事迹制词实谱”[①]。他有自编词集《大声集》，早已失传，赵万里有辑本，存词二十九首。其词内容大多歌颂君主，点缀升平，如《恋芳春慢》(蜂蕊分香)说：“处处笙歌，不负治世良辰。”《醉蓬莱》(正波泛银汉)说：“太平无事，君臣宴乐，黎民欢醉。”在北宋末年国势危难的时期，写这类词，有何意义？当然万俟咏也有某些轻巧可取之作，如《长相思》写雨夜愁怀：

---

① 王灼：《碧鸡漫志》卷二。

一声声，一更更。窗外芭蕉窗里灯，此时无限情。　　梦难成，恨难平。不道愁人不喜听，空阶滴到明。

小词写为怀人而通宵不寐，听雨直到天明，风调自然爽畅。

北宋晚期发展词艺、扩展词境卓有实绩的作者要首推周邦彦和李清照。周邦彦(1056～1121)，字美成，号清真居士，杭州钱塘(今浙江杭州西)人。少年多流连歌舞，撰写风流辞章。元丰初游学汴京，元丰七年(1084)献《汴都赋》，受到神宗赏识，擢为太学正，历任庐州教授、溧水知县。哲宗朝应召回京，除秘书省正字，历校书郎、河中知府等职。徽宗朝为秘书监，进徽猷阁待制，提举大晟府。徽宗宣和初年(1119)改任地方州官，因方腊在睦州(今浙江建德)起义，周邦彦辗转避乱于睦州、杭州、扬州等地。宣和三年(1121)卒于南京(今河南商丘)鸿庆宫。周邦彦喜好音乐，能自度曲，词作缜密典丽，富艳精工，长于铺叙，能以赋法入词，熔裁唐诗一如己出。其作品以词最为当行出色，有《清真集》，一名《片玉词》，存词二百余首。

沈义父《乐府指迷》评其词说："盖清真最为知音，且无一点市井气。下字运意，皆有法度，往往自唐宋诸贤诗句中来，而不用经史中生硬字面，此所以为冠绝也。"周邦彦虽曾任提举大晟府，但却很少应制之作。就内容方面来说，周词多歌咏爱情、抒发身世之感的作品，题材没有超出北宋婉约词的樊篱，但艺术上却是发展婉约派的高手。如《瑞龙吟》是写旧地重游、寻访情人的长调：

章台路，还见褪粉梅梢，试花桃树。愔愔坊陌人家，定巢燕子，归来旧处。　　黯凝伫，因念个人痴小，乍窥门户。侵晨浅约宫黄，障风映袖，盈盈笑语。　　前度刘郎重到，访邻寻里，同时歌舞。惟有旧家秋娘，声价如故。吟笺赋笔，犹记燕台句。知谁伴、名园露饮，东城闲步。事与孤鸿去。探春尽是，伤离意绪，官柳低金缕。归骑晚、纤纤池塘飞雨。断肠院落，一帘风絮。

全词三叠。首叠写寻访旧居，梅梢、桃花显示居处之美，燕子归来反衬人去楼空。次叠忆念伊人，印象中风姿天真，梳妆雅淡，表情妩媚。三叠抚今追昔，由重到寻访，得知伊人声誉不减，追怀往日两情欢洽，猜想对方近况，然后感叹往事成空，转回现实，收结全篇。意象生动优美，章法清晰缜密，风韵含蓄凝重，洵为写情名篇。《满庭芳》是周邦彦抒发身世之感的佳篇。词云：

> 风老莺雏，雨肥梅子，午阴佳树清圆。地卑山近，衣润费炉烟。人静乌鸢自乐，小桥外、新绿溅溅。凭阑久，黄芦苦竹，疑泛九江船。
>
> 年年，如社燕，飘流瀚海，来寄修椽。且莫思身外，长近尊前。憔悴江南倦客，不堪听，急管繁弦。歌筵畔，先安簟枕，容我醉时眠。

这是周邦彦任溧水（今属江苏）县令时作。作者自元祐初外放，至此已近七年。本篇反映他宦游羁思和仕途漂流之感。前阕写所在处环境，地卑山近，气候潮湿，人静乌乐，氛围阴暗。后阕写凭栏所思，多年漂流，寄人篱下，难得归宿，急管繁弦，愁怀不断，只能醉酒躲进梦乡。词以沉郁的笔触，流露了身世漂泊的感喟。陈廷焯《白雨斋词话》卷一评此词说："此中有多少说不出处，或是依人之苦，或有患失之心，但说得虽哀怨，却不激烈，沉郁顿挫中别饶蕴藉。"

李清照（1084～1156?），号易安居士，济南章丘明水人。出身书香门第，父李格非，是苏门后四学士之一，母王氏，亦能属文。李清照"少年即有诗名，才力华赡，逼近前辈，在士大夫中已不多得，若本朝妇人，当推词采第一"[①]。就文学成就而言，她可说是享誉中外的女性文豪，是齐鲁文化土壤上培育升空的丽天明星。她的生活和创作，可以以宋室建炎南渡为界分为前后两期。前期生活平安幸福。少年聪敏勤学，十八岁与太学生赵明诚结婚，随夫居留汴京，两人志趣相投，诗词酬唱之余，共同收集校勘金石书画。大观元年（1107），明诚罢职，两人屏居青州十多年，继续收藏、整理文物。宣和三年（1121），赵明诚起用，清照从守莱州、淄州（今山东淄博）。靖康难起，夫妇避难江南。建炎三年（1129），金兵大肆南侵，赵明诚在金陵病逝，

① 王灼：《碧鸡漫志》卷二。

李清照辗转流离江浙一带，备受国破家亡之苦，最后卒于临安（今杭州）。李清照诗文词兼善，著有《李易安集》十二卷，《漱玉词》五卷（宋时刊本），都已失传。现存后人辑本多种，通行的有《李清照集》（岳麓书社 2000 年版）、黄墨谷《重辑李清照集》（齐鲁书社 1981 年版）、王仲闻《李清照集校注》（人民文学出版社 1979 年版）。近年出版的有：徐培均《李清照集笺注》（上海古籍出版社 2002 年版）、陈祖美《李清照词新释辑评》（中国书店 2003 年版）等。存词共四十五首。台湾商务印书馆股份有限公司还在 1995 年出版了研究李清照生平的专著：于中航编的《李清照年谱》。

李清照前期词作有写少女生活的。如《点绛唇》：

> 蹴罢秋千，起来慵整纤纤手。露浓花瘦，薄汗轻衣透。　见客人来，袜刬金钗溜。和羞走，倚门回首，却把青梅嗅。

写她在院中玩耍时忽遇来客的有趣一幕。她荡完秋千，懒洋洋地擦拭着双手，忽见客来，不及穿鞋，金钗坠地，却又倚门顾盼，佯作嗅青梅。将少女惊诧、好奇、含羞的情态写得活灵活现、栩栩如生，可说是其少年生活的剪影。再如《如梦令》（常记溪亭日暮），写少年贪玩好游、天真烂漫，也颇富生活情趣。她前期写过多篇爱情生活的名作。婚后夫妻感情深挚，一次赵明诚独自出守莱州，清照居留青州送别丈夫，作《凤凰台上忆吹箫》云：

> 香冷金猊，被翻红浪，起来慵自梳头。任宝奁尘满，日上帘钩。生怕离怀别苦，多少事，欲说还休。新来瘦，非干病酒，不是悲秋。
> 休休！这回去也，千万遍阳关，也则难留。念武陵人远，烟锁秦楼。惟有楼前流水，应念我、终日凝眸。凝眸处，从今又添，一段新愁。

起笔五句借写居处环境、器物透露自我心境，“冷”、“翻”、“慵”、“任”，贯注着主观感情色彩。“生怕”句略点一笔，用排除法予以暗示。下片直倾胸臆，说明无法挽留，以下设想别后的孤寂难耐，见出夫妻情深。清陈廷焯《云韶集》卷一〇评此词曰：“此种笔墨，不减耆卿、叔原，而清俊疏朗过之。‘新来瘦’三语，婉转曲折，煞是妙绝。笔致绝佳，余韵尤胜。”再如《一剪梅》

(红藕香残玉簟秋)是写夫妻两地相思的名篇,上片写别后独处的感受,下片写两地相思的心境。其中"一种相思,两处闲愁。此情无计可消除,才下眉头,却上心头",写出了夫妻相思情切、心心相印的深情。

宋室南渡后,李清照家破夫亡,独居数十年,写了一些忧思沉重的词章。如《武陵春》(风住尘香花已尽),是金兵南侵,李清照避乱金华时作。词从季节、环境写到人生遭遇、悲凉心境和波动襟怀。收拍"只恐双溪舴艋舟,载不动许多愁",说明愁苦深重,化抽象为形象,被推为写愁的名句。再如《声声慢》,可说是倾诉国难家仇、身世感慨的绝世奇文。词云:

> 寻寻觅觅,冷冷清清,凄凄惨惨戚戚。乍暖还寒时候,最难将息。三杯两盏淡酒,怎敌他,晚来风急?雁过也,正伤心,却是旧时相识。
>
> 满地黄花堆积,憔悴损,如今有谁堪摘?守着窗儿,独自怎生得黑!梧桐更兼细雨,到黄昏,点点滴滴。这次第,怎一个愁字了得!

词中由早到晚倾诉了一整天的愁苦心情:首用七对叠字发端,形容空虚、凄清、酸楚的积愫,围绕"愁"字展开多角度的描写,层层深入地表现出作者复杂痛苦的人生体验,句句写愁,却不露"愁"字;末尾以"愁"字归结,而又推进一层,谓"愁"字无法概括这种处境和感受。这首词历代评赏多不胜数,仅举两例:宋罗大经《鹤林玉露》卷一二云:"近时李易安词云:'寻寻觅觅,冷冷清清,凄凄惨惨戚戚。'起头连叠七字,以一妇人,乃能创意出奇如此。"明杨慎《词品》卷二说:"宋人中填词,李易安亦称冠绝。使在衣冠,当与秦七、黄九争雄,不独雄于闺阁也……《声声慢》一词,最为婉妙。其词云……山谷所谓以故为新、以俗为雅者,易安先得之矣。"

(四)南宋初期词

南宋初期,大体指宋高宗时期,约为建炎元年(1127)至绍兴三十二年(1162)。这时期靖康变起,宋室偏安,金军占领中原,朝内和、战两派斗争激烈,救亡图存成为臣民关注的中心。南宋初期,抗金将领、主战朝臣也惯于以词的形式感叹时局、呼吁抗金,于是出现了一批慷慨悲壮的时事词。李纲、赵鼎、胡铨、岳飞等抗金名臣,都有名篇佳作传世。另一批文人由北宋进入南宋,由江北漂流江南,身经国破家亡之痛,目睹干戈扰攘之苦,词风一变，文集中出现了与“江北旧词”有所不同的“江南新词”。他们多用词怀思故国，怅望中原，感伤时事，痛惜流年。叶梦得、朱敦儒、吕本中、陈与义、张元幹大都如此。

李纲（1083～1140），字伯纪，邵武（今属福建）人。徽宗政和二年（1112）进士。靖康年间以尚书右丞为亲征行营使，号召各路勤王，抗击金兵。高宗即位，召拜右相，积极备战，力主御敌，后受主和派谗间遭罢黜。著有《梁溪词》，存词五十余首。

李纲有不少词借古喻今，激励南宋当局奋起抗金，呼唤人们卫国御敌。如《喜迁莺》：

> 长江千里，限南北、雪浪云涛无际。天险难逾，人谋克敌，索虏岂能吞噬。阿坚百万南牧，倏忽长驱吾地。破强敌，在谢公处画，从容颐指。　　奇伟！淝水上，八千戈甲，结阵当蛇豕。鞭弭周旋，旌旗麾动，坐却北军风靡。夜闻数声鸣鹤，尽道王师将至。延晋祚，庇烝民，周雅何曾专美。

这是一首借咏史激励人们抗敌复国的词章。东晋孝武帝太元八年（383）发生淝水之战，当时东晋以数万军队抗击前秦苻坚猖狂南侵的九十万大军，而使强敌一败涂地，望风披靡，这是历史上以弱胜强的著名战役。这首词上片陈述淝水之战的经过。苻坚无视东晋天险人谋，挥师南侵，终为谢安从容击败。下片颂扬这次战役以少胜多，使强敌披靡，使侵略军闻风丧胆，终于得以国运延长，众多百姓受到庇护。全词视野开阔，笔势奇伟，语言劲健，字里行间充盈着御敌卫国的激情。

赵鼎（1085～1147），字元镇，号得全居士，闻喜（今属山西）人。宋徽宗崇宁五年（1106）进士。南渡后历官尚书左仆射、同中书门下平章事。他是南宋名臣，因力主抗金，遭秦桧迫害，忧愤不食而死。著有《得全居士词》，存词四十首。

赵鼎身经离乱之苦，多眷恋家国乡关之作。如《满江红·丁未九月南渡、泊舟仪真江口作》：

惨结秋阴，西风送、霏霏雨湿。凄望眼、征鸿几字，暮投沙碛。试问乡关何处是，水云浩荡迷南北。但一抹、寒青有无中，遥山色。天涯路，江上客。肠欲断，头应白。空搔首兴叹，暮年离析。须信道消忧除是酒，奈酒行有尽情无极。挽取长江入尊罍，浇胸臆。

宋高宗建炎元年(1127)，金军攻陷汴京，高宗即位于河南商丘，拟南渡建康。赵鼎奉命先行，预作部署，行至仪真(今属江苏)，泊舟江口作此词。上片写景，一派阴沉凄冷。云水迷茫，望不见乡关，隐喻故国难见，归途渺茫。下片直抒离乡漂泊之愁。肠断头白，见愁苦深重，欲借酒消愁，怎奈酒有限而愁无穷，即便滔滔江水也难以冲洗胸中勃郁不平之气。全篇悲慨激越，蕴涵着对国事艰危的深重忧虑。

胡铨(1102～1180)，字邦衡，号澹庵，庐陵(今江西吉安)人。高宗建炎二年(1128)进士，绍兴间任枢密院编修官。因力辟和议，乞斩秦桧，遭秦桧迫害，编管新州。孝宗时复官至资政殿学士。著有《澹庵文集》、《澹庵词》，存词十六首。

《好事近》是体现胡铨品格高洁、愤世疾邪并赢得文林赞誉的词作名篇。词云：

富贵本无心，何事故乡轻别。空使猿惊鹤怨，误薜萝风月。囊锥刚要出头来，不道甚时节！欲驾巾车归去，有豺狼当辙。

词先说本来无心追求富贵荣华，不该轻易出山入仕，致使离开幽雅的隐居环境；后说刚要出头逞强，不想时机不对，朝内奸佞当权，致使报国无门。绍兴八年(1138)，秦桧当权力主和议，胡铨上书高宗，建议斩主降派秦桧之首，因此被编管昭州(今广西平乐)，后又押配新州(今广东新兴)。在逆境中胡铨不改操守，赋此遣怀，又被移送编管吉阳军(今海南岛崖县)。可见这首词是关联当时政治斗争、深为奸佞小人忌讳的名篇。

岳飞(1103～1141)，字鹏举，汤阴(今属河南)人。出身农家，贫而好学，十九岁应募入伍，在宗泽部下。南渡后，他力主北伐收复中原，屡立战功，累官至枢密副使，曾大破金兵于朱仙镇，后被秦桧以“莫须有”的罪名害死于狱中。岳飞是我国历史上著名的爱国将领，著有《岳武穆集》，词作仅存三首。

《满江红》是岳飞千古传唱的名作。词云：

怒发冲冠，凭栏处、潇潇雨歇。抬望眼，仰天长啸，壮怀激烈。三十功名尘与土，八千里路云和月。莫等闲、白了少年头，空悲切。
靖康耻，犹未雪；臣子恨，何时灭。驾长车踏破，贺兰山缺。壮志饥餐胡虏肉，笑谈渴饮匈奴血。待从头、收拾旧山河，朝天阙。

上片借凭栏远眺时的情态和心绪，表达壮志未酬的愤慨激情；下片直抒雪耻消恨、气吞骄虏、重整山河和光复故国的壮志。全词感情激昂，忠义慷慨，音调高亢，气贯日月。清沈雄《古今词话》卷上谓岳武穆作"《满江红》，忠愤可见，其不欲等闲白了少年头，可以明其心事"。清陈廷焯《云韶集》评曰："何等气概，何等志向！千载下读之，凛凛有生气焉。'莫等闲'二语，当为千古箴铭。"岳飞登黄鹤楼有感所写的另一首《满江红》，也是壮志凌云：

遥望中原，荒烟外，许多城郭。想当年，花遮柳护，凤楼龙阁。万岁山前珠翠绕，蓬壶殿里笙歌作。到而今、铁骑满郊畿，风尘恶。
兵安在？膏锋锷；民安在？填沟壑。叹江山如故，千村寥落。何日请缨提锐旅，一鞭直指清河洛。却归来、再续汉阳游，骑黄鹤。

绍兴三年(1133)，金人傀儡刘豫占领襄阳诸州。次年岳飞出兵，迅速收复襄阳诸州，驻节鄂州(今湖北武昌)，并奏请进兵中原，光复故土，词大约作于此时。词先写遥望中原的所见所想，自汴京失守、中原沦陷后，往日的繁华消失，士兵和百姓遭难，到处一片荒凉。继写自己渴望请缨北伐，一旦挥兵奋进，光复中原，当会继续来汉阳游赏。词的内容和风调十分宏阔豪壮。

叶梦得(1077～1148)，字少蕴，自号石林居士，苏州(今属江苏)人。绍兴四年(1134)进士，累迁翰林学士，历知汝州、蔡州、颍昌府等。南迁后，曾镇守建康府，致力抗金防敌。晚年退居湖州卞山石林谷，以读书吟词自乐。著有《避暑录话》、《石林诗话》。词作有《石林词》，存词百余首。

其词多晚年作，有林下风，多伤时怀旧之章，如《水调歌头》：

秋色渐将晚，霜信报黄花。小窗低户深映，微路绕欹斜。为问山翁何事，坐看流年轻度，拼却鬓双华。徙倚望沧海，天净水明霞。念平昔，空飘荡，遍天涯。归来三径重扫，松竹本吾家。却恨悲风时起，冉冉云间新雁，边马怨胡笳。谁似东山老，谈笑静胡沙。

叶梦得晚年退隐浙东，面对金兵进逼，时常关念时事，抒发感慨。本篇即闲居忧时之作。起笔勾勒时、地、居处环境，继写日常生活，感叹流年虚度，引发无尽遐思。换头以"念"字领起，反思平生漂流各地，无奈归隐田园，时时难忘国忧。末以边马嘶叫，胡笳长鸣，不能效谢安挥兵静胡沙引为遗憾收煞。词风由旷逸转入激越，于抑郁中时露雄杰。

朱敦儒(1081～1159)，字希真，号岩壑，洛阳(今属河南)人。早年逍遥林泉，北宋末流寓两广。绍兴五年(1135)始赴临安，赐进士出身，派任秘书省正字，历兵部郎中、两浙东路提点刑狱等职。晚年罢职闲居，以词擅名。词集名《樵歌》，有《四印斋所刻词》本、《彊村丛书》本，存词二百四十余首。

南渡前后其词风有明显的变化，前期词多沉湎酒色、逍遥泉林之咏唱，后期词多感叹时局、忧念世事之作品。如《鹧鸪天》(我是清都山水郎)下片云：

诗万首，酒千觞。几曾著眼看侯王。玉楼金阙慵归去，且插梅花醉洛阳。

以幽默的笔触写他以诗酒打发岁月，不屑关注富贵尊荣，生动地体现了词人萧散疏狂的个性，当是前期徉徜山水之作。其《水调歌头》则是靖康之难以后避难淮阴(今江苏清江)时作。词云：

当年五陵下，结客占春游。红缨翠带，谈笑跋马水西头。落日经过桃叶，不管插花归去，小袖挽人留。换酒春壶碧，脱帽醉青楼。楚云惊，陇水散，两漂流。如今憔悴，天涯何处可销忧。长揖飞鸿旧月，不知今夕烟水，都照几人愁。有泪看芳草，无路认西州。

这是追怀旧游、忆念往事、感伤时局、寄怀忧国之作。上片追忆少年在洛阳裘马轻狂的得意生活和眷恋红粉的风流韵事。下片叙写而今流落天涯、愁思满怀的境况。今昔对比，愈写当年的春风得意，愈衬映出而今的忧思苍茫，以一己之阅历映现时代风云之变化，含量大而忧思深。

吕本中(1084～1145)，字居仁，寿州(今安徽凤台)人，南渡后徙居金华(今属浙江)。高宗绍兴六年(1136)赐进士出身。历官中书舍人、权直学士院，以忤秦桧而罢职。晚年移居信州(今江西上饶)讲学，人称东莱先生。他是江西诗派的名家，著有《东莱集》。赵万里辑其词为《紫微词》，存词二十七首。

其《南歌子》写宋室南渡初年，他流徙江南之感：

驿路侵斜月，溪桥度晓霜。短篱残菊一枝黄，正是乱山深处过重阳。　旅枕元无梦，寒更每自长。只言江左好风光，不道中原归思转凄凉。

词先写早行情景，行经乱山，说明避乱之苦。继写夜宿难寐，心中有思。结拍点出主旨：江南风光虽好，无奈中原沦陷，思归不得，满怀凄凉。

陈与义，平生以诗名，为江西诗派三宗之一。有《简斋集》、《无住词》，存词十八首。

其《临江仙・夜登小阁忆洛中旧游》，为隐退后追忆洛阳旧游而作。词云：

忆昔午桥桥上饮，坐中多是豪英。长沟流月去无声。杏花疏影里，吹笛到天明。　二十余年如一梦，此身虽在堪惊。闲登小楼看新晴。古今多少事，渔唱起三更。

此词先以忆昔领起当年午桥宴饮盛况，豪英欢聚，酒酣耳热，岁月流逝；继以一梦承转，返回现实，世事堪惊，二十多年来历经人世沧桑、家国巨变。

全篇抚今追昔，波澜起伏，情绪凄婉悲凉，耐人寻味。

张元幹(1091～1161)，字仲宗，号真隐山人，又号芦川居士，永福(今福建永泰)人。徽宗宣和年间进入仕途，曾为李纲幕僚，协助抗金。李纲被罢，张元幹同时遭贬，不久汴京沦陷，张元幹避乱江南，绍兴元年(1131)致仕，晚年寓居福州。张元幹是南宋前期词坛上较早用词的形式反映社会现实的重要词人。词集名《芦川词》，存词一百八十余首。

张元幹词题材范围较广，忧时伤乱的内容最为突出，风格多样，以豪放悲壮为主。如《贺新郎》：

> 曳杖危楼去。斗垂天、沧波万顷，月流烟渚。扫尽浮云风不定，未放扁舟夜渡。宿雁落、寒芦深处。怅望关河空吊影，正人间、鼻息鸣鼍鼓。谁伴我，醉中舞。　　十年一梦扬州路。倚高寒，愁生故国，气吞骄虏。要斩楼兰三尺剑，遗恨琵琶旧语。谩暗涩、铜华尘土。唤取谪仙平章看，过苕溪、尚许垂纶否？风浩荡，欲飞举。

这首词是寄给主战名将李纲的。宋高宗绍兴八年(1138)，在秦桧操纵下，高宗向金拜表称臣，李纲上书反对，被罢官。老词人张元幹写此词，对李纲坚持主战表示同情和支持。上片写景寄意，夜色空阔凄清，隐含忧国思友之情。下片重在抒怀，先追忆多年的战乱历程，再感叹宝剑蒙尘，无地用武，末呼唤友人为复国大业奋力进取。全词豪迈悲壮，沉郁顿挫。另一首送别胡铨的《贺新郎》写得更为激越悲壮：

> 梦绕神州路。怅秋风、连营画角，故宫离黍。底事昆仑倾砥柱，九地黄流乱注？聚万落千村狐兔。天意从来高难问，况人情易老悲难诉。更南浦，送君去。　　凉生岸柳催残暑。耿斜河、疏星淡月，断云微度。万里江山知何处？回首对床夜语。雁不到、书成谁与？目尽青天怀今古，肯儿曹恩怨相尔汝。举大白，听金缕。

绍兴八年(1138)胡铨因反对和议，上书乞斩王伦、秦桧、孙近三人而获罪。绍兴十二年(1142)，更由福州而编管新州(今广东新兴)，“一时士大夫畏罪钳舌，莫敢与立谈”[1]。张元幹激于义愤，不畏强权，写此送行。起笔流露出浓烈的故国之思和黍离之悲，接着愤然发问，指责主降。以下描摹饯别夜景，念念不忘江山，并设想别后相念情深、爱国意浓。词中充满着对国土遭受敌人践踏的悲愤，洋溢着对投降派的切齿痛恨，而“天意从来高难问”一句，更将批评的笔锋直指决策求和的高宗皇帝。这类词与当时的时势紧密相关，写得激昂慷慨、悲愤填膺。

（五）南宋中期词

南宋中期大体指孝宗隆兴元年（1163）至理宗宝祐初年（1253）。南宋中叶，宋金订立隆兴和议，双方休战对峙。江南经济趋向复苏，主和官僚控制实权，偏安朝廷，沉溺享乐，复国志士无地用武，中原父老祈盼统一。在这种形势下，词坛出现了两大创作群体。以辛弃疾为首的豪壮派，展延东坡的蹊径，于郁勃苍凉之外，喜用长调反映国难时艰，呼唤抗敌御侮。其笔力驰骋纵横，章法舒卷自如，风调激昂排宕。特别是辛弃疾的壮词，刘克庄《后村诗话》称之为“横绝六合，扫空万古”，唱出了时代最强音。与其风神相近者约有五六十人，陆游、陈亮、刘过、刘克庄等，都可说是此派的重要成员。以姜夔为代表的骚雅词派，承传周邦彦的遗泽而加以创变。他审音衡律，善度新腔，惯于以劲健的笔触写儿女柔情，以清雅的风调咏江湖隐沦。周济《宋四家词选目录序论》说他“脱胎稼轩，变雄健为清刚，变驰骤为疏宕”。其词风神潇散，体制骚雅，如野云孤鹤，幽韵冷香，自成一家。承传其余绪而阔步创新者，有史达祖、高观国、吴文英诸人。吴文英变疏为密，化显为隐，用事联翩，运意幽邃，其成就在骚雅派中最为突出。

辛弃疾（1140～1207），字幼安，号稼轩，济南历城人。他出生于“靖康之难”十三年后，少年在金人占领区渡过。二十二岁，金主完颜亮大举南侵，辛弃疾聚众两千起义，投耿京部下。次年南归，初任江阴签判、建康通判、滁州知州。后在湖北、江西、湖南、福建、浙江等地，历任提点刑狱、转运使、安抚使等职。其间曾上《美芹十论》、《九议》，力陈复国方略，但未被采用，长期退居江西。晚年韩侂胄力主北伐，辛弃疾被派知镇江府，积极筹划军事。根据当时形势，他认为不宜草率出师，以此受到谗陷，被罢职归隐。

[1] 岳珂：《桯史》。

辛弃疾是文武兼长的大家，是历史上才华卓越的爱国词人。其著述今有徐汉明校勘的《辛弃疾全集》（四川文艺出版社 1984 年版），邓广铭辑校、辛更儒笺注《辛稼轩诗文笺注》（上海古籍出版社 1995 年版），邓广铭编《稼轩词编年笺注》（上海古籍出版社 1978 年版），朱德才编《辛弃疾选集》（人民文学出版社 1997 年版）。辛词今存六百四十余首，数量居两宋词人之冠。

辛词从不同角度广泛地反映了自己的时代，从内容上来说大体可归纳为抗战词、农村词、闲适词、爱情词几类。他一生以恢复中原、统一祖国为己任，一腔忠愤往往寄之于词，因而慷慨悲歌的抗战词是辛词的主调，也代表了他的最高成就。如《破阵子》：

> 醉里挑灯看剑，梦回吹角连营。八百里分麾下炙，五十弦翻塞外声。沙场秋点兵。　马作的卢飞快，弓如霹雳弦惊。了却君王天下事，赢得生前身后名。可怜白发生。

这首词写以梦寄托理想。起两句和末句都是写梦后感受，中间各句均为梦境。先写奏乐分肉，阅兵待发，继写战场杀敌，飞马开弓，一战告捷，光复故物。辛弃疾一直立志抗敌复国而理想成梦，这首壮词展现了他在战场上叱咤风云的英雄气概，剖露了他统一山河、立功沙场的理想抱负。开禧元年(1205)，辛弃疾在镇江知府任上登京口北固亭怀古所作的《永遇乐》，也是其豪壮词的名篇。词云：

> 千古江山，英雄无觅，孙仲谋处。舞榭歌台，风流总被，雨打风吹去。斜阳草树，寻常巷陌，人道寄奴曾住。想当年，金戈铁马，气吞万里如虎。　元嘉草草，封狼居胥，赢得仓皇北顾。四十三年，望中犹记，烽火扬州路。可堪回首，佛狸祠下，一片神鸦社鼓。凭谁问：廉颇老矣，尚能饭否？

上片即景怀古，借古人寄怀。由千古江山，想到当年在此地建业的英杰：孙权凭险立国，称霸江东；刘裕率兵北伐，收复国土。可见当年的英雄人物，气宇何等非凡。下片以古鉴今，折转到现实，表达献身复国的雄心。先引述南朝刘宋元嘉年间仓促进兵惨遭失败的教训，提醒当局审慎筹划；次追忆当年扬州抗金的往事，而今其地冷落萎靡，不堪回首；末以廉颇自喻，期盼能为复国一展身手。全词情思由感怆沉郁而趋向悲慨昂奋。清人程洪《词洁辑评》卷五云："发端便欲涕落，后段一气奔注，笔不得遏。廉颇自拟，慷慨壮怀，如闻其声。"

辛弃疾闲居带湖时，写了不少描写江南农村生活的小词。如《清平乐·村居》：

茅檐低小，溪上青青草。醉里吴音相媚好，白发谁家翁媪？大儿锄豆溪东，中儿正织鸡笼。最喜小儿无赖，溪头卧剥莲蓬。

小词纯用白描手法，写农家老少五口和睦勤劳的村居生活。居处环境简朴清幽，老两口亲昵交谈，吴音婉转。儿辈勤奋，老大、老二各有活计，小儿尤其可爱，顽皮娇憨，情态可掬。全篇以口语写常景，清新秀丽，生活气息极浓。辛弃疾写男女闺情的词，也很出色。如《祝英台近》：

宝钗分，桃叶渡，烟柳暗南浦。怕上层楼，十日九风雨。断肠片片飞红，都无人管，更谁劝、流莺声住。　　鬓边觑。试把花卜归期，才簪又重数。罗帐灯昏，哽咽梦中语：是他春带愁来，春归何处？却不解、带将愁去。

此是思妇闺怨词。上片先写与夫离别的时地，次写闺中伤春，风雨连绵，落花片片，啼莺扰人，紧扣晚春气象烘染出凄冷的氛围。下片写盼归急切，反复占卜归期，直到天晚灯昏，忧思成梦，不停地抱怨春光。沈谦《填词杂说》云："稼轩词以激扬奋厉为工，至'宝钗分，桃叶渡'一曲，昵狎温柔，魂销意尽，才人伎俩，真不可测。"这说明辛词不仅长于豪壮，闺情也写得婉丽妩媚。辛弃疾词风多样，能熔各种手法于一炉，纵横挥洒，任意驰骋，且长于网罗万卷，使册用事，在词坛上可说是"凌云健笔意纵横"的一代大家。

陆游，孝宗隆兴初赐进士出身。历任枢密院编修、镇江通判、隆兴通判，以力说张浚用兵罢归。后入蜀八年，曾亲临南郑前线，奉诏东归后，游宦于福建、江西、浙江、临安等地，晚年退居家乡山阴。他一生主战，是南宋首屈一指的爱国诗人，也兼擅写词，词作专著有《放翁词》、《渭南词》(《放翁词编年笺注》本)。今有王双启编《陆游词新释辑评》，共存词一百四十余首。

陆游词题材范围较广，有关注中原恢复的爱国词章，有怀才不遇的抒感之作，有流连光景的闲适词，也有写个人爱情悲剧的篇什。表达爱国情思而写得声情并茂的词章，如《谢池春》：

> 壮岁从戎，曾是气吞残虏。阵云高，狼烟夜举。朱颜青鬓，拥雕弓西戍。笑儒冠自来多误。　功名梦断，却泛扁舟吴楚。漫悲歌、伤怀吊古。烟波无际，望秦关何处？叹流年又成虚度。

陆游四十八岁从军南郑，晚年罢居山阴，这首词乃忆昔叹今之作。上片回忆从军南郑时的军事生涯，雄姿英概，气压敌军，结拍化用杜诗，意绪陡落。下片承儒冠多误，叹息功业未成，闲居乡土，光阴虚度，但仍念念不忘中原。又如《诉衷情》：

> 当年万里觅封侯，匹马戍梁州。关河梦断何处？尘暗旧貂裘。
> 胡未灭，鬓先秋，泪空流。此生谁料，心在天山，身老沧州。

此词也从回忆当年从军南郑、甲胄尘封起，写到当今胡人未灭，而自己年事已高，仍时时关注边防前线。这类词写得慷慨豪迈，忧思深沉。陆游写闲适情怀的词，如《鹊桥仙》(一竿风月)，咏唱耕渔自足的生活，以渔父自况，表达了厌弃权利、不求虚名的情悰。陆游还用词咏唱自身的爱情悲剧，最动人的是《钗头凤》：

> 红酥手，黄縢酒，满城春色宫墙柳。东风恶，欢情薄。一怀愁绪，几年离索。错，错，错！　春如旧，人空瘦，泪痕红浥鲛绡透。桃花落，闲池阁。山盟虽在，锦书难托。莫，莫，莫！

宋人周密《齐东野语》卷一载录了此词的背景。大致是陆游初娶唐氏，“伉俪相得，而弗获于其姑。既出，而未忍绝之，则为别馆，时时往焉”。后被婆母得知，只好忍痛分离。陆游再娶王氏，唐婉改适同郡赵士程。约十年后，陆游出游山阴沈园，与唐婉夫妇不期而遇，唐婉遣致酒肴，陆游怅然伤神，因写此词，题于壁间。上片忆昔，起三句以夫妻对饮场景再现婚恋生活的温馨，“东风恶”以曲笔透露出婚姻悲剧的由来，接写离婚后的痛苦感受。下片伤今，写沈园与前妻邂逅的情景和感受，倾诉了对前妻的眷恋。这首词不同于前人的爱情闺怨词，它蕴涵着控诉封建礼教的意义。陆游词情真意挚，风格多样，以沉郁雄放为主调。刘克庄《后村诗话续集》卷四云：放翁词“其激昂感慨者，稼轩不能过；飘逸高妙者，与陈简斋、朱希真相颉颃；流丽绵密者，欲出晏叔原、贺方回之上，而世歌之者绝少”。

陈亮(1143～1194)，字同甫，号龙川，婺州永康(今属浙江)人。南宋著名的思想家、文学家。喜欢谈兵，力主抗金，多次向朝廷上书，推动恢复中原，遭主和朝臣的讪谤，屡受挫折。曾到上饶会访辛弃疾，倾诉衷情。绍熙四年(1193)五十一岁时，始中进士第一，授签书建康府判官厅公事，未就职，即含愤而卒。著有《龙川文集》、《龙川词》，存词七十余首。有夏承焘、牟家宽编《龙川词校笺》，姜书阁《陈龙川词笺注》。

陈亮的爱国词常将关念国运的激情与力主抗金的政论熔铸一体。如《念奴娇》：

> 危楼还望，叹此意、今古几人曾会？鬼设神施，浑认作、天限南疆北界。一水横陈，连冈三面，做出争雄势。六朝何事，只成门户私计。
>
> 因笑王谢诸人，登高怀远，也学英雄涕。凭却长江，管不到、河洛腥膻无际。正好长驱，不须反顾，寻取中流誓。小儿破贼，势成宁问强对。

词从登楼眺望、即景立论起笔，就京口山川形势否定天限南北之论，认为地形险峻，有利图强。以下借古论今，提出应以六朝王谢诸人的历史教训为鉴戒，以祖逖击节中流、凭险北伐为范式，奋力统一南北。淳熙十五年(1188)春，陈亮至建康京口考察形势时作此词。返京后写《戊申再上孝宗皇帝书》，力陈北伐方略。此词用意与奏章略同。陈亮为“送章德茂大卿使虏”而写的《水调歌头》，也是议论风发，豪情满楮：

不见南师久，漫说北群空。当场只手，毕竟还我万夫雄。自笑堂堂汉使，得似洋洋河水，依旧只流东！且复穹庐拜，会向藁街逢。
尧之都、舜之壤、禹之封，于中应有，一个半个耻臣戎。万里腥膻如许，千古英灵安在，磅礴几时通？胡运何须问，赫日自当中。

淳熙十二年(1185)底，朝廷派章森(字德茂)出使金国，贺金世宗生辰，陈亮作此词送行，激励他增强信念，蔑视强敌。上片从送章使金立论，先说南宋有人，盛赞章心雄万夫，当能不辱使命，全节而归。下片写中原虽沦陷，民族正气犹存，胡运不会长久，国运中兴的局面指日可待。全词大气磅礴，充满信心。陈廷焯《白雨斋词话》卷一评云：“精警奇肆，几于握拳透爪，可作中兴露布读。”

刘过(1154～1206)，字改之，号龙洲道人，吉州太和(今江西泰和)人。他讲究志节，以功业自诩，多次上书陈奏恢复方略，均没有结果；又屡试不第，放浪湖海终生。与辛弃疾、陆游等有交往唱和。著有《龙洲集》(上海古籍出版社 1978 年版)、《龙洲词》，存词八十余首。

为题岳鄂王庙所写的《六州歌头》是刘过的爱国名篇。词云：

中兴诸将，谁是万人英？身草莽，人虽死，气填膺，尚如生。年少起河朔，弓两石，剑三尺，定襄汉，开虢洛，洗洞庭。北望帝京，狡兔依然在，良犬先烹。过旧时营垒，荆鄂有遗民，忆故将军，泪如倾。
说当年事，知恨苦，不奉诏，伪耶真？臣有罪，陛下圣，可临鉴，一片心。万古分茅土，终不到，旧奸臣。人世夜，白日照，忽开明。衮佩冕圭百拜，九泉下、荣感君恩。看年年三月，满地野花春，卤簿迎神。

岳飞在高宗时为秦桧诬陷致死，孝宗时昭雪其冤，并建庙于鄂(武昌)，宁宗时追封为鄂王。这首词是为凭吊、颂扬岳飞而作的。起笔以问句礼赞，接写瞻仰塑像所发的赞叹，继而历数其生平显赫的战功；再叹其功败垂成，含冤而死；末写遗民缅怀英雄，深情无限。换头叙议岳飞冤死之由，指责奸臣当道，君主不明；接着说明奸邪无好报；再说终于驱走黑暗，沉冤昭雪，英灵感慰；末以民间年年隆重纪念英灵收结。全篇肃穆庄重，叙议结合，礼赞中贯注着悲慨不平之气，体现出对爱国英烈的无限钦仰与同情。刘过观看友人阅兵所写的《沁园春》也颇有气势：

万马不嘶，一声寒角，令行柳营。见秋原如掌，枪刀突出，星驰铁骑，阵势纵横。人在油幢，戎韬总制，羽扇从容裘带轻。君知否，是山西将种，曾系诗盟。　　龙蛇纸上飞腾，看落笔、四筵风雨惊。便尘沙出塞，封侯万里，印金如斗，未惬平生。拂拭腰间，吹毛剑在，不斩楼兰心不平。归来晚，听随军鼓吹，已带边声。

词上片写阅兵场景，赞其号令严明，演习威武，指挥从容儒雅，不愧是将门英才。下片讴歌友人的壮志宏图。友人文笔如龙蛇飞舞，即便出塞立功，挂印封侯，也并不满足，唯有挥剑御侮，斩杀敌酋，方能心地平静。通篇描绘了一位爱国儒将的阅兵情景并称扬其抗敌复国的壮志，风采极为豪迈壮阔。

刘克庄(1187～1269)，字潜夫，号后村，莆田(今属福建)人。以父荫入仕，累官至工部尚书，以龙图阁学士致仕。著有《后村大全集》、《后村长短句》。各本收词篇数不同，汲古阁本收其词一百二十余首，钱仲联编的《后村词笺注》和欧阳代发、王兆鹏编的《刘克庄词新释辑评》收其词二百六十余首。

刘克庄是辛派词的重要成员，他既有豪迈悲壮之作，也有疏狂旷放之什，而忧国伤时、期盼复国之吟较多。《贺新郎》是送陈子华移知真州时作：

北望神州路，试平章这场公事，怎生分付？记得太行山百万，曾入宗爷驾驭。今把作握蛇骑虎。君去京东豪杰喜，想投戈下拜真吾父。谈笑里，定齐鲁。　　两河萧瑟唯狐兔，问当年祖生去后，有人来否？多少新亭挥泪客，谁梦中原块土？算事业须由人做。应笑书生心胆怯，向车中闭置如新妇。空目送，塞鸿去。

真州（今江苏仪征）地近前线，作者借写陈韡（字子华）移知真州，激励友人奋发抗敌，平定齐鲁，恢复中原。发端直接提出中原时局如何应对的问题，接着联想当年宗泽曾驾驭义军留守京东，抗御强敌，然后写友人此次去京东当受到拥戴，平定齐鲁。换头感叹北伐无人，南渡士大夫徒然感伤，回笔再写友人肩负重任，如塞鸿远征，自己只能在此送行。全篇议论恢宏，转折跌宕，风格豪壮悲慨。刘克庄答和友人王实之（名迈）而写的《贺新郎》，是一首激励友人投笔从戎、挽救国难之作。词云：

国脉微如缕。问长缨何时入手，缚将戎主？未必人间无好汉，谁与宽些尺度。试看取当年韩五，岂有谷城公付授，也不干曾遇骊山母；谈笑起，两河路。　　少时棋柝曾联句，叹而今登楼揽镜，事机频误。闻说北风吹面急，边上冲梯屡舞，君莫道投鞭虚语。自古一贤能制难，有金汤便可无张许？快投笔，莫题柱。

此词作于淳祐四年（1244），时金国虽亡，但元军崛起，不断南侵。故开篇感叹国运微弱，接着发问何时能请缨杀敌，擒获敌酋。以下就此展开议论，谓出身低微的韩世忠尚能抗金立功，人间好汉多有，当今边防危急，朝廷应广招人才。末尾呼吁友人尽快投笔从戎，功业不成，决不还乡。这类词感情激越，语重心长，体现了词人忧国伤时的情怀。

以上所介绍系以豪壮词为主调的代表作家，下面再简述几位骚雅派词人。

姜夔（1155～1221?），字尧章，号白石道人，鄱阳（今江西波阳）人，少年随父宦居汉阳，后迁湖州，父病逝后，依姐姐居住。成年后为求出路，旅食江淮一带。三十岁时，在湖南结识诗人萧德藻，后与杨万里、范成大、张鉴等人交游。他应试未中，一生浪迹江湖，布衣终身。张鉴生活上曾给他资助，并要为他出资买官爵，被他谢绝。姜夔多才多艺，著述可考者有十余种，今存有《诗说》、《白石道人诗集》、《白石道人歌曲》，存词八十余首。注释本有陈柱《白石道人词笺评》（商务印书馆 1930 年版），夏承焘《姜白石词编年笺校》（上海古籍出版社 1981 年版），刘乃昌编《姜夔诗词选注》（上海古籍出版社1983年版)、《姜夔诗词选注》(台湾建宏出版社1996年版)、《姜夔词新释辑评》(中国书店2001年版)。

姜夔是南宋中后期江湖词人群中重要的词人,是南宋风雅词派的代表作家。他一生未涉足官场,但对社会时势仍很关心,如《扬州慢》是他淳熙三年(1176)途经扬州时感慨今昔而作:

> 淮左名都,竹西佳处,解鞍少驻初程。过春风十里,尽荠麦青青。自胡马窥江去后,废池乔木,犹厌言兵。渐黄昏,清角吹寒,都在空城。
>
> 杜郎俊赏,算而今、重到须惊。纵豆蔻词工,青楼梦好,难赋深情。二十四桥仍在,波心荡、冷月无声。念桥边红药,年年知为谁生?

开篇擒题,点明扬州的地理位置及驻足行迹。以下刻绘所见景物——荠麦、废池、乔木、空城,一派荒凉,并随笔带出曾是"春风十里"的名城变为满目疮痍的缘由。上片景中含情,物物渗透着伤乱意识。下片写对扬州的感受,妙在用虚拟法设想杜牧重来而心境迥异,名桥虽在而月冷夜寂,芍药虽红而无人观赏。通篇充满时移景迁、物是人非之感。姜夔一生流落,多有抒发羁旅愁思和身世感喟之作。如《玲珑四犯》:

> 叠鼓夜寒,垂灯春浅,匆匆时事如许。倦游欢意少,俯仰悲今古。江淹又吟恨赋,记当时送君南浦。万里乾坤,百年身世,唯有此情苦。
>
> 扬州柳垂官路,有轻盈换马,端正窥户。酒醒明月下,梦逐潮声去。文章信美知何用,漫赢得天涯羁旅。教说与,春来要寻花伴侣。

此词是绍熙四年(1193)姜夔流寓越中(今浙江绍兴)时岁暮感怀之作。开头点明岁暮时序,引发客怀凄独,词人想到江淹抱恨伤别的心境,深感身世飘零的愁苦。换头追怀往日欢洽放浪的生活,现在却恍然如梦消逝,进而感叹怀才不遇,落得身无归宿,末以寻花自解收结。"文章信美知何用",道尽了古今落魄文人的内心悲慨。姜夔咏物词历来受人称赏,《暗香》(旧时月色)、《疏影》(苔枝缀玉)二词,是绍熙二年(1191)冬赴苏州拜访范成大时,应范成大之请自创新调,用以品梅之作。两词扣合梅花,不即不离,借物寓意，融入怀人情思和身世感喟，寄托幽渺，含蕴沉厚，耐人寻味。张炎《词源》卷下云："词之赋梅，惟姜白石《暗香》、《疏影》二曲，前无古人，后无来者，自立新意，真为绝唱。"姜词下字清疏淡雅，精妙传神，洗去绮艳色素，而赋以微妙思致，在艺术上独辟蹊径，别树一帜，成为骚雅清空词派之首。

史达祖（生卒年不详），字邦卿，号梅溪，汴州（今河南开封）人，寓居杭州，屡试不第。后受韩侂胄赏识，依靠韩为中书省堂吏。开禧北伐失败，韩侂胄被诛，史达祖受株连，被黥面流放。史达祖与姜夔、高观国、张镃等有交往唱和，以词名家。姜夔称其词"奇秀清逸，有李长吉之韵，盖能融情景于一家，会句意于两得"[1]。他著有《梅溪词》，有《四印斋所刻词》本、《四库全书》本等。雷履平、罗焕章《梅溪词校注》本较为完备，存词一百一十余首。

史达祖有不少抒发家国之思的词作。如《满江红》：

> 缓辔西风，叹三宿、迟迟行客。桑梓外、锄耰渐入，柳坊花陌。双阙远腾龙凤影，九门空锁鸳鸯翼。更无人、擫笛傍宫墙，苔花碧。
> 天相汉，民怀国。天厌虏，臣离德。趁建瓴一举，并收鳌极。老子岂无经世术，诗人不预平戎策。办一襟、风月看升平，吟春色。

开禧元年（1205）韩侂胄欲出师北伐，命李璧、林仲虎使金探测虚实，史达祖奉命随行，返程途宿汴京，三宿后离京作此。上片写沿途所见北宋故都的一派荒凉景象。昔日的繁华街市，而今变为田野，皇宫空荡无人，殿堂门窗空锁。下片议论当时形势。天意助宋，遗民怀国，上天厌金，其臣动荡，可乘此有利时机恢复中原。朝臣当有平定外敌、重整山河的策略，词人期待观赏升平、吟颂风光的美好时刻。这首词表达了作者对光复故国的向往与祈盼。史达祖有的词表达了战乱年代的凄楚心境，如《秋霁》（江水苍苍），写词人面对一片凄冷的秋色，触动起怀念故国、思归家乡的情悰，进而感叹流落异乡的处境："露蛩悲、清灯冷屋，翻书愁上鬓毛白。"全词写得悲凉凄楚。史词风格多样，唯以清新俊逸为其主调。

---

① 黄升：《花庵词选》引。

吴文英(约 1212～1272),字君特,号梦窗,晚号觉翁,四明(今浙江宁波)人。原姓翁,因过继给吴氏而改姓。一生未入科举,布衣终身,曾为苏州仓台幕僚、浙江安抚使吴潜幕僚。一生辗转流寓苏州、杭州、越州(今浙江绍兴)等地,与显贵官吏、文人词客多有交游。他精通音律,能自度曲,著《梦窗词》,有《宋六十名家词》本、《四库全书》本、《彊村丛书》本。近人校释本有杨铁夫《梦窗词全集笺释》(抱香室印本)、陈邦炎校点《梦窗词》(上海古籍出版社 1988 年版)。存词三百四十余首,数量仅次于辛弃疾。

吴文英有不少忧怀国难、感慨时事之作。如《金缕歌》:

> 乔木生云气,访中兴、英雄陈迹,暗追前事。战舰东风悭借便,梦断神州故里。旋小筑、吴宫闲地。华表月明归夜鹤,叹当时、花竹今如此。枝上露,溅清泪。　　遨头小簇行春队,步苍台、寻幽别坞,问梅开未?重唱梅边新度曲,催发寒梢冻蕊。此心与、东君同意。后不如今今非昔,两无言、相对沧浪水。怀此恨,寄残醉。

这是理宗嘉熙元年(1237)吴文英陪平江府(今江苏苏州)知府吴潜游沧浪亭赏梅时作。中兴英雄,指南宋初抗金名将韩世忠。开篇从寻访韩世忠别墅写起,进而忆念其业绩,感叹天不助人,英雄闲置,末借丁令威化鹤重归的故事,体现花竹如故,江山已非。换头写一行人簇拥太守游春,寻幽问梅,又以新曲催发冻蕊隐喻时事解冻,气象出新,但毕竟国势困厄,只好以“无言”、“怀恨”收煞。篇中借写出游融入对国势时局的忧念和感慨。吴文英有不少写爱情悲剧的词,《莺啼序》可说是这方面的代表作:

> 残寒正欺病酒,掩沉香绣户。燕来晚、飞入西城,似说春事迟暮。画船载、清明过却,晴烟冉冉吴宫树。念羁情、游荡随风,化为轻絮。
>
> 十载西湖,傍柳系马,趁娇尘软雾。溯红渐、招入仙溪,锦儿偷寄幽素。倚银屏、春宽梦窄,断红湿、歌纨金缕。暝堤空,轻把斜阳,总还鸥鹭。　　幽兰旋老,杜若还生水乡尚寄旅。别后访、六桥无信,事往花委,瘗玉埋香,几番风雨。长波妒盼,遥山羞黛,渔灯分影春江宿。记当时、短楫桃根渡。青楼仿佛,临分败壁题诗,泪墨惨淡尘土。

危亭望极，草色天涯，叹鬓侵半苎。暗点检、离痕欢唾，尚染鲛绡，亸凤迷归，破鸾慵舞。殷勤待写，书中长恨，蓝霞辽海沉过雁。漫相思、弹入哀筝柱。伤心千里江南，怨曲重招，断魂在否？

这是词中最长的曲调，写重访西湖，忆念旧情，悼伤伊人。全词四叠，首叠以晚春景色起兴，由户内写到户外，总括西湖风光，引出羁情，化为轻絮，暗喻往事幻灭。次叠追怀旧游，描述湖上与丽人艳遇，又匆匆分别，梦见好景不长，斜阳空堤，形容别后一派冷清。三叠写重访故地所见，以香草旋老还生暗示年光代谢，“寄旅”言自身漂泊，“埋香”谓丽人仙逝，“风雨”写生活波折，以下追忆伊人美姿，倒点一笔，转写眼前实景。四叠抒发凭栏情怀，望而不见，感叹衰老，检点旧物，倍增怀思，欲裁笺书恨，难觅鸿雁，徒然将离恨谱入哀筝，可叹断魂难招，凄婉欲绝。全词以曲折开阖之笔，写悲欢离合之情，笔锋细密，练字精妙，词彩纷呈，脉络井然，可称是凄迷哀艳的怀旧悼亡词。

（六）南宋末期词

南宋末期，大体相当于宋理宗宝庆初年（1225）到南宋覆亡及元世祖时代。这时期战争频繁，社会动荡，元军席卷江南，人间灾难连绵。上自皇室，下至臣民，无不饱尝江山易代之悲、家破国亡之痛。这时一些爱国志士有心效忠，无力回天，浩气壮怀时而借词抒发，写出一些震撼人心的悲壮词，文天祥、邓剡、陈人杰可为代表。这类词沿承辛派词的余绪，结合战斗经历，联系患难余生，显示出末路英雄的本色。另一些词人遁迹山林，漂流湖海，承传姜白石、史达祖的遗韵，以萧散幽冷的风致、曲折隐喻的笔法，表达麦秀黍离之感，倾吐身世流落之愁。随后他们还结社唱酬，形成遗民词派。刘辰翁、周密、王沂孙、张炎、汪元量等都写有不少词作，体现出高蹈远引、不屈从新贵的逸怀清操。先介绍爱国志士的悲壮词。

文天祥，著有《文山先生全集》（《四部丛刊》本）、《文天祥全集》（中国书店1985年版），词集有《文山乐府》，存词八首。

文天祥在被元军押送北行中所写的《酹江月》，慷慨悲壮，最为动人：

乾坤能大，算蛟龙、元不是池中物。风雨牢愁无着处，那更寒虫四壁。横槊题诗，登楼作赋，万事空中雪。江流如此，方来还有英杰。

堪笑一叶漂零，重来淮水，正凉风新发。镜里朱颜都变尽，只有丹心难灭。去去龙沙，江山回首，一线青如发。故人应念，杜鹃枝上残月。

文天祥在五坡岭（今广东海丰北）被俘后，于祥兴二年（1279）与其同乡好友邓剡（字光荐）同时被押送北行，途经金陵，邓剡因病留医，作《念奴娇·驿中言别》赠别，文天祥作此词酬和。起句气魄宏伟，体现出作者身陷囚笼而雄心不减。“风雨”、“寒虫”，陈述囚徒生活凄苦；“横槊”、“登楼”，感叹往事如雪飘逝。末以长江后浪推前浪，祈望当有后起英杰。换头以“一叶漂零”，喻指自身处境，接着倾吐报国赤诚；“江山回首”，体现思国情深；最后以啼血杜鹃归来故国自誓，大义凛然，丹心不改。这首词铁骨豪语，浩气干云，可以说唱出了宋末词坛爱国思想的最强音。

邓剡（1232～1303），字光荐，号中斋，庐陵（今江西吉安）人。理宗景定三年（1262）进士。临安沦陷，邓剡流亡海上，坚持抗元。祥兴时，曾任崖山行朝兵部侍郎，崖山兵败，跳海未死。被俘后，与文天祥一同北遣，虽被放还，持节不屈。有《中斋集》，存词十三首。其《酹江月》，是一首送别文天祥的悲壮词：

水天空阔，恨东风不借世间英物。蜀鸟吴花残照里，忍见荒城颓壁。铜雀春情，金人秋泪，此恨凭谁雪？堂堂剑气，斗牛空认奇杰。

那信江海余生，南行万里，属扁舟齐发。正为鸥盟留醉眼，细看涛生云灭。睨柱吞嬴，回旗走懿，千古冲冠发。伴人无寐，秦淮应是孤月。

祥兴二年（1279），邓剡与文天祥同被押送大都，行至金陵，邓剡因病留医，文天祥继续北行，两人在驿站中分别，邓剡写此赠行，文天祥依韵答和，词已见前。词用苏轼《念奴娇·赤壁怀古》韵，《酹江月》，即《念奴娇》的别名。开篇从金陵形胜写起，联系历史故事，痛惜一代英雄不得天助，蜀鸟、吴花、荒城、颓壁，用种种物象渲染亡国之痛；接着用铜雀台、金铜仙人掌故，喻指二后被掳，故国沦亡；收拍惋惜友人英气勃勃，无力回天。换头追述文天祥使元被扣、乘机脱险南行的战斗经历；继写自身蹈海不死，劫后余生，静观时事；再以蔺相如使秦、诸葛亮与司马懿对阵的故事拟比文山，称颂其英武盖世；末以别后一己孤独、长夜无寐收煞。全章悲歌慷慨，浩气凛然。

陈人杰（1218～1243），一名经国，字刚父，号龟峰，今福建长乐人。应试不第，浪游两淮、荆、湘等地，后流寓临安。有《龟峰词》传世，有明吴讷《唐宋名贤百家词》本、清知不足斋钞《唐宋八家词》本、《四印斋汇刻宋元三十一家词》本等，存词三十一首。

陈人杰一生失意，胸怀壮志而无可施展，常将满腔郁愤寄之于词。《沁园春》是一篇感伤国事的佳作：

> 谁使神州，百年陆沉，青毡未还。怅晨星残月，北州豪杰，西风斜日，东帝江山。刘表坐谈，深源轻进，机会失之弹指间。伤心事，是年年冰合，在在风寒。　　说和说战都难，算未必江沱堪宴安。叹封侯心在，鳣鲸失水；平戎策就，虎豹当关。渠自无谋，事犹可做，更剔残灯抽剑看。麒麟阁，岂中兴人物，不画儒冠。

此词作于宋理宗嘉熙元年（1237）丁酉岁。理宗端平元年（1234），蒙古灭金后，遂将进攻矛头指向南宋，连年发兵南侵，南宋大片领土纷纷失守。面对这种形势，作者感愤万端，写此抒怀。发端以诘问入题，继之以晨星喻豪杰之少，以斜日喻国运之艰，再借刘表、殷浩事，指斥朝臣贻误复国良机，末以天象隐喻形势严峻。换头说和战均难，江险又不可恃。接着感叹有志难酬，壮心不已，空有良策，奸臣当道。以下说当政无谋，志士有事可做，"抽剑看"显见壮志昂扬，结拍以画图麒麟阁自勉，体现出作者关念国运、昂扬奋励的精神。

以下谈南宋末叶遗民词人。

刘辰翁（1232～1297），字会孟，号须溪，庐陵（今江西吉安）人。少从陆九渊学，补太学生。理宗景定三年（1262）考进士时，廷试对策，忤贾似道，列入丙等。后任濂溪书院山长、临安府学教授，宋亡不仕。著《须溪集》、《须溪词》。词有《彊村丛书》本、吴企明校注《须溪词》（上海古籍出版社1998年版），存词三百五十多首。

刘辰翁是宋末影响较大的作家，以词的成就最高。他一生经历南宋末期和元朝初叶两个阶段。前段多感伤南宋危亡，如《兰陵王·丙子送春》，就是南宋宣告灭亡时作。词云：

送春去，春去人间无路。秋千外、芳草连天，谁遣风沙暗南浦。依依甚意绪？漫忆海门飞絮。乱鸦过，斗转城荒，不见来时试灯处。　春去，最谁苦？但箭雁沉边，梁燕无主。杜鹃声里长门暮。想玉树凋土，泪盘如露。咸阳送客屡回顾，斜日未能度。　春去、尚来否？正江令恨别，庾信愁赋。苏堤尽日风和雨。叹神游故国，花记前度。人生流落，顾孺子，共夜语。

丙子，即宋恭宗德祐二年(1276)。是年正月，元军破临安。三月，恭帝及太后被掳北去，南宋宣告灭亡。词人以比兴手法抒发亡国之痛。词分三叠，一叠描摹暮春荒凉黯淡的景色，象征临安残破，繁华消失，“风沙”暗喻敌军凶猛，“飞絮”形容幼帝君臣命运飘摇。次叠写破国离家之苦，“最谁苦”痛心一问，以下从六宫被掳、臣民无依、宫禁一派凄凉三方面回答。“箭雁”喻皇室，“梁燕”比臣民，形容南宋宫禁人去楼空，一派凄凉。三叠宣发亡国哀思，借江令、庾信吟恨言愁，末以故国只能“神游”，人生归于“流落”收结，通篇紧扣送春倾吐亡国悲思。正如《白雨斋词话》所云：“题是送春，词是悲宋，曲折说来，有多少眼泪。”其后期词多写宋室遗民的家国身世之感。如《忆秦娥》：

烧灯节，朝京道上风和雪。风和雪，江山如旧，朝京人绝。　百年短短兴亡别，与君犹对当时月。当时月，照人烛泪，照人梅发。

这是酬和友人邓剡所作的一首小词。上片言元宵节，朝京路上只有风雪，无人朝京。下片说短短的人生经历了兴与亡两个时代，月色依旧，而月下遗民泪流不止，鬓发斑白。小词以浅俗的语言倾诉历经朝代兴亡、家国沧桑之痛。

周密(1232～1298)，字公谨，号草窗，济南(今属山东)人。宋室南渡，周密举家南下逃亡，流寓吴兴(今浙江湖州)，居弁山，自号弁阳啸翁、四水潜夫。宋末曾任义乌令，入元不仕。长于诗词书画，与史达祖、王沂孙、张炎等有酬唱。著有《齐东野语》、《武林旧事》、《浩然斋杂谈》等书。词集名《蘋洲渔笛谱》，有《彊村丛书》本、《四部备要》本；另一种名《草窗词》，有《知不足斋丛书》本、《丛书集成初编》本，存词一百五十余首。

周密词以抒发亡国之恨、故国之思的篇章最有价值。如《一萼红·登蓬莱阁有感》：

> 步深幽。正云黄天淡，雪意未全休。鉴曲寒沙，茂林烟草，俯仰千古悠悠。岁华晚、漂零渐远，谁念我、同载五湖舟。磴古松斜，崖阴苔老，一片清愁。　　回首天涯归梦，几魂飞西浦，泪洒东州。故国山川，故园心眼，还似王粲登楼。最怜他、秦鬟妆镜，好江山、何事此时游。为唤狂吟老监，共赋销忧。

蓬莱阁，浙东名胜之一，吴越王钱镠所建，故址在今浙江省绍兴市卧龙山。恭宗德祐二年(1276)元军攻占临安，周密南下逃亡，冬季身经绍兴，登蓬莱阁作此。起句叙进山登阁，接写所见天象风景，引发俯仰今古之思。而后折转到自身湖海飘零，末以山崖荒僻的阴冷景象收结。下片由追忆往昔、思归不得写到梦归洒泪，再借王粲自拟。末说秦望山、鉴湖虽美，但不该此时游，无奈只好唤起贺知章赋诗销忧。全篇意象苍凉，满楮欷歔。陈廷焯《白雨斋词话》卷二云："《一萼红·登蓬莱阁有感》一阕，苍茫感慨，情见乎词，当为草窗集中压卷。"

王沂孙(生卒年难以确考)，字圣与，号碧山，又号中仙，会稽(今浙江绍兴)人，与周密、张炎等有交游。宋亡时他大约三十岁左右，入元过了十几年遗民生活。他虽曾做过元朝的庆元路学正，但也曾参与遗民的秘密集会。词集名《花外集》，又名《碧山乐府》，有《四印斋所刻词》本，今人校注本有吴则虞笺注《花外集》(上海古籍出版社 1988 年版)、詹安泰《王沂孙词笺注》(广东人民出版社 1995 年版)，存词六十余首。

王沂孙词中抒发亡国之痛、故国之思的作品占有相当的数量，怀念故乡故人的词章也颇为精彩。怀思故国的作品是其集中精华，如《媚妩·新月》：

> 渐新痕悬柳，淡彩穿花，依约破初暝。便有团圆意，深深拜，相逢谁在香径。画眉未稳，料素娥、犹带离恨。最堪爱、一曲银钩小，宝帘挂秋冷。　　千古盈亏休问。叹慢磨玉斧，难补金镜。太液池犹在，凄凉处，何人重赋清景。故山夜永，试待他、窥户端正。看云外山河，还老尽、桂花影。

词借咏新月寓托故国之思、恢复之望。开端写新月初升，接写拜月祝愿，继而想象月中嫦娥画眉未竟，引发离恨，再以弯月带来幽冷收缩。下片放开笔势，立足于宇宙历史的视角，感叹圆缺演变，金镜难补。以下借宋皇帝太液池间赏月事，暗示旧景难复。末言故国夜长，期盼圆月照射，未知何年重见故国山河。通篇写月，隐寓绵绵不尽的怀思故国之情。清《张惠言论词》云："碧山咏物诸篇，并有君国之忧。"

张炎（1248～1320?），字叔夏，号玉田，又号乐笑翁，先世陕西凤翔（今陕西宝鸡）人，后移家临安（今浙江杭州），南宋大将张俊是其六世祖。宋亡时张炎三十二岁，入元后，经历四十年左右的漂泊生涯，曾到过大都，后郁郁南归，因人做客，落拓漫游，与王沂孙、周密、仇远等有唱酬。他精通音律，著有《词源》一书，专门研究词乐与词艺。词集名《山中白云词》，有《四库全书》本、《彊村丛书》本，存词三百余首。

张炎词多写时代感、身世感的佳篇，如《解连环·孤雁》：

> 楚江空晚，怅离群万里，恍然惊散。自顾影、欲下寒塘，正沙净草枯，水平天远。写不成书，只寄得、相思一点。料因循误了，残毡拥雪，故人心眼。　　谁怜旅愁荏苒。漫长门夜悄，锦筝弹怨。相伴侣、犹宿芦花，也曾念春前，去程应转。暮雨相呼，怕蓦地、玉关重见。未羞他、双燕归来，画帘半卷。

本篇借咏孤雁寄寓家国之痛、身世之感。开篇写楚天空阔，孤雁失群，惊魂不定。在伶仃飞行中下视沙平草枯，水天寥落。单飞不能成字，仅可挑逗相思，词人顾虑孤雁误了传书，使啮雪吞毡的故人望穿心眼。这里化用苏武出使匈奴被扣的故事，寄托对北行故旧的思念。换头言旅途时光流逝，接着从空间、时间的角度形容行途中孤寂凄苦。以下想象孤雁旧时的伴侣仍寄宿芦丛，也当会想到孤雁春前将要飞来北地，若果如此，定能在北方相逢，那么比起雕梁画帘中的双栖燕，当不会自感羞涩。全篇以人为雁，以雁写人，曲折委婉地抒发了词人孤寂的心境、流浪的身世和对故友的关念。元代孔齐《至正直记》云："钱塘张叔夏尝赋《孤雁》词，有'写不成书，只寄得相思一点'，人皆称之曰'张孤雁'。"

汪元量(生卒年不详)，字大有，号水云，杭州钱塘(今浙江杭州西)人。度宗时为宫廷琴师，临安沦陷后，随谢太后北行，羁留北方十余年，在燕京期间，曾赴狱探望文天祥。元世祖至元二十五年(1288)以黄冠放回江南，隐遁杭州，曾结诗社，与逸民唱和。著有《湖山类稿》、《水云词》，存词五十余首。

汪元量词多感时怀旧之作，如《莺啼序·重过金陵》：

金陵故都最好，有朱楼迢递。嗟倦客、又此凭高，槛外已少佳致。更落尽梨花，飞尽杨花，春也成憔悴。问青山、三国英雄，六朝奇伟。

麦甸葵丘，荒台败垒，鹿豕衔枯荠。正潮打孤城，寂寞斜阳影里。听楼头、哀笳怨角，未把酒、愁心先醉。渐夜深，月满秦淮，烟笼寒水。

凄凄惨惨，冷冷清清，灯火渡头市。慨商女不知兴废。隔江犹唱后庭花，余音亹亹。伤心千古，泪痕如洗。乌衣巷口青芜路，认依稀、王谢旧邻里。临春结绮，可怜红粉成灰，萧索白杨风起。　　因思畴昔，铁索千寻，漫沉江底。挥羽扇、障西尘，便好角巾私第。清谈到底成何事？回首新亭，风景今如此！楚囚对泣何时已。叹人间、今古真儿戏！东风岁岁还来，吹入钟山，几重苍翠。

本篇为作者由燕京南归后重过金陵时作。全词四叠。首叠总写金陵今昔之变和重访心情。往日朱楼高耸，而今春也憔悴，难道这是三国英雄辈出、六朝伟人崛起之地吗？次叠、三叠融化前人诗句，尽情铺叙金陵之荒凉冷落，从荒丘、败垒写到孤城、楼头，由寒水、渡头写到巷口、邻里，满目荒凉之感、黍离之悲。"临春结绮"、"红粉成灰"，点化六朝史事，引发兴亡之痛。

四叠转入评史，先借东吴御敌失败，表明宋室覆亡。接着用西晋清谈、东晋苟安、南渡士大夫无心御敌，隐喻南宋失国的历史。末以自然界风景反衬人世沧桑，感叹江山如旧，人事已非。全词紧扣金陵，化用掌故，借古讽今，仿佛抒情小赋，亡国之痛，自寓其中。

四、宋词的流派论

宋词在发展中多彩纷呈，群芳争艳，题材越来越广博，风格越来越繁多。词在初期承传唐五代遗风，多写闺房事、儿女情，而后随着时势的变迁、题材的开拓和体制的衍展，堂庑益发恢扩，而风神也不拘一格。考察其大体轨迹，起先多擅长抒写精细幽窈的情思，其后则拓展了清旷豪纵的风致，前者偏于柔，后者偏于刚。北宋早有对这种风韵的辨识，如宋人俞文豹《吹剑续录》有一段幽默的记载：

> 东坡在玉堂，有幕士善讴，因问："我词比柳七何如？"对曰："柳郎中词，只好合十七八女孩儿，执红牙拍板，歌'杨柳岸晓风残月'。学士词，须关西大汉，执铁板，唱'大江东去'。"公为之绝倒。

"杨柳岸晓风残月"是柳永写儿女情的名篇《雨霖铃》中的句子，"大江东去"是东坡怀古抒感的名作《念奴娇》中的句子，这种形象的对比，说明了两家词风的刚柔不同。其后明人张綖将这两种词风明确概括为两体，他在《诗余图谱》中说：

> 词体大略有二，一体婉约，一体豪放。婉约者欲其词调蕴藉，豪放者欲其气象恢宏。然亦存乎其人。如秦少游之作，多是婉约；苏子瞻之作，多是豪放。大约词体以婉约为正。故东坡称少游为今之词手，后山评东坡"如教坊雷大使舞，虽极天下之工，要非本色"。

清初王士祯在《花草蒙拾》中说："张南湖（张綖）论词派有二：一曰婉约，一曰豪放。仆谓婉约以易安为宗，豪放惟幼安称首，皆吾济南人，难乎为继矣。”张綖讲的是“词体”，且以婉约为正。王士祯说成词派，不分正、变，另把济南两位词人易安、幼安推为宗主。对张、王两说近年学界多有评析。如有人认为体、派是两种概念，不能混同；有的提出正、变说有扬柔抑刚、重此轻彼之嫌。

我们认为张綖的两体说，概括了词作刚美、柔美两种韵致，是符合词作发展实际的。不过分析宋词的艺术风格，不能只局限于两体，宋词的风格是丰富多彩的。刘勰《文心雕龙·体性》篇将诗文风格分为典雅、远奥、精约、显附、繁缛、壮丽、新奇、轻靡八体。司空图《诗品》提出雄浑、冲淡、纤秾、沉着等二十四诗品，其后又有《补诗品》、《续诗品》、《词品》、《续词品》，对风格的评析日趋细密。婉约、豪放，可以理解为柔美、刚美，这是外延比较广袤的风格。偏于柔美或刚美的词人，还可以进一步赏析其个性化的风神，如柳七、小晏的妩媚风流，秦观、李清照的婉约清新，苏轼的高旷清雄，辛弃疾的豪迈奔放，各派各家又都有各不相同的个性风神。另外阴柔派、阳刚派，在词史上应予摆平，那种正变说并不得体，张綖所谓“大约词体以婉约为正”，张炎《词源》也说“豪放词，非雅词”。有的论者则与此相反，如刘熙载《艺概》谓：“晚唐五代，惟趋婉丽，至东坡始能复古。后世论词者或转以东坡为变调，不知晚唐五代乃变调也。”可见刚、柔两派谁是正宗，古人是有分歧的。实际上把刚美词排斥于主流正轨之外，视为非词坛嫡脉，不能算公允之见。《三百篇》之风雅，也有正变之称，主要依时代区分，所谓“夫风雅之正变，其正变系乎时”，不含有重此轻彼之意。词体的正变说，既系乎时序，还可以从创变出新的意义上来讲，正如叶燮在《原诗》中论汉魏以后诗歌的递变时说：“不得谓正为源而长盛，变为流而始衰；惟正有渐衰，故变能启盛。”用这种辩证的观点来看词史，可以说柔派发展在先，刚派发展在后；柔派是固有的，刚派是新兴的；刚美、柔美在发展演进中，是可以并存共茂的。

宋词风调在发展中多彩纷呈，群芳争艳。正如清人谢章铤在《赌棋山庄集词话续编》中所云：“词家苏辛秦柳，各有攸宜，轨范虽殊，不容偏废。”在此基础上进一步审视宋词各期各派各家词作的风韵，则可以看出它是多元发展、因人而异、随题而变的。清陈廷焯《白雨斋词话》论词品，曾提到仙品、神品、逸品、隽品、豪品等多种品味。清孙麟趾《词径》也说：“高淡、婉约、艳丽、苍莽，各分门户。”明周逊《词品序》就题材立论，略谓：“山林之词清以激，感遇之词凄以哀，闺阁之词悦以解，登览之词悲以壮，讽喻之词婉以切。”这说明词作愈发展，风姿愈多样。在宋、金、元词集、词论的著述中，还有不少论著评议到以词坛宗师和名家为标志的体式，如柳永体、东坡体、山谷体、稼轩体、白石体等。宋代第一个较为详细谈论宋词流派风韵的人，是生活于北宋末南宋初的词话家王灼。他在《碧鸡漫志》卷二中专有一节“各家词短长”，评述了北宋时期六十多位词人，评点了他们的艺术特色和流变。清代以来，随着词学的中兴，辨析词派之论有所增长。有人于婉约豪放之外，提出三派说、四派说，如高佑釲《陈其年湖海楼词序》引顾咸三语云：“宋名家词最盛，体非一格，苏、辛之雄放豪宕，秦柳之妩媚风流，判然分途，各极其妙。而姜白石、张叔夏辈，以冲澹秀洁，得词之中正。”明确提出三派说。提出四派说的，如周济《宋四家词选目录序论》说：“清真，集大成者也。稼轩，敛雄心，抗高调，变温婉，成悲凉。碧山，餍心切理，言近指远，声容调度，一一可循。梦窗，奇思壮采，腾天潜渊，返南宋之清泚，为北宋之秾挚。是为四家，领袖一代，余子荦荦，以方附庸。”

其实流派只是就其大体风格神韵而言，宋词流派不像宋诗流派那样有明确的创作宗旨（如江西诗派）或一定的人事系统（如西昆派），各流派各有特色，豪放词人也有婉约之作，婉约词人亦不乏悲壮之吟，所以对宋词的流派说不必拘泥。词体愈发展，风姿愈多样，惟其如此，才更能体现出词之多彩纷呈的艺术魅力。

五、宋人评词的议论

词在宋初，被视为艳科小技，评议不多，其后随着宋词的发展，兴起了论词之风。最初论词，多见于序跋和书札，大都出于苏轼及其门下弟子，这一类是论词单篇。此后产生了论词专著，如杨绘《时贤本事曲子词》、王灼《碧鸡漫志》等。

苏轼《与蔡景繁》书曾说：“颁示新词，此古人长短句也，得之惊喜，试勉继之。”《答陈季常》书又云：“又惠新词，句句警拔，比诗人之雄，非小词也。”这些议论表示苏轼推尊词体，把词视为与诗并行的一种写作体裁。苏轼虽曾把词称为诗之"余技"，在其《题张子野诗集后》中说"张子野诗笔老妙，歌词乃其余技耳"，但这可以理解为就其发展先后立论，正如他把书画称为"诗之余"一样，并非贬义。苏轼推重词体，鼓励学人作词，但不满浮艳词风，这对南宋词坛倡导复雅的风气有一定影响。

黄庭坚称许晏几道的词作，他在《小山词序》中说："乃独嬉弄于乐府之余，而寓以诗人之句法，清壮顿挫，能动摇人心。"

张耒自称不善作词，然而喜欢论词，他为贺铸作《东山词序》，其中说："余友贺方回，博学业文，而乐府之词，高绝一世。携一编示予，大抵倚声而为之词，皆可歌也。"

晁补之作《评本朝乐章》，文中对柳永等七家词作了评论：

> 世言柳耆卿曲俗，非也，如《八声甘州》云："渐霜风凄紧，关河冷落，残照当楼。"此真唐人语，不减高处矣。欧阳永叔《浣溪纱》云："堤上游人逐画船，拍堤春水四垂天，绿杨楼外出秋千。"要皆绝妙，然只一出字，自是后人道不到处。苏东坡词，人谓多不谐音律。然居士词横放杰出，自是曲子中缚不住者。黄鲁直间作小词，固高妙，然不是当行家语，自是著腔子唱好诗。晏元献不蹈袭人语而风调闲雅，如"舞低杨柳楼心月，歌尽桃花扇底风"，知此人不住三家村也。张子野与柳耆卿齐名，而时以子野不及耆卿；然子野韵高，是耆卿所乏处。近世以来，作者皆不及秦少游，如"斜阳外，寒鸦万点，流水绕孤村"，虽不识字人，亦知是天生好言语。①

晁补之这篇词评，指出了这七家词的特色，肯定了苏词的"横放杰出"，强调词要讲究当行本色，是很有见地的。

以上介绍了苏轼及其门下弟子的单篇词论，下面讲北宋末叶女词人李清照的词论。因《易安居士文集》先传，其词论由《苕溪渔隐丛话》后集卷三三称引，有幸保存下来。词论说：

---

① 胡仔：《苕溪渔隐丛话》后集卷三三引《复斋漫录》。

乐府声诗并著，最盛于唐。……逮至本朝，礼乐文武大备，又涵养百余年，始有柳屯田永者，变旧声，作新声，出《乐章集》，大得声称于世，虽协音律，而词语尘下。又有张子野、宋子京兄弟、沈唐、元绛、晁次膺辈继出，虽时时有妙语，而破碎何足名家。至晏元献、欧阳永叔、苏子瞻，学际天人，作为小歌词，直如酌蠡水于大海，然皆句读不葺之诗耳，又往往不协音律者。何耶？盖诗文分平仄，而歌词分五音，又分五声，又分六律，又分清浊轻重。……王介甫、曾子固，文章似西汉，若作一小歌词，则人必绝倒，不可读也。乃知别是一家，知之者少。后晏叔原、贺方回、秦少游、黄鲁直出，始能知之。又晏苦无铺叙，贺苦少典重。秦即专主情致，而少故实，譬如贫家美女，虽极妍丽丰逸，而终乏富贵态。黄即尚故实，而多疵病，譬如良玉有瑕，价自减半矣。[①]

李清照《词论》讲述了词的发展，评议了宋代名家词的优缺点，强调词须典雅，须协律，须富情致，提出了词“别是一家”之说，为诗、词之别立下了界石。

靖康之变以后，进入南宋，随着国难日深，时局动乱，文人论词倾向关念现实，振兴国势。陆游《跋花间集》说：

《花间集》皆唐末五代时人作。方斯时，天下岌岌，生民救死不暇，士大夫乃流宕如此，可叹也哉！或者亦出于无聊故耶？[②]

这种批评，表示南宋爱国有识之士对纵情声色的作品感到不满。

胡寅《向芗林〈酒边集〉后序》说：

唐人为之最工，柳耆卿后出，掩众制而尽其妙，好之者以为不可复加。及眉山苏氏一洗绮罗香泽之态，摆脱绸缪宛转之度，使人登高望远，举首高歌，而逸怀浩气，超然于尘垢之外。于是《花间》为皂隶，而

① 王仲闻校注：《李清照集》，人民文学出版社1979年版，第195页。

② 《陆放翁全集》卷三〇。

柳氏为舆台矣。[①]

这种倡导写词要摆脱丽靡、拓展内容、融入逸怀浩气的见解，为南宋爱国词的兴起浓化了氛围。

宋代的成集词话始于北宋后期，以杨绘《时贤本事曲子集》为最早（杨绘生活于宋神宗时期），今只有辑佚本。南宋在词作兴盛的基础上词话渐兴，产生了一些颇为流行的词话专集，如王灼的《碧鸡漫志》、张炎的《词源》、沈义父的《乐府指迷》等。《碧鸡漫志》论词比较系统，其"各家词短长"条评议多家词作，颇为言简意精。如：

王荆公长短句不多，合绳墨处，自雍容奇特。晏元献公、欧阳文忠公，风流蕴藉，一时莫及，而温润秀洁，亦无其比。东坡先生以文章余事作诗，溢而作词曲，高处出神入天，平处尚临镜笑春，不顾侪辈。[②]

又一条讲东坡云：

东坡先生非醉心于音律者。偶尔作歌，指出向上一路，新天下耳目，弄笔者始知自振。[③]

这里推尊苏词，肯定了他的创新精神。

《词源》卷上专讲音律，卷下专讲词艺。如"句法"条云：

词中句法，要平妥精粹。一曲之中，安能句句高妙，只要拍搭衬副得去，于好发挥笔力处，极要用功，不可轻易放过，读之使人击节可也。如东坡杨花词云："似花还似非花，也无人惜从教坠。"又云："春色三

① 四川大学中文系唐宋文学研究室编：《苏轼资料汇编》上编第1册，中华书局1994年版，第303页。

② 唐圭璋：《词话丛编》第1册，第83页。

③ 唐圭璋：《词话丛编》第1册，第85页。

> 分，二分尘土，一分流水。"①

"意趣"条云：

> 词以意趣为主，要不蹈袭前人语意。如东坡中秋水调歌云："明月几时有，把酒问青天……"姜白石《暗香》赋梅云："旧时月色，算几番照我，梅边吹笛……"②

此外文中还讲到"用事"、"咏物"、"赋情"等多项手法技巧，并举名作为例加以说明。

《乐府指迷》专论作词之法，凡二十八则，阐述了自己的见解。如"作词当以清真为主"条，指明了词坛巨擘周邦彦词作的优点：

> 凡作词，当以清真为主。盖清真最为知音，且无一点市井气。下字运意，皆有法度，往往自唐宋诸贤诗句中来，而不用经史中生硬字面，此所以为冠绝也。学者看词，当以周词集解为冠。③

如"坊间歌之病"条言：

> 前辈好词甚多，往往不协律腔，所以无人唱。如秦楼楚馆所歌之词，多是教坊乐工及市井做赚人所作，只缘音律不差，故多唱之。求其下语用字，全不可读。甚至咏月却说雨，咏春却说秋。如花心动一词，人目之为一年景。又一词之中，颠倒重复，如曲游春云："脸薄难藏泪。"过云："哭得浑无气力。"结又云："满袖啼红。"如此甚多，乃大病也。④

---

① 唐圭璋：《词话丛编》第1册，第258页。

② 唐圭璋：《词话丛编》第1册，第260页。

③ 唐圭璋：《词话丛编》第1册，第277页。

④ 唐圭璋：《词话丛编》第1册，第281页。

又“豪放与叶律”条云：

> 近世作词者，不晓音律，乃故为豪放不羁之语，遂借东坡、稼轩诸贤自诿。诸贤之词，固豪放矣，不豪放处，未尝不叶律也。如东坡之《哨遍》、《杨花》、《水龙吟》，稼轩之《摸鱼儿》之类，则知诸贤非不能也。①

《乐府指迷》的见解符合实际，是很有眼力的。以上提到的词论专集，评议词作比较集中，意见也大都中肯可信。宋代议词的短章和专书，贴近词作的背景，切合当时创作的氛围，体现了词界的识见，对于我们了解和研讨宋词作家作品是很有参考价值的。可惜宋代论词的短章比较零散，论词的专著所见不多，至今流传成册的词话以清代最为丰富。

六、近年来的词学研究

随着词的发展兴盛，学界早就注意到了对宋词的研究，特别是清末词学研究更为盛行，王鹏运等人对词的汇刻、辑佚、校勘、考订，做了很多工作，先后印行的词集，有王鹏运《四印斋所刻词》、江标的《宋元名家词》等。及至近代，出现了朱孝臧的《彊村丛书》、赵万里的《校辑宋金元人词》、周泳先的《唐宋金元词钩沉》等。这些总集的编刻对保存、流传词作起了很大作用。

中华人民共和国建立以后，宋词研究出现了新的局面。国家领导人毛泽东、周恩来等都很重视研讨、弘扬中华文化的宝贵遗产。20 世纪 50 年代末曾首次开展过对李清照词的讨论，当时老词学研究者夏承焘、唐圭璋、龙榆生以及刘永济、俞平伯、詹安泰、程千帆、施蛰存、钱仲联、吴则虞等都曾参加过讨论，发表多篇专论。举例来说：夏承焘先生发表《评李清照的词论》（载 1959 年 5 月 24 日《光明日报》），唐圭璋先生发表《文天祥〈念奴娇〉辨伪》（载 1949 年 4 月 19 日《光明日报》），俞平伯发表《读周邦彦词札》（载

① 唐圭璋：《词话丛编》第 1 册，第 282 页。

《文学研究》1958年第2期),吴则虞发表《辛弃疾词论略》(载《文学遗产》增刊第6辑),程千帆先生发表《李清照及其词》(载《语文教学》1957年第4期)。当年毛主席还写了不少诗词。当然,60年代后期发生一场文化劫难,极“左”思潮横行十年,学术专家受到批判,改革开放以后词学研究才又重现辉煌。近现代最受人崇敬的词学宗师,首推夏承焘、唐圭璋。夏老的《唐宋词人年谱》、《姜白石词笺校》、《唐宋词论丛》、《月轮山词论集》、《无风阁学词日记》等,唐老的《全宋词》、《词话丛编》、《宋词四考》等,都是词学的经典著作。此后出版界整理、订补、重印多种词书,如《宋六十名家词》、《词史》、《宋词通论》、《词学全书》等。1983年起召开了全国词学讨论会,随后辛弃疾、李清照、李煜、秦观、苏轼等词人的专门学术讨论会也不断在各地召开。专门性词学研究集刊《词学》于1981年在上海华东师大创刊,发行全国。由此可见,新时期词学研究出现了繁荣局面。当今社会已经进入信息时代,为了给词学研究及时提供本学科的综合信息,1996年湖北大学词学研究中心创办了一个“短平快”的刊物《词学通讯》,为词学界架起了一座互通信息的小桥梁。后来鉴于《词学通讯》篇幅较小,流通范围不广,为了促进整个词学研究事业的信息化、有序化和科学化,中国社科院文学所和湖北大学协商研究,于1999年联合创办了《词学研究年鉴》,及时为词学界提供信息。我们可以通过《词学研究年鉴》了解词学研究前沿阵地的一些情况。

1995～1996年《词学研究年鉴》介绍宋词宏观的研究情况,其中有关于词史流变的研究,关于两宋词风问题的研究,关于意象的研究,关于两宋词题材、主题的研究等多种层面。仅就词风研究来说,就有杨海明《唐宋词中的富贵气》(载《文学遗产》1995年第5期)、谢桃坊《词为艳科辨》(载《文学遗产》1996年第2期)、聂安福《两宋词坛雅俗之辨》(载《中国韵文学刊》1996年第1期)、诸葛忆兵《宋词创作中的以雅相尚》(载《古典文学知识》1995年第3期)等多篇论文。“新著选评”部分,选评了林玫仪主编的《词学论著总目》、朱崇才著的《词话学》、马兴荣等编的《中国词学大辞典》、吴相洲等编的《历代词人品鉴辞典》、黄文吉著的《北宋十大词家研究》等多部专著,还专列了两年来发表的专著论文索引。

1997～1999年《词学研究年鉴》,改为《宋代文学研究年鉴》,其中介绍了三年来宋代文学研究的发展。有“宋词研究综述”、“宋诗研究综述”、“博士论文提要”、“新著选评”、“专题讨论”等许多栏目。其第 182 页还专门谈论了海外词学的研究状况。

2000～2001 年《宋代文学研究年鉴》，除“会议追踪”、“研究综述”、“专题讨论”、“论文摘要”、“新著选评”等栏目外，还在开篇公布了《1997～2001 年宋代文学研究论著的定量分析》，其中分“成果总量及年度分布”、“选题分布”、“作者分布”诸栏，还列了“高产作者成果分布表”(见第 12 页，本人也有幸名列其中)，这说明宋代文学研究近几年来得到了健康均衡的发展。